振风塔的传说

江葆农 江 博 ◎编著

时代出版传媒股份有限公司
安徽文艺出版社

图书在版编目（CIP）数据

振风塔的传说/江葆农,江博编著.--合肥：安徽文艺出版社,2021.7
ISBN 978-7-5396-7214-4

Ⅰ．①振… Ⅱ．①江… ②江… Ⅲ．①民间故事－作品集－安庆 Ⅳ．①I277.3

中国版本图书馆CIP数据核字(2021)第099736号

出 版 人：段晓静
责任编辑：张　磊　　　　　　　　装帧设计：张诚鑫

出版发行：时代出版传媒股份有限公司　www.press-mart.com
　　　　　安徽文艺出版社　　　www.awpub.com
地　　址：合肥市翡翠路1118号　邮政编码：230071
营 销 部：(0551)63533889
印　　制：合肥创新印务有限公司　(0551)64456946

开本：710×1010　1/16　印张：19.25　字数：275千字
版次：2021年7月第1版
印次：2021年7月第1次印刷
定价：48.00元

(如发现印装质量问题，影响阅读，请与出版社联系调换)
版权所有，侵权必究

目　录

前言 / 001

安庆城的来历 / 001
白日青天 / 002
菜根香亭 / 004
一指岩 / 006
二郎巷 / 009
三牌楼 / 011
四眼井 / 013
五里墩 / 015
六雁汊 / 017
七里亭 / 019
八蜡庙 / 023
九华岭 / 025
十里铺 / 027
龙狮桥 / 029
三步两桥 / 030
登云坡 / 031
哈巴巷与插竹巷 / 032
百花亭 / 034
系马桩 / 036

饮马塘又叫淹马塘 / 038
倒扒狮 / 041
鸭儿塘的传说 / 044
大观亭 / 048
让泉 / 050
女儿桥 / 051
凤凰山 / 053
焚烟亭 / 055
菱湖夜月 / 058
荷仙桥 / 060
高花亭 / 062
红水塘 / 065
集贤关 / 066
二龙化山 / 068
灵山石树 / 070
倒长的草 / 072
情人石 / 073
牛头石和牛身石 / 075
班狗送客 / 076
石头猴 / 078
土地庙前的石香炉 / 080

双莲寺大铜钟 / 081
迎江寺的传说 / 083
振风塔的传说 / 090
海口洲 / 095
子贡岭 / 097
半是君山 / 099
纱帽山 / 101
石镜山 / 102
猫山的来历 / 104
竹桥 / 105
孔雀台和苦井 / 108
三鸦寺和三鸦寺大湖 / 111
射蛟台 / 113
惜阴亭 / 114
垂虹井 / 116
菜籽湖 / 117
杨叶洲 / 119
桐城的城墙 / 120
六尺巷 / 121
渡仙台 / 123
良弼桥 / 124
蟒姑碑 / 126
试剑石 / 129
境主庙与白马庙 / 131
仙姑井 / 133
婆媳塘 / 137

龙眠山的来历 / 140
石门飞瀑 / 141
冷冷谷 / 145
吕泉 / 146
溪湘淇桥 / 148
天柱山 / 150
画龙墙和锡杖泉 / 151
左慈与鲈溪鲈鱼 / 153
胭脂井 / 155
银河抱月 / 157
龙山夜雨 / 160
西风洞 / 162
法华方竹 / 164
香茗山 / 167
哭竹台 / 169
卧冰池 / 171
太阳山 / 173
严恭山与石道峰 / 174
虎踏石 / 176
钓雨台 / 179
小孤山、澎浪矶、大孤山 / 181
尧渡河、尧渡、尧渡桥 / 185
舜耕山 / 187
菊山、菊江、菊江亭 / 189
德政碑 / 191
升金湖 / 193

齐山的传说 / 195

杜坞渔歌 / 197

绣春台 / 199

丑公鸡和蜈蚣蛟 / 201

石门仓 / 203

金盘银筷 / 205

大龙山桔梗 / 207

胡玉美蚕豆酱 / 208

余良卿鲫鱼膏药 / 210

江毛水饺 / 212

捉鳖妙计的传说 / 214

青花被面的来历 / 216

解放鞋 / 217

火烧四牌楼 / 219

桐城不唱《乌金记》 / 220

打猪草的传说 / 222

大年初一吃炆蛋 / 224

吃小蒜粑的来由 / 226

知县俸禄五斗米 / 227

给小儿"打包"睡觉的传说 / 228

"狗咬吕洞宾,不识好人心" / 230

"升米养恩人,斗米养仇人" / 232

"响鼓不用重槌敲" / 234

"文字跟人转,粪土是黄金" / 235

包公泼墨"写""齐山" / 237

史可法宿松书联 / 239

刘若宰状元及第 / 240

张英题诗扬师道 / 244

张英举贤 / 247

张廷玉巧说"摇手对" / 248

张廷玠七岁赚宰相 / 250

戴名世夜过桐溪桥 / 252

戴名世之死 / 253

方苞自救 / 258

一夜妃 / 260

江潛源的传说 / 262

赵文楷出使琉球 / 264

邓石如的传说 / 266

慈禧帮人洗衣服 / 271

百姓高于革命 / 272

陈独秀断句留塾师 / 274

罗丫七岁败罗汉 / 276

陈促寿的故事 / 278

龙虎红媒方 / 282

八位名中医的传说 / 284

布谷鸟 / 291

泥偶姑娘 / 293

"鬼"老婆 / 297

后记 / 300

前 言

振风塔下,古城安庆,万里长江流经安徽的第一座城市,地滨长江北岸,曾是安徽省府所在地,行政区域一市十县[①],南临佛教圣地九华山,北倚大别山余脉,东衔吴,西接楚,地势险要,古人说它是"长江万里此咽喉,吴楚分疆第一州"。

这里天柱山高擎日月,丘陵连绵起伏,洲地如袂连襟,江河湖泊纵横交织,杂花生树,寸草春晖,莺歌燕舞,风景优美;这里遍布帝王将相、骚人墨客、农民起义军足迹,城里城外,名胜古迹星罗棋布;这里出过父子宰相,驼瘸状元,雄踞清代文坛的"桐城派"文人,"千数百年无此作矣"的大篆刻家,中国近现代史上引领潮流的人物,还有黄梅戏顶级表演艺术家,地灵人杰;这里的劳动人民勤劳、勇敢、智慧、善良,他们挥汗成珠,粮、棉、油、茶,鱼、鳖、虾、蟹,物产丰富,名土特产远销国内外;这里是黄梅戏之乡,《天仙配》《女驸马》《牛郎织女》名播海内外,文化气息浓郁……所有这些,安庆劳动人民无不以自己丰富的想象,赋予它们神话或传奇色彩,把它们描绘得优美而富有情趣,从而把安庆这片土地渲染得无比神奇和艳丽。这是安庆劳动人民宝贵的精神财富,而《振风塔的传说》则是这种精神财富的一个部分。

《振风塔的传说》中,有风物传说、宝物传说、名土特产传说、医药技艺传说、民俗俗语传说、历史人物传说、机智人物故事和爱情、幻想故事,内容丰富,情节曲折,想象大胆、合理,语言质朴、生动,洋溢着浓郁的乡土气息,反映了安庆劳动人民对家乡的热爱,对美好生活的向往,对理想和愿望的执着追求,闪耀着真善美战胜假恶丑的思想光辉。

搜集整理和编写这些传说、故事,我们本着"忠实、慎重"的原则,尽量保存讲述者的讲述风格、文化层次特点,以及行政区域内各处文风和习俗的差异。正因为如此,这些传说、故事的"体型"也就和人一样,有"胖"也有"瘦"——"胖"的血肉丰满,"瘦"的只有筋络骨架,二者并存,只是一种尝试,没有乱真的意思,这里特作说明。此外,改革开放中有的讲述者的讲述也"改革""开放"了,所以整理某些过分"色彩"了的传说、故事时,在"忠实"方面就不得不打点儿折扣,这里也特作说明,并请予以理解。古人说,弱水三千,取一瓢饮。我们"篡改"一下:弱水三千,各取一瓢。每瓢水多水少,由不得我们,在此表示一点遗憾。

安庆历史悠久,人文积淀深厚,还有大量的传说、故事没有搜集出来。这本集子收入的篇什,不到全豹的一斑,真的是挂一漏万了。也许是历史的原因吧,许多传说、故事只能在劳动人民之间口耳相传,自生自灭,因而个人的力量难以搜集齐全,且即使搜集齐全了,那也只是"昨天"的。社会在发展,历史在前进,人民在创造,"今天"的、"明天"的,又会不断地产生。近些年来,安庆民间就有了许多有关当代人和事的新传说,整理一篇于最后,但愿不以"伦类"相论评,也不以"鸡皮狗骨"相对待。

喝的长江江中水,吃的龙山山下粮,《振风塔的传说》就算是一个小小的回报吧!

专业知识不到位,时间又少得可怜,零碎得可怜,整理和编写中讹误一定不少,敬请读者批评指正。

【注释】

①十县:请参看本书"后记"。此处指行政区域变更前的安庆市。

江 博

2021年6月10日

安庆城的来历

传说古时候,北方有个旱魃,每年六月初六都去南海跟水妖相会,来去经过这里,扬风播火,走石飞沙。不说两岸,江水也让他身上的烈焰炙烤得滚烫了。

这年六月初六,他又经过这里。这回不像往年,不知为了什么,他一连三天泡在江水里不走,鱼虾经过这里死烂,船只经过这里翻沉,许多人就逃走了。这时候,大江北岸没有逃走的人群中,有个小伙子夜间做了个梦,梦见一位白发老婆婆说:"旱魃最怕人的鲜血了。要是人人献出一点鲜血,聚在一起,倒入江水,那旱魃一沾上便化作泥石,再也不能为害了。"小伙子醒来把这梦说了,人们立即异口同声:"快,试一试,我们都有血!"你就看吧!拿石片划破胳膊的,拿竹签戳破大腿的,用牙咬破手指的,不多时便聚了一泥盆鲜血。人们连盆带血一起抛入江水,只听那旱魃怪叫一声,冲出水面,扭头甩尾,往北逃窜,看样子不去南海要回北方老巢了。哪知他逃经大江北岸时,哗啦一声,真的化作一堆泥石落下,堆积出这么一片丘坡地。从此,这地方再无旱魃为害了。

人们为能得到安宁而歌舞庆祝。一代一代传下来,许多年后,人们把这地方起名"安庆"。再后来,这地方住的人多了,成了一座城。

这就是安庆城。

讲述人:江晓东

搜集地点:安庆市

白日青天

传说清朝雍正年间,有个叫徐士林的官儿来安庆做藩台。他头天到任,第二天就青衣小帽出署私访。不到一个月,他就清理了府库,铲除了吏弊,纠正了许多假大冤狱,重拳打击了奸商恶贩,惩治了地头蛇、草头王。安庆百姓一片声叫好。这位徐大人的好名声,就像三月的桃花满城开放啦。

可是,这位徐大人并没有满心欢喜。一个夏日的夜晚,他来到黄家操场,走进乘凉的人群中,就听见两个老者一边咕噜着水烟袋,一边摇动着蒲包扇说话。一个说:"我们安庆人的祖坟发热了,没承想来了这么一位徐大人。老哥你看,这位徐大人到任没半年,安庆城里就清亮了许多。徐大人,是个好官啊!"另一个说:"老弟,锅盖可不能掀早了。新官上任三把火,三把火烧过呢?"那一个又说:"听曲听他开口曲,看拳看他出手拳。照我看,这位徐大人跟以往的官儿不同。以往的官儿,看人恶瞪眼,坐轿手遮天。"这一个又说:"还是那话说得好——新官老官一线牵,官商恶贩一样奸,从来百姓锅里煮,哪有白日和青天……"这个老者话还没说完,徐大人的跟班忍不住了,凑上去说:"大人,拿下那个老东西,回衙重办!"徐大人赶紧做手势制止,轻声说:"不可不可!从来都是民毁骂,官枉法;民赞誉,官清廉;民缄口,权炙手。一丝儿不差。往后我们要多多听取这样的民间评说才是。只有官儿做清亮了,这样的毁话才会没有了。不过,不许你们再有这样的混账想法,不然,本大人倒要重办你们了!"跟班们不敢再说什么,徐大人带他们回衙去了。

从这天起,徐大人天天都把两个老者的话念叨一遍,心里掂量:"只要安庆还有一个百姓这样议论我,那就是我这官儿还没有做好,还没有扫除干净安庆的乌烟瘴气,还没有官匪一家变成官民一体。我得让安庆百姓先看清我这颗心,然后严加监视我的所作所为,不这样如何能得民心?"这一掂量,心中就有了个主意,他让书童磨墨展纸,提笔写了一副对联,让人贴在藩署门洞两边。

对联是:

供长生位,刊德政碑,莫非世俗虚文,试问哪件事烈烈轰轰,堪配龙山皖水?

贴盟誓联,挂回避榜,都是官场假象,只要这点心干干净净,无惭白日青天!

对联贴出,全城轰动起来。这天傍晚,徐大人又青衣小帽来到黄家操场,混进乘凉的人群中。巧了,又见到去年在这里评说官场的那两个老者。不过,那两个老者说的却是:"老弟,真个是'好酒后劲大,好茶苦后甜',那三把火过后火烧得更旺了。还是你老弟说得对,言是因,行是果,不光是一副对联,要紧的是徐大人抑豪强,惩邪恶,靖府库,宽民财,扬善举,恤残扶弱,桩桩件件兑现。徐大人是个好官! 老天有眼,就该让他连升三级。"另一个老者呵呵笑了,说:"连升三级,那不就升走了? 我们安庆不就没有徐大人了?"徐大人听了感慨万千。

真是光阴似箭,日月如梭,一转眼,徐大人任满离去,但安庆百姓仍然在颂扬他。后来有个叫吴坤修的官儿来安庆做抚台,被这事深深感动,为了表明自己要像徐大人那样做个好官,也寄意接任的藩台要像徐大人那样做个好官,都能够"无惭白日青天",就把那对联中的"白日青天"题写、镌刻在藩署门洞上边。这后来,安庆人就把藩署和那周围的地方都叫作"白日青天"了。

讲述人:吴明时

搜集地点:安庆市

菜根香亭

从前,安庆抚院衙门里有个亭子叫"菜根香亭",传说原来叫"憩乐亭",因邓石如不为抚台高晋治印后来改的名。

那时,邓石如的书法篆刻名气大啦,特别是篆刻,被公认为"千载百年无此作"的神品。邓石如是安庆怀宁人,所以安庆抚台高晋更是想得到一枚邓石如给篆刻的印章,以显耀自己为官清正,斯文来附。好容易盼到邓石如远游归来,回到故里白麟畈,高晋就差人去传。一传、二传、三四传,邓石如就是不买账。差役们如虎而去,似狗而回,只一句话带给抚台大人:"怕那'高晋'二字污了笔和刀。"高晋气得像吹猪,恶狠狠地踹了差役们几脚,骂:"没用的东西!"便吩咐备轿,"老爷礼贤文士,亲自登门造访!"高晋威风凛凛地来到邓石如家门前,却见大门紧闭,门框上挂个纸牌,上书"狼来了,我去了"。高晋杀猪剥狗一样,大叫:"掘土三尺,也要挖他出来!"师爷见这尴尬场面,就跟抚台大人咬咬耳朵,高晋这才忍住怒气,硬着颈子说:"那就快办!"没几天,邓石如豢养的白鹤被偷走了。

邓石如丢了白鹤,茶饭不思,夜不能眠。这时,扮成野侠的师爷来了,说:"先生的爱鹤,在下知道下落。"邓石如急忙询问。师爷待邓石如给足了酬谢,才告知鹤在哪里。邓石如真是急火烧心,一口气写下几千字的《索鹤书》,亲自去安庆抚院索讨白鹤。

邓石如来到安庆抚院,被引进后宅园子里。花厅右边小亭上,青匾"憩乐"二字,映衬满园花草树木,既幽雅又富丽。可是邓石如无心观赏,他只想快快索回白鹤,就大步流星走到亭子跟前站定,这时他看到亭子深处一把太师椅上端坐着上大下小的一个堆儿,想:这就是抚台大人了。于是行礼,说话:"完白山人邓石如恳请大老爷归还白鹤。"那一堆儿发出颤巍巍的声音,说:"你就是邓石如啦?"邓石如递上《索鹤书》,高晋一个字也没看,说:"你拿准白鹤在本大老爷这儿吗?"邓石如说:"承蒙野侠告知。"高晋嘿嘿笑了,说:"那也不能白白还你呀!本大老爷花了不少银子豢养着。""山人如数偿还。""本大老爷不稀罕银子,本大老爷要你一枚篆刻。"这时,师爷捧一只漆盘走来。邓石如见那漆盘里一方蒲田石,几把篆刻刀,还有文房四宝,思谋轻易索不回白鹤,人也不能一时脱身,正急间,师爷说话了:"先生亭子上请吧。"

邓石如走上亭子。太师椅连同那一堆儿被抬走了。接着,虎狼一般的衙役围住了亭子。邓石如席地而坐,把那漆盘推在一边,闭上眼睛,一动不动。早春天气,还很寒冷。一连三天,邓石如又冷又饿,渐觉支撑不住了。这时候,两个衙役抬来一具食盒,里边一头是鸡鸭鱼肉酒饭,一头是夹泥带土的烂菜根。邓石如心知肚明,撇下鸡鸭鱼肉酒饭,拿起烂菜根揩擦揩擦,大咬大嚼起来,一边咬嚼一边还大声说:"香!好香!"就吟出一首小诗:

酒肉穿肠臭,菜根入口香。
好男怀大志,不作马头缰。

一阵哈哈大笑,那亭子都晃动起来。外边龙门学子知道了这事,聚在抚院门外高喊:"放人还鹤!放人还鹤……"高晋又气又恨又没有办法,只好放了邓石如并归还了白鹤。

后来,高晋任满离去,"憩乐亭"就被改叫"菜根香亭"了。

讲述人:江晓东
搜集地点:安庆市

一 指 岩

从前,安庆西门城外太平兴国禅寺有个小和尚名叫青芝,一天,老和尚∴目①禅师跟他说:"徒儿,为师今日点拨于你,你已修成正果,今夜就有菩萨来度你成仙,你可在三更四点去盛唐山上等候。要切切记住:心如明月,六根清净,一尘不染,方无悔恨。好啦,去吧。"

青芝和尚拜别∴目禅师,高兴得饭也不吃了,觉也不睡了,没到三更四点,就去盛唐山上了。这时候,盛唐山上月光朗朗,山下江水滔滔,四野一片空阔。青芝和尚觉得自己已经是神仙了。"不就差哪尊菩萨来度一下吗?"他美美地揣摩那尊菩萨什么模样,法力如何,怎样个度法……

忽然,一阵脂粉香气扑鼻,接着就见一妙龄女子向他走来。青芝和尚看得真切,竟是太平兴国禅寺近旁灶糖店老板的小娘子。要是往日,他定然两手合十,两眼紧闭,口念阿弥陀佛,可是这时,他愣瞪着两眼迎了上去,说:"姑娘无量寿福!"那女子嫣然一笑,青芝和尚三魂七魄都出窍了,想:"'女''子'合为'好',此女人间少,脸俊俏,身苗条,成仙升天难看到。这半夜三更,凡夫不来,菩萨未到,就我和她两个,便做一处又有什么要紧?不尝尝这红尘滋味,不就枉了跟她相遇这遭了吗?再说我青芝成仙已是拍板,怕个什么?"

这样想过,青芝和尚就大步上前,伸出一根手指,嬉笑着,往那女子脸上戳去。说时慢,那时快,青芝和尚的手指还没挨近那个女子,就见眼前金光一闪,再看那个女子,哪是什么灶糖店老板的小娘子,竟是救苦救难的观世音菩萨!青芝和尚吓了个一佛出世,二佛升天,一缩手,咔嚓一声,那根手指断了,掉在盛唐山腰上,变成了一块岩石。青芝和尚又吓又疼,可也顾不上了,一个劲愣叫:"菩萨饶恕!菩萨饶恕……"观音菩萨已经升在了天空,说:"佛子青芝,实在可

一指岩

惜,一念之差,前功尽弃。你还是留在人间修行,等待来世吧!"

青芝和尚张大着嘴巴,愣直着两眼,直到观音菩萨没了踪影,红红的太阳从江水中跳出来,才叹一口气走下盛唐山。他没面目再回太平兴国禅寺,就四处化缘,在他断指成岩的地方建一座小庙,一殿一佛像,一寮一石凳,诵经悔过,从头修行,并把这小庙取名"一指岩",当作沉痛的教训。据说,好多年后,那小庙没有了,那断指变成的岩石才被凿掉。

【注释】

① ∴目:禅师的法号。

讲述人:江晓东

搜集地点:安庆市

二 郎 巷

二郎巷,安庆城南一横一竖两条小巷,传说早先不叫这名字。不知哪朝哪代哪个皇帝坐江山时,北方迁来一户姓申的人家,在这儿打侉饼营生。那申家侉饼,有两句歌谣赞它的好处:

一只侉饼香一巷,一巷桂花比不上。

原来这申家打侉饼,祖传七八代了,算得"侉饼世家"了。但是,人们称赞那侉饼,却贱看那行当和打侉饼的人,因此,申老爹常不免挨些大呼小喝,有时小小烤饼炉也被砸得没了鼻子眼儿。四个儿子见了,都不愿承继这祖传手艺。申老爹很是伤心,常常私下落泪,叹息:"唉!难道说要吃侉饼不要打侉饼?难道申家手艺就此断了根?"

申老爹四个儿子,大郎、双胞胎两个二郎和小郎,当初让他们念书,原只想他们识些字,认得姓名和钱钞,不料大郎、小郎念书节节上,中了举做了官,逼得两个二郎不步了兄弟后尘不甘心。可是,命塞哪!眼下都四十好几了,一身布衣,仍发誓要往上考。申老爹十分焦急,说:"儿,这书不能再念了,那科场不能再进了,要不,往后连个饭碗也端不上了。"

申老爹这话说了几大箩,可是没有用。这天晚上,申老爹叫两个二郎坐在香油灯旁,说:"儿啊,老古话,行行出状元。我不信打侉饼打不出个状元来。既然做不到官,那就做手艺吧。再耽搁,不得了哇。我看,明儿你俩就跟爹学打侉饼。"

两个二郎不愿意,说:"爹,我们念了那么多年书,却去打侉饼,人家就是不笑掉大牙,自己也觉得脸皮没处蹭啊!"

申老爹一听火了，说："打侉饼又不是做贼，脸皮怎么没处蹭？想想看，要是人人都中举，都做官，那不都要吃风屙屁了？做不到官，又不愿做手艺，干什么事呢？"

两个二郎没话说，犟着颈子答应了。不过，答应是答应了，第一天，两个二郎都怕抬起头；第二天，还怕丑；半个月后，擀面杖才敢敲得案板啪啪响；再后，香喷喷的侉饼招得老少男女围上一层又一层，争着买，抢着买，这才觉得有点儿意思。当然啦，两个二郎肚里有墨水，加上申老爹祖传秘方，悉心指点，打出的侉饼更上一层楼啦。申家侉饼，这时又有两句歌谣赞它的好处：

申家侉饼香上天，馋煞天上老神仙。

两个二郎听了，心里有些甜滋滋了，加倍用心钻那打侉饼的诀窍。不到两年，申家侉饼就名扬大江南北了。

这时候，皇帝爷害起了馋痨病，山珍海味都觉得没味，急得大臣们像炸窝的兔子四面八方窜。一天，一个大臣窜到安庆城，一股奇香钻进鼻子里。他循着香味儿问到申家侉饼店，一口气吃了十二个侉饼，还想吃。当下由官府定了一百个，食盒装了，快马送去京城。皇帝爷吃了高兴，就说："今科状元，赐给这打侉饼的吧！"皇帝爷金口玉言，大臣们传了下去，申老爹自谓年事已高，两个二郎就都是侉饼状元了。

喜报报到申家，安庆府、怀宁县大老爷着实忙碌起来。他们又是亲自到申家拜望，又是派人给申家披红挂彩，又是商议拨出库银为申家建造府第。库银不足，府第没有建成，但一向贱看打侉饼行当的人也去钻营、巴结申家了。官府要取悦皇帝，乡绅要取悦官府，就议定把这两条小巷改名"大二郎巷""小二郎巷"，统称"二郎巷"。

讲述人：王万松

搜集地点：安庆市

三 牌 楼

朱元璋打下江山,问刘伯温怎样治。刘伯温说:"前朝银铛,我朝牌坊。怎样?"朱元璋想:银铛羁身,牌坊羁心,妙!就说:"好!照军师说的办。"这样,中国地面上的牌坊就如雨后春笋啦。当然,给竖牌坊的,一是出身各地的官、绅、腐儒,二是地方豪富、孝子、节妇,平头百姓你就别想挨边儿。不过,据说安庆城里的"三牌楼",倒是一个例外。

事情是这样的:

那天,朱元璋一道诏书颁布下去,安庆府也就忙着竖牌坊了。给谁竖牌坊呢?当然是给正在朝中做御马监副监的刘五德竖牌坊了,他是安庆人嘛。

个把月工夫,一座大牌坊在安庆城里竖起来了。朱元璋破格召见刘五德,说:"刘卿家,你的乡梓为你竖了牌坊,你可告假一月,衣锦还乡,荣耀荣耀。"刘五德趴在地上磕头,山呼万岁。按理,这就完事了,可以退下了,可是这个刘五德呀,趴在那里一动也不动。朱元璋奇怪,问:"刘卿家,怎不退下?"刘五德忙又磕头,说:"皇上隆恩,小臣没齿不忘,粉身碎骨报答不尽。只是,只是小臣还有兄弟……"他不敢往下说了。朱元璋心里明白,问:"你兄弟官阶几品?""他,他没品……""你兄弟有何义举?""他、他没义……""孝道如何?""他……他他……"刘五德满脸汗珠。朱元璋不再问了,说:"朕即颁旨,为你兄弟也竖一座牌坊,就跟你的联袂一处,你衣锦还乡兼办一下。"刘五德这才谢恩退了下去。

刘五德回到安庆,足足荣耀了一个月,大兄弟的那座牌坊也竖起来了。这时送礼的,献台戏的,巴结奉承的,潮水一样。刘家上下,好不热闹,好不荣耀。忽然,他那个小兄弟抱头痛哭起来。刘五德忙问:"小弟,你这是怎么啦?"小兄弟说:"大哥在皇上那里供职,竖牌坊没说的;二哥没官没品还吃喝嫖赌抽偷抢,也竖了牌坊；只有小弟没得，往后这张脸往哪搁呀？"刘五德笑了，说："兄长肚里怎没那个小九九呢？只是饭须一口一口吃，路得一步一步走。我们刘家第三座牌坊，不就是小弟的了？"小兄弟这才抹抹眼泪，笑了。

刘五德肚里果然有那个小九九，回衙后，四处张罗，八方奔走，打通关节，再向皇帝奏请。朱元璋这时对牌坊的看法又深了一层：一座牌坊，一个国子学正，加上一个都指挥同知，再加上一个提刑佥事，就又下了一道圣旨。不久，刘家第三座牌坊竖起来了。

三座牌坊联袂一处，远看像一座牌楼，人们叫它"三牌楼"。后来这三座牌坊都没了，这儿的街道被叫作了"三牌楼"。

讲述人：江晓东
搜集地点：安庆市

四 眼 井

安庆西门城外有条街名叫"四眼井",据说那街是因井得名的。那井为什么叫"四眼井"呢?

传说很久以前,这地方住着一户姓师的人家,兄弟四人,四个心眼,干什么事都是你推给我我推给他,没一丁点儿手足情义,还动不动"五爪金龙",抓打到鼻青脸肿鲜血流。老父早年去世;老母久病在床,拿他们没办法。这天,老母干渴得忍不住了,哼哼着要水喝,可是水缸里一滴水也没有了。老大说:"老二挑水去!"老二说:"老三挑水去!"老三说:"老四挑水去!"老四最小挨支配,只好去挑水。

老四才十二岁,去江边挑水往家走,没走多远就摔倒了。水泼了,桶破了,回到家里,三个哥哥气得把他痛打了一顿,怒吼:"我们各自去挖井,吃井水!"

老大独自在门口挖了一口井,清清的井水不给三个弟弟喝;老二、老三也一样。老四没办法,只好挨在三个哥哥井边也挖一口井。四口井四方端正摆在一处了。可是,老四挖的井浅不出水,三个哥哥不仅不帮老四挖挖深,反而笑话他。这一来,怪啦,三个哥哥去自家井里汲水,井里一滴水也没有了。三个哥哥骂:"都是你这个小兔崽子连累我们了!为什么不到别处挖井去?"你一拳他一掌,打得老四逃走了。这天下大雨,那四口井的周围,百步内没一滴雨点。"唉,老天爷长着眼哩!"众邻里这么说。三个哥哥被说得分头去找回了老四。

老四被找回家,这一夜三个哥哥没有睡好觉。后半夜,老大迷迷糊糊听到自己心窝嘭的一声响,看到一股黑血流出来,又害怕,又疼痛,正要喊叫,一个老头平地里现出来,走到床前,把手在他心窝拍一拍,血止了,不疼了。老大吃了一惊,隐约认得是老父亲。老父亲还有几句话:"好儿子,做人心眼要端正呀!

心眼不正,手足无情,井水也干涸了。井口是四个,井肚是一个,这样水井才出水。"说着,老头又平地里隐没了。

　　老大一身冷汗,醒过来,是个梦。细嚼那梦,意味深哩。他一骨碌爬起床,去敲老二的房门。老二正开门要去找老三。这时老三也来了。一说,才知道兄弟三人做了一个同样的梦。这就一齐去找老四。兄弟四人抱在一起痛哭。商定之后,他们天一亮就动手,扒掉井壁,四个井肚并作一个了。这一来,井里咕嘟嘟又出水了!兄弟四人一齐说:"扒井口,四个井口也并作一个。"可是,他们扒呀扒呀总也扒不掉。这天夜里,老头又来到他们的梦中,说:"井口就那样留着吧,让后人看着也好悟出些事理。"这样,那四个井口就一直留了下来。

　　一个井肚,四个井口,人们叫它"四眼井"。后来这里的街道也被叫作"四眼井"了。

讲述人:黄家麟

搜集地点:安庆市

五 里 墩

南宋末年,文天祥不幸被元军俘虏,押送大都。这天路经安庆①,囚船一靠东门渡口,大小头目就连兵卒马夫,都是横眉竖眼,大呼小喝,你推我搡,要文天祥快快进城就监。文天祥抬头一望,安庆城头飘扬的"范"字大旗颜色已改,形状已变,偌大一个"范"字竟龟缩在"元"字胯下,不禁想起四年前起兵赣州,来到这里,炽烈的抗元烽火炙红了安庆城。前后一比,痛心落泪。但是,文天祥立即收住泪水,横眉怒目,怒吼:"大宋丞相,岂可去国贼那里就监!若要文天祥就监范贼,那就抬着文天祥的尸体去吧!"说着,连人带枷撞去。元军大小头目吓得抱腿的抱腿,搂腰的搂腰,一齐变呼喝为哀求了:"丞相不可损身,容小的们禀告解帅②。"原来,日前大都下了一道急令,要文天祥活着到大都,若有个三长两短,押解官卒统统是问。因此,那些押解文天祥的大小头目,虽然还是眉眼狰狞,说话语气却软和多了。不多会儿,解帅传下话来,不进安庆城,径往城北去。

离城远了,城头"范"字旗看不见了,文天祥才答应歇下。这里一片荒凉,百姓早就逃没影了。荒地上,元军搭起帐篷住着,却挖一个一丈多深的黄土大坑,露天之下,把文天祥囚禁坑里。这夜,寒风冷雨夹着冰粒子砸下来。元军上下吃过范文虎率人送来的酒食,除了哨卒,全都呼噜呼噜睡去。文天祥胸中波翻浪涌。他淋着冰雨,又湿又冷,对于亡国更加痛心,对国贼和敌酋更加痛恨,于是成诗一首,吟诵起来:

风雨宜城路,重来白发新。
长江还有险,中国自无人。
枭獍蓄遗育,鱣鲸蛰怒鳞。

泊舟休上岸,不忍见遗民。

文天祥用作诗吟诵的办法来减轻内心的痛苦,抵御身上的寒冷,居然在冰雨中打起瞌睡来。

文天祥刚一合眼,就听见耳畔有人悄声说话:"丞相,我是安庆小地侠,来接丞相踹营出去。"文天祥睁眼一看,是个黑衣大汉,就也悄声说话:"义士,这是使不得的。我若去了,安庆一方百姓必遭滥杀,况且山河十之八九已落入敌手,不出三日,必复被擒,那不是白白害了安庆一方百姓吗?我虽然北去,但是还可以与敌酋口舌厮杀。"黑衣人沉思了一会,说:"丞相,那就与元军解帅对换地方过夜吧,免得狗崽们如此凌虐丞相!"文天祥正要拒绝,黑衣人一纵身去了,不多时挟来一个猪大的东西。文天祥风雨中认得出,那是元军解帅。文天祥正要再说话,黑衣人已经扔下元军解帅,背起文天祥,两脚一蹬地面,腾空而起,出了土坑,进了解帅大帐,然后,黑衣人哭泣着拜别了文天祥。

天色微明,元军哨卒发现黄土坑里不是文天祥,却是解帅;从坑里取土而成的黄土墩上,插着一面杏黄旗,上书十个大字:令尔等善待我大宋丞相!哨卒一阵惊叫,惊醒了大小头目,一个个吓得屁滚尿流,手忙脚乱地弄出解帅,卸去绳索,掏出堵嘴的烂物。解帅羞愧难言,也不好责罚哨卒和大小头目,更不敢在文天祥身上出气,只得自认倒霉,盥洗更衣,令囚押文天祥快快离开这里。

文天祥被押解走了,黄土大坑被填平了,人们敬仰文天祥,仍然叫它"黄土坑"。大土墩保留了下来,刚好离城五里,人们便叫它"五里墩"。

【注释】

① 传说元军押送文天祥去大都(今北京),害怕路上被劫,就分作两路,一路经南京,一路经安庆,文天祥在经安庆这一路。

② 押送文天祥的头目。

讲述人:胡炳荣

搜集地点:安庆北郊

六 雁 汊

老辈人说,世上没义大,安庆没"雁汊"。这是怎么回事呢?

相传,从前有个名叫"义大"的公子哥儿,手懒摸书本,心想中状元。这年,他也进京赶考,不用说,皇榜上没有他的名。没中状元倒也罢了,他还有心思去耍窑姐儿。那里可是个挥金如土的地方,没几天,银子完了,人被轰出来了。义大成了叫花子,讨吃讨喝睡屋檐下,没法活,只好和书童回家。

这天,义大和书童走到安庆对面的江南岸,已是太阳快落入江水了。时值初冬,又饿又冷,走不动,他让书童背着走,可是书童更累,扑通一跤,二人跌坐在沙滩上。义大叹口气说:"唉,老天爷让我死在这里了!"他抬眼四望,荒无人烟。原来,这里遭过一场大水,所有住户都举家迁走了还没回来。义大冷僵僵地跟书童靠在一起,闭上眼睛挨冻受饿。

"爱呀!爱呀!"

初更过后,义大觉得脸上、身上暖和起来,耳边好像有翅膀的颤动声。他微睁两眼,看清了是几只大雁焐着他俩。他用手摸出了数目:六只。他感动了:"救命恩人,我怎样报答你们呢?"大雁动了动翅膀,把他们焐得更紧了。

义大身子暖透了,心上就生出坏主意。他想:暖了身子,不被冻死;不饱肚子,要被饿死。为什么不逮住这六只大雁,拔毛暖身,吃肉饱肚呢?若是剩得一只两只,带回家孝敬父母,说不定会得到夸奖:没中状元,学会了逮雁。这么想过,义大就悄悄揪醒了书童,咬了一会儿耳朵。书童悄声说:"爷,人可以丧命,不可以丧良心啊!"义大悄声骂:"蠢八!"他就自己动手,先是慢慢、慢慢地把六只大雁拢进怀里,然后猛地一下,俩胳膊使劲勒紧,六只大雁都没叫出一声,就全被勒死了。

义大抓起一只死雁正要拔毛吃肉,就在这时,他的身后山崩地裂一声响,平地里炸开一条裂缝。义大吓得挣起身来就跑。可是,地缝越裂越长,越裂越深,紧跟义大身后。义大这脚拔起,那脚陷下去,那脚拔起,这脚陷下去,不多时,地缝里冲出一股大水,大水冲成一条小河,小河破堤入江,把义大卷了进去。

书童吓呆了,却是站在小河岸上。义大被河水吞没的当儿,六只大雁复活了,排成一个"人"字飞上天空,"坏呀坏呀!"叫着向远方飞去了。书童回去把这事跟主人说了,自然少不了一顿毒打。义大父母设灵哭祭之后,这事就传开了。这样,人们把这条小河与大江交汇处叫作"六雁汊"(后来简称为"雁汊")。

那以后,每年初冬,都有成群的大雁飞在这河汊里,据说是寻找义大报仇。这时每到傍晚,雁声阵阵中渔火星星点点,渔歌此起彼伏,这就成了安庆八大名胜景观之一的"雁汊渔歌"了。

讲述人:张金林

搜集地点:安庆大渡口

七 里 亭

从前,安庆城外西北方向七里处有座六角凉亭,名"七里亭"。亭柱上有一副对联:

姑贤为嫂贵;
嫂贵以姑贤。

这里边有个发人深省的故事。

那时候,安庆城里有户姓韩的人家,老娘、儿子、媳妇、小姑儿四口人过日子。儿子韩天宁,娶了个乡下姑娘,名叫菱花。菱花脸面好看,身段不赖,心地更是善良,只是婚后三年还没有开怀,老娘心里嫌恶她了。老娘跟韩天宁说:"三年不生孩,扫帚带八败,休了再娶吧。"菱花不解风情,韩天宁早就不满意了,于是母子合起伙来找碴休菱花。从此,韩天宁对菱花不是拳打脚踢,就是横眉竖眼。老娘呢,更是使怪招,一日三餐没事找事穷叫唤:哎呀,这样硬的饭,不是要哽死老娘吗?哎呀,这样稀的粥,不是要饿死老娘吗?要不就是菜淡了,汤咸了。每当这时,韩天宁就揪住菱花的头发,向她脸上吐唾沫,呵斥:"你就这样侍候老娘吗?"幸好,这家里有个小姑儿贤惠。小姑儿名叫冬梅,总是说:"妈,煮饭是我搁的水"。"妈,炒菜是我放的盐。"老娘和儿子一时不能得逞,但是,后面的招儿更狠了。

有一段时间,老娘和儿子一反平常,对菱花好起来。冬梅为嫂子高兴,说:"嫂子,妈和哥对你好了,你交好运了。"菱花摇摇头,流眼泪。冬梅疑惑地去问老娘:"妈,你和哥对嫂子真好还是假好呢?"老娘拿腔拿调地说:"咳,你问这个干吗呢？问问自己终身大事吧。你也老大不小了，该找个婆家了。"冬梅连珠大炮一口气说："早着早着早着，我的婆家还没出世呢——妈这是多着我了？"老娘板起脸孔说："手掌手背都是肉哇，妈怎会多着女儿呢？只是你嫂子说，你哥孬着她，原来是好着你。不找个婆家不照①哇！"冬梅就像五雷轰了顶，哭着拽老娘去撕菱花的嘴。老娘赶紧堵住冬梅说："好女儿，跟这号人使气不划算，往后我们娘三个一条心就是了。"说完，又把菱花毒毒地数落了一遍。

过了些时日，老娘、儿子忍耐不住了。这天，韩天宁告假在家，老娘让冬梅带上几样点心去看望大姨姥。冬梅去了不久，老娘和儿子就动起手来。老娘大喊大叫："中饭还没烧好吗？这不存心饿死老娘吗？"厨下菱花听了，急出一身汗，赶紧烧火做饭。不一会儿，老娘又大喊大叫："哎呀！我的云片糕呢？"菱花听到婆婆又在叫喊，急忙来到堂前，说："婆婆，饭菜都做好了，媳妇来讨吩咐。"老娘拉长了老脸，眼一瞪，嘴一歪，巴掌一拍，大哭大叫："哎咂咂，如今你是婆婆了喂！几片云片糕嘛，为的是没饭吃搪塞一下肚皮，你倒偷吃干净了！你说说，你是媳妇吗？你是婆婆了！"菱花还不知道婆婆这是"吃了秤砣铁了心"，找碴儿休她。虽然自己没吃什么云片糕，但是为了息事，还是跪下了，说："婆婆饶恕，媳妇再也不敢了。"这就更坏事了，老娘哭叫得更凶了。老娘冲到屋外大哭大叫："上屋的，下屋的，你们都听见了，我家菱花好吃懒做还扒偷，这样的媳妇我家容不得了！"菱花哭着哀求，但是有什么用呢？韩天宁拖起菱花推出门外，包裹、休书扔在她身边。

菱花哭哭啼啼出了安庆城，往西北方向走，她的娘家在那个方向。走了一程，她看见路边一棵大枫树，就靠在树身旁坐下，想，这回回娘家，有理说不清，有脸难见人。哭哭想想，想想哭哭，心地越发窄了。猛然，她抬头看见树上横伸着的大丫杈，勾起了"一了百了"的念头。她解下汗巾，爬上树干，将汗巾一头拴在树的丫杈上，一头套住自己的颈子，然后蹲下身子，转眼间口吐白沫，两眼翻白，就要断气了。也是老天不绝苦命之人，赶巧安庆知府暗访一宗案件归来，路过这里，菱花被救了下来。

再说冬梅,就在菱花被推出门外的时候,忽然想起:"一不逢年,二不过节,妈干吗让我来看望大姨姥呢?我不在家,妈和哥要是像先前那样找碴,哪个与嫂子解围呢?嫂子虽然污过我,可是她的处境可怜啊!"这么一想,冬梅不敢在大姨姥家多作耽搁,便告别大姨姥急急回家。

冬梅一进家门,就觉得气氛不对。吃中饭了,厨下还是冷冰冰的。哥不在家,嫂子也不见了。问老娘,老娘躺在床上不搭理;问邻居,都说不知道。冬梅心里咯噔一声:"不好,出事了,嫂子回娘家了!"她一阵风出了安庆城。

冬梅一路跑跑走走,走走跑跑,忽然看见前面一顶官轿歇在路的当中,旁边一大圈人,不敢越过去,就闪在一旁等那官轿先走。不多会儿,听见那些人大声说:"好了好了,醒过来了!"接着听见女人的哭声:"老爷大爷,不该救活我啊!不该救活我……"冬梅大吃一惊:"那是嫂子的声音啊!"冬梅顾不得礼仪和回避了,一头扎进人圈里,果然是嫂子!

冬梅抱住嫂子痛哭。知府问明了情由,就把菱花带回府衙,叮嘱冬梅回家只说没看见菱花。

菱花跟知府到了安庆府衙,见了夫人,还是哭。知府和夫人都心疼她,收她做了义女。菱花在知府家养息了一些日子,白胖了,换一身小姐衣饰,跟先前像是两个人了。这天,知府跟菱花说:"菱花,你已是我的女儿了,为父的就不能不为女儿终身着想。眼下与你找个婆家,你看怎样?"菱花不说话,一个劲落泪。知府看出她的心事,又说:"父母儿女,缘分短暂,只有夫妻,才长远着。你别怕,也莫管一婚还是再嫁,你已经是我的女儿了,身价自然不比先前,再悍的夫家,也不敢像先前那样对待你。"菱花想想也是,总不能在知府这里待一辈子,就苦着脸答应了。第二天,知府让师爷传话给知县,指名与他的班头韩天宁做媒。韩家老娘喜得拍巴掌:"这是哪颗福星临门啦!"当下备了彩礼送去,三日后迎娶。

那天晚上,菱花风风光光坐着花轿被抬到韩家,拜过天地高堂,进入花烛洞房,闹过新房,宾客散去,韩天宁挑开盖头一看,吓得一屁股瘫坐在地上,叫喊:

"鬼……鬼……"菱花呢,一见竟是韩天宁,骂一声"狠心贼",晕倒了。韩家老娘闻声赶来,见了菱花,也不禁全身筛糠,不由自主跪了下去。等到菱花醒过来,数说这娘儿俩一顿后,娘儿俩才敢爬起身,给菱花侍奉汤水——这会儿真的是锅巴坐到饭头上了,媳妇成了婆婆。因为菱花已是知府的千金,所以娘儿俩不停地打自己嘴巴,数说自己的罪过。菱花被娘儿俩的可怜相弄得心中不忍,说:"先前的事一笔勾了吧。"娘儿俩从此把菱花看成了金枝玉叶。

韩家这事很快传开了。人们说:韩天宁再娶前妻,幸亏了小姑儿贤惠,要不,菱花一死,韩天宁就得披挂银铛;还说这事对别人也有教训,就凑集银两在菱花吊颈的地方搭了座六角凉亭,请先生写了那副对联镌在亭柱上,让过往行人在亭子里歇脚时,看到对联品评韩家这事。那地方离安庆城大约七里,亭子就叫"七里亭"了。

【注释】

①照:行,可以。方言。后同。

讲述人:江晓东

搜集地点:安庆市

八 蜡 庙

往日,安庆城东门江边有座小庙,叫"八蜡庙"。传说八蜡庙当初叫蝗神庙,供奉南宋江淮制置使刘猛将军神像。这位刘猛将军在世的时候,每逢飞蝗入境,就号令军民人等驱赶飞蝗去他乡,得到皇帝嘉奖,死后敕封蝗神爷,建庙香火祭祀。

清朝道光年间,有一年伏夏,稻禾刚刚打苞,蝗虫便从北方铺天盖地飞来。一进桐城县境,怀宁知县急了。这位知县,姓杨名晓春字八蜡,上任才三天一早晨,就遭遇上这灾年景,好不心急火燎。他询问衙内所有文武司事,无不这样说:"三牲礼祭蝗神爷,驱赶飞蝗去他乡。"杨知县问:"有别的法子吗?"众人异口同声说:"没有。"杨知县脑袋像灌满了铅块。这天夜里,杨知县在书房挑灯踱步,忽而大笑,忽而紧锁双眉,忽而摇头叹气,吓得夫人急问:"老爷怎么啦?"杨知县问夫人:"'三牲礼祭蝗神爷,驱赶飞蝗去他乡',这是对付蝗灾的法子吗?"夫人见问,也叹气摇头,说:"不妥不妥。"杨知县连忙追问:"夫人有何高见?快快说与为夫听听。"夫人把自己的想法说了。杨知县高兴得两眼一亮,一拍大腿,连声称赞:"好哇!好!可叹一群堂堂须眉,竟不比一个半老裙钗!"

第二天,县衙门前贴出告示:"飞蝗入境,人人捕杀。只准捕杀,不准驱赶。遵者奖赏,违者重罚。"人们议论开了:"这是什么规矩啊?"衙门里上上下下,也都在心中嘀咕:"蝗神爷的法子,改得?"

再说杨知县,告示一贴出,即呈文到安庆府,请准动用库银。谁知知府当即批回:"区区小事,何须动用库银。"夫人知道了,将首饰典当一空,又派人去亲友处筹借,加上平时的积攒,总共也不过三千两。杨知县把银两交与师爷掌管,自己领着司事衙役,带着扑板、钳、袋,奔集贤关外去了。

飞蝗终于入境了。人们确也在捕杀，上交死蝗，领取赏银，可是一人一天所得还不到一钱银子，就又议论开了："这点银子，不够三餐稀粥。庄稼踩坏，不如让蝗虫吃了，还落个省力气。"杨知县只当没听见，仍然带头捕杀蝗虫。第三天，就有十几个愣小伙闯进县衙，嚷嚷着要见杨知县。谁知县衙里空无一人，傍晚找到蝗神庙前，杨知县和众人一样，正在那里将捕杀的蝗虫过秤，只是不领取赏银。那班愣小伙感动得哭了。

老古话："牛要打，马要鞭，人受激励能胜天。"杨知县的所作所为一传开，怀宁县上上下下，不只没了先前那些议论，而且人人都使出十二分的力气。没出十日，蝗虫没了。县衙门前又贴出告示：庄稼毁了，翻种荞麦萝卜度灾年。种子层层发放，家家领取。

这一回蝗灾又过去了。荞麦籽粒如豆，萝卜大小似拳。人们正在欢庆灾年得以度过的时候，杨知县在灭蝗中积劳成疾，一病归天了。安庆府、怀宁县以及邻近治下的百姓，没有不痛哭流涕的。接着三年大丰年，各方捐集银两，扩建蝗神庙，"请"走了蝗神爷，供上了杨知县的塑像。杨知县字八蜡，蝗神庙便改叫"八蜡庙"了。

讲述人：江晓东

搜集地点：安庆市

九 华 岭

十里铺西南方有一座小山岭,俗称"九华岭",传说是因九华山肉身菩萨而得名。

有一年,这岭上有户人家,十世单传的儿子患了天花,三个月过去了,理应痊愈,可是,那孩子从头到脚,仍然是燎浆大泡,不见脐眼,而且高烧抽搐,看尽郎中,用尽药方,不见好转。这天,那孩子两眼一闭,两腿一伸,爸妈摸摸鼻孔,一丝儿气息也没有了。一家人呼天喊地大哭。

邻居、亲友们也都在为这一家人伤心落泪,鸣不平。原来,这一家世代行善:哪条小路被雨水冲缺,这家人见了就去修补好;哪座木桥桥板朽裂了,这家人见了就拿新木板去换上;自家省吃俭用,却大手大脚周济别人。如今,这一家十世单传的儿子没有了,邻居、亲友们怎能不替他们家伤心鸣不平呢?这个说:"灾难啊,你不该落在好人家里!"那个说:"为什么是'强盗儿子个个在,修桥补路绝后代'呢?"还有人说:"走,上九华山找肉身菩萨去!"

这家人正在痛哭,邻居、亲友们正在鸣不平,忽然一个全身黑乎乎的老和尚出现在这家门口,双手合十,口念"阿弥陀佛"。人们抬头看去,见是个化缘的老和尚,心里嘀咕起来:"老师父啊老师父,你来的不是时候啊!"这时,这家老爹止住哭泣,从后房拿出仅有的三斤香油、五十枚铜钱递给老和尚,说:"师父,拿去凑合着敬佛吧!"

老和尚收下香油和铜钱,却不离去,径直走到那个没了气息的孩子身旁,摸摸孩子的脸,抚抚孩子的胸,捏捏孩子的小手小脚,又把那些铜钱蘸了香油撒在孩子的身上。顿把饭工夫,那孩子喉咙里咕嘟一声,小手小脚慢慢地动弹起来。这时老和尚又双手合十,口念"阿弥陀佛"。

起死回生的孩子嚷着要喝水,惊呆的人们这才凝神聚目去看老和尚,问:"师父,哪路神仙下的凡啊?"老和尚笑了笑不说话。人们赶忙跪下磕头,一迭声喊:"九华山肉身菩萨显灵啦!"老和尚这才说:"我哪是九华山肉身菩萨哟,我是被这一家子善行感动了,又懂些医道,正好路过这儿,就来了。"说着从衣袋里掏出一把药草,嘱咐煎水让孩子连服三天,然后一阵清风不见了。人们惊呆了,好一阵才回过神来,就见门槛上搁着两锭大元宝。一位老奶奶赶紧帮忙拿那药草去煎水,喂了孩子。不几天,那孩子生龙活虎蹦蹦跳跳了,身上竟没有一个疤痕。那两锭大元宝,一锭朝九华了,一锭济贫救病、修桥补路了,这家人没有刮下一粒银屑子使用。人们把那老和尚当作九华山肉身菩萨,说:"九华山肉身菩萨显灵,来搭救行善的人家,真是好人有好报啊!"

　　那以后,人们常在这小山岭上烧香,向着九华山方向礼拜。时间长了,这小山岭就被叫作"九华岭"了。

讲述人:潘金宝

搜集地点:安庆市

十 里 铺

从前,安庆北门口有个姓舒的老铁匠,带了两个徒弟。徒弟出师,老铁匠将铺子一扒三爿:一爿移到东门,把大徒弟;一爿移到西门,把小徒弟;自己一爿,原地没动。徒弟们离去时,老铁匠十分难舍,说:"伢,有空常来看看师傅。"两个徒弟答应着去了。可是,一个月过去了,一年过去了,两个徒弟没来看师傅。老铁匠心里怒骂:"龟子儿,有本事了,把师傅忘干净了!"

这天,老铁匠愠怒地来到东门,只见大徒弟那爿铺子,冷清得叫人心寒。货框上几把铁铲,十来张月镰,风吹得丁零当郎响。看去都是上好的货色,却蒙上了厚厚的灰尘,想是好久没有动弹它们了。大徒弟正靠在铁砧旁打瞌睡。老铁匠叫醒了大徒弟,问:"伢,铺子怎么弄成这样了?"

大徒弟慌忙跳起身,请坐,倒茶,递烟,接着神色沮丧地说:"师傅,安庆城里有您老人家,哪个来买徒弟的家伙呢?"老铁匠听了心头一震,哪里还有半点儿怒气,心想:徒弟的家伙卖不出去,根子在师傅身上啊!怎么办呢?老铁匠站起身,踱到货框边,摸摸月镰,掂掂铁铲,忽然有了一个主意,就嘱咐大徒弟,"伢,明儿晚上上我铺子去。"

老铁匠又来到西门,小徒弟的铺子也一样。"唉!我以为传了手艺,就算带出了徒弟,哪知道不是哩!"他没有问什么,就也嘱咐小徒弟,"伢,明儿晚上上我铺子去。"

老铁匠回到自己铺子里,搜捡出早年置办的两块铁砧,烙上"舒记"火印。第二天晚上,两个徒弟双双来到时,老铁匠将两块铁砧往两个徒弟面前一搁,说:"这两块铁砧,你俩一人一块,扛回去用着,在心在意做生活,就会锻打出人人抢要的好家伙。"

两个徒弟扛起铁砧走后,老铁匠收拾起家家伙伙,带一块没有"舒记"的砧子,一担挑着,往北面荒郊去了。

两个徒弟用上师傅给的砧子,锻打出的铁家伙,果然一摆出就卖了。这天两个徒弟相约,买坛好酒去看师傅。谁知,来到师傅的铺子,铁将军把门了!一打听,才知道师傅早就全家搬走了。两个徒弟只好各自回转。

时光如流水,转眼三年过去了。这天傍晚,两个徒弟又聚在一起,说着想念师傅的话,说着说着就哭了。奇怪哩!泪珠儿一落地,耳畔就响起叮当叮当的打铁声。好熟悉啊!那是师傅敲砧的声音。两个徒弟循着声音找去,到了荒郊,那声音就越来越清晰了。找啊,找啊,两个徒弟找到一座土岗上,就见一间茅屋的门洞里火光飞溅,那熟悉的叮当声就是从那里面传出来的。两个徒弟抢进小茅屋:"啊?师傅,你在这里!"

老铁匠吃了一惊,停下手中活儿,问:"你俩怎么来了?"两个徒弟齐声说:"想念师傅,就听见师傅的打铁声了,循着声音找,就找到这里来了。"

师徒们围着铁砧说话。原来,老铁匠为了让两个徒弟在安庆城里站住脚,自己就隐到了这里。两个徒弟感动得热泪满脸。他们要师傅回城,老铁匠说什么也不答应。

这事儿很快传开,大家都敬佩老铁匠的为人。那时那里有个驿站,离城十里,人们就把老铁匠的铺子叫作"十里铁匠铺"。后来,"铁匠"二字省了,叫"十里铺"了。再后来,"十里铺"就成了那里的地名。

讲述人:江晓东
搜集地点:安庆市

龙 狮 桥

过年舞龙灯,为的是一年"龙行天下,风调雨顺";舞狮灯呢,因为狮子是百兽之王,为了震吓百兽,不来乡间侵袭人。说是很久以前,有一年,城里舞龙灯的,来到这河的西岸止住了;乡下舞狮灯的,来到这河的东岸也止住了,都因为这河水的阻隔。两岸锣鼓正咚咚锵、咚咚锵地敲,忽然,东岸有人喊:"你那舞龙灯的,有本事过河来耍耍!"接着,西岸也有人喊:"你那舞狮灯的,有本事也过河来耍耍!"

舞龙头的和舞狮头的是两个毛头小伙,听不得这激凌话,一时激动,同时向对岸跳去。河虽不宽,但都没能跳过去,却在半空中"顶"住,顶成一道弧。人们还没来得及喝彩,舞龙灯的和舞狮灯的同时往下坠落,人群中爆出一声惊叫。说时慢,那时快,不知河的哪边飞出一根拐杖,唰地变得又长又粗,端端架在河的两岸。舞龙灯的和舞狮灯的同时落在拐杖上。两岸看灯的人爆叫:"铁拐李!铁拐李!铁拐李也在看灯!"这时,舞龙灯的退回到西岸,舞狮灯的退回到东岸,那根拐杖就慢慢消失了。事后,人们仿照那拐杖的样子,在河上架了一道圆木桥,刻上龙和狮,叫它"龙狮桥"。再后来,圆木桥改成了平板桥,平板桥改成了石头桥,却一直叫"龙狮桥"。

讲述人:苏传胜

搜集地点:安庆郊区

三步两桥

　　安庆小南门内那段街名"三步两桥"。传说那时那里当街横着两道沟,上面搭两块木板让人行走,人称那是两座"桥"。

　　有一年,城里有个在江南坐馆的秀才,年三十回家,过得江来,在一家小店里看见可目的衣料,给娘子买了两段;好玩的玩意儿,给儿子买了两样;老娘想了多年的黑丝包头,他眼光一闪就跳开了。这秀才五岁死了爸,老娘替人家洗衣浆衫把他拉扯大,还念了书中了秀才,可他心里偏就没有老娘。秀才走到这里,望见家门了,就急急跨上那木板桥。怪!木板桥不过五六尺长,可是他从午前走到午后,估摸也走了五六里,人却还在桥上。秀才想:这桥跟我作对哩。罢!他改变了主意,退回去,摆开架势,来个虎跳跳过去!可是,秀才那一跳,竟跳回到给娘子和儿子买东西的小店门口了。秀才眨巴眨巴眼,猛然省悟了,去买了一块黑丝包头。秀才再过那两座木板桥,三大步就过去了。

　　这时迎面走来一个老叫花子,手提酒葫芦,一边走一边喝酒一边唱:"一桥五六里呀,三步两座桥,说怪还真怪呀,怪中有奥妙。"秀才一愣,老叫花子不见了。啊,铁拐大仙!秀才知道了,往后对待老娘,再孬也得跟对待娘子和儿子一样。

　　秀才回到家,年夜饭都摆好在桌上了,一家人说不尽的快乐。

　　过了年,这事传了出去,那两道木板被叫作"三步两桥"了。后来,沟豁子、木板桥都没了,那段街就叫作了"三步两桥"。

讲述人:杨小华

搜集地点:安庆市

登 云 坡

传说很久以前,登云坡是一座望不到顶的高山,山上云遮雾绕。那一年,汉武帝巡游长江打这路过,一见这座高山,乐了,想:"没见过这样高的山哩,它直插云天。古话说'云天云天,云上就是天',我何不从这山上登云上天呢?天上是神仙世界,有仙宫仙女,有仙苑仙桃,有琼浆玉液,有长生不老仙丹,还有三十三天神仙宝座……天上做神仙,比人间做皇帝美多了!"他就下了圣旨,泊舟上岸。

"皇上圣明天子,这儿定能登云上天啊!"

"圣明天子登云上天,千古万古佳话啊!"

"皇上万岁万万岁啊!"

……

大臣、侍从、护卫们异口同声地山呼,把个汉武帝恭维得浑身都酥了,心潮一涌,劲头十足,他就噔噔噔直往山上走,一步、两步、三步……开先还不打紧,后来,汉武帝往上登一步,山就往下矮一截;汉武帝一步一步往上登,山就一截一截往下矮。汉武帝好不容易登上了山顶,一看,自己还是在人间。那个天,高着呢。山,矮成一个小土坡了!

汉武帝没有能够登上云上的天,却把一座高山踩成了一个小土坡。那以后,人们把那小土坡叫作"登云坡"。再后来,那里有了城,那条街被叫作"登云坡"了。

讲述人:江晓东

搜集地点:安庆市

哈巴巷与插竹巷

从前,安庆城里有个不好听的巷名,叫"哈巴巷"。传说,这巷名跟阮大铖有关。

阮大铖,怀宁人,明朝万历年间进士。这家伙一中进士就做官,一做官就歪了脑袋。熹宗皇帝坐江山,魏忠贤得了势。他想做官上官,就一头钻进魏忠贤的裤裆里。魏忠贤让他陷害一个忠良臣,他就加上二十个;让他搜刮十万金,他就不少于三十万。他干上一桩坏事,官就连升三级。这样,阮大铖就成了脚底生疮、头顶淌脓的家伙啦。人们当面喊他八千岁,背地里叫他阮哈巴。

阮大铖在朝廷中依附魏忠贤,权大势大威风大,可怀宁、安庆的地方官,连那读书的士子都不去他那里攀胳膊附大腿。人们说:"阮大铖坏事做尽,没有好下场!"果然,阮大铖威风了几年,崇祯皇帝登基,他就被撵出了朝廷。

阮大铖成了一条野狗啦!哪里的人都知道他太坏,都不让他存身。他没处存身,就溜回安庆来了。

开先,阮大铖住在天台里,也不出头,也不露面,可不几天,人们知道了,都冲他叫骂,要他走。阮大铖没办法,只好搬到这条僻静的小巷里。

阮大铖照样不出头,不露面,可是没几天,人们又知道了,又都冲他骂,要他走。阮大铖哭了。"唉!我能去哪儿呢?"他铁了心,闭住嘴,紧关门,让人骂,不作声。小巷里的住户骂了九九八十一天,硬是骂他不走,一合计,就一家养一条哈巴狗,轮流转,早早晚晚把哈巴狗拴在阮大铖的门前或窗下,一边打得哈巴狗汪汪叫,一边骂得阮大铖黄汗淌。

"我们巷里哈巴狗,两只脚走路。得势乱咬人,失势缩龟头。到哪哪里脏,千古大瘟疫。一天几顿打,看你走不走!"

这样，这条小巷被叫作哈巴巷了。

阮大铖这里又待不下去了，不多时就溜到南京去了。阮大铖走后，巷里的住户，彻底清洗了阮大铖的住处，各家各户改在门前插上了竹竿，竹竿上挂个牌子，写着："人要学竹端正有节，莫要像阮大铖哈巴摇尾。"说也奇怪，这里没了阮大铖，插上的那些竹竿竟生根长出叶来，而且竹竿一天比一天高，竹叶一天比一天茂，没半年，小巷绿竹成荫，清净无尘。这样，哈巴巷又被叫作"插竹巷"了。

讲述人：钟兆秀
搜集地点：安庆市

百 花 亭

传说一

传说武则天做过七十大寿,一天比一天行事骄横,喜怒无常。那年大年初一,纷纷扬扬下起了大雪,眼看要下到上元节啦,武则天高兴,想起了御花园,就召来花工太监,问:"御花园里百花开放着吗?"花工太监跪地打哆嗦,说:"大雪纷飞,百花不敢开放。"武则天笑了,说:"朕让开放,有何不敢?去,传朕旨意,今夜百花尽情开放,明儿一早朕要观赏百花雪中开放的奇景。"

花工太监去了,跪在御花园雪地上哭着打嘴巴:"你这鸟嘴!你说不来话!你害得我好苦!"哭声骂声让一个铲雪的小太监听见,循声找来,见花工太监那个模样,问:"师傅怎么啦?"花工太监将事情说了。小太监说:"师傅再去禀报皇上,就说天地神仙不让百花开放。天地神仙比皇上大。"花工太监笑了。

花工太监再去禀报武则天,武则天勃然大怒,说:"天地神仙,何等物事!传朕旨意,今夜百花定要开放!不然,明儿不管是天是地是神是仙,全都砍脑袋!"

花工太监把圣旨高高挑在树枝头,跪在雪地上祈求上天保佑。这时太白金星打那上空过,看见那道圣旨,急忙禀告玉皇大帝。玉皇大帝皱起眉头,说:"天地神仙的脑袋她砍不了,遭殃的是人。"就传百花仙子,说:"你去人间走一遭,让武则天那个御花园里的百花雪里开放吧。"

百花仙子下得凡来,一路飘飘荡荡一路想:"这个武则天,也忒横了,逆天时,悖情理,我为什么要听命于她呢?我偏不去她的御花园,让她那圣旨喝大北风去!"这么想着,一转身来在安庆(宜城渡)菱湖上空。她一挥长袖,菱湖的雪地上就开出百样鲜花来。

大雪纷飞,百花开放,天下大奇事呀！官府快马上报,一级级报到武则天那里。武则天正大怒要杀人哩,听了这喜讯儿,虽不是御花园里,但怒气也就消了一半,说:"收刀!"当即点了御林军,坐上暖轿儿,去观赏百花雪中开放的奇景。当然啦,武则天没有到那里,半路上折回了,因为雪已经停止飞落,地面的积雪也已经在融化,到了那里也看不到百花雪中开放的奇景了。

官府已经为武则天建造好了赏花的亭子,取名"百花亭",就在菱湖的对面。那时这里还没有城呢,后来建城,亭子就移建到城墙头上了,仍然叫百花亭,那一方城墙不知怎么回事也被叫作"百花亭"了。

传说二

传说宋朝方腊起义,处处响应,节节胜利。可就在这胜利的当儿,失败了！什么原因呢？方腊有个妹妹方百花,十五六岁就做了大元帅,扎营布阵,领兵厮杀,十分厉害。官兵害怕了,派奸细到起义军队伍里散布谣言,说方百花暗地里求朝廷"招安"。方腊听到这话大怒,不让方百花做大元帅了,让她做个接应粮草的小牙牌。"对待同胞妹妹都这样,往后我们这些人呢?"起义军将领们这样一想,灰心丧气了。这以后,方腊节节失败,不多时就被官兵和宋江合伙剿灭了。

据说,方百花做大元帅时,曾经率领一支人马打过了长江,在安庆这地方驻扎过。后来安庆建城,这地方一并建了个亭子纪念方百花,所以叫它"百花亭"。

讲述人:孙其刚

搜集地点:安庆市

系 马 桩

传说清朝咸丰年间，太平天国翼王石达开攻下了安庆城。那阵子，原先的驿站瓦砾场和场子上那根系马的木桩还在呢，石达开常在那场子上亲自给贫苦群众分钱分粮。每在这时，他那乌龙马也就系在那根系马桩上。后来英王陈玉成也是这样。那根系马桩从此可就神啦！

一八六一年秋天，谋划已久的曾国藩指派曾国荃带领大队清兵，对安庆城由围困转为攻打了。那天早上，一声炮响，安庆西门城墙被炸塌一大截，清兵一拥而入。他们不见一个太平军将士——太平军将士战死的战死，受伤的、活着的被市民们藏了起来。清兵气疯了，见人就杀，见房就烧，安庆城成了一座尸山，一片火海。清兵烧杀到那根系马桩近旁时，忽然像炸窝的兔子一样，撒腿往回跑。曾国荃下令杀掉几个，才压住阵脚，喝问："什么事惊慌？"清兵一齐跪下，说："翼、翼王，英、英王，还有……都在……"曾国荃气得两瓣猪肝脸直颤抖，断喝："放屁！长毛！匪！杀！给我杀！烧！杀！"

曾国荃督押着清兵往前杀，往前烧。这就奇啦！忽然一阵狂风，那根系马桩拔地而起，飞了起来，夹杂着战马的嘶鸣，向着清兵横扫过去。那些清兵，抱着头，护着脑，没命地逃窜，还拼命嚎叫："不得了啦！好多翼王啦！好多英王啦！好多太平天国啦！"曾国荃又一声断喝："放屁！""屁"字刚出口，那根系马桩朝他飞去：第一下，砸在嘴巴上，嘴巴成了猪鼻子；第二下，砸在鼻子上，鼻子陷进猪脸里；第三下，砸在眼睛上，眼珠子冒出来。曾国荃被砸得没人模样啦，这才下令鸣金收兵。

曾国荃收兵城外驻扎，那根系马桩不知去向了。有人说，它追随翼王、英王上天堂了；有人说，它拴着曾国藩、曾国荃的灵魂下地狱了。不管是哪样说法，那根系马桩都一直搁在安庆市民的心窝里。

系马桩,现在是那里的一条街名。

讲述人:吴宗皓
搜集地点:安庆市

饮马塘又叫淹马塘

传说一

安庆北门偏西一点的城墙头上,早先有一口水塘,人们叫它"饮马塘",又叫"淹马塘"。这名字有一段来历。

传说南宋时候,金兵大举南下,殿前指挥副使范文虎受命援救襄樊,却不战而逃,因贾似道保救才没被砍脑袋,改派来安庆做知府。

这天,范文虎走马上任,通判夏椅陪着巡视城防。但见安庆城城高墙厚,濠宽水深,真也算得半个"固若金汤",更有将士雄魁彪壮,矛长刀亮,百姓同仇敌忾,爱国之情比江水还汹涌。可是,范文虎还是双眉紧锁,长吁短叹。夏椅心中明白,他是害怕抗击金兵,就进言坚定他的意志,说:

"范公大人,你看这安庆城城池坚固,粮草充足,军民心齐,又前有大江,后有龙山,就是金兵整个挥师而来,我们也不在乎。这回,我们定要杀退金兵,守住安庆城池,上报效朝廷,下保护百姓,这样,我们就不致愧食军禄,愧对一方国土了。"

范文虎沉默了一会儿,说:"这安庆城稍有人和,却无地利,更不必说天时了。就拿水来说吧,长江虽近,却在城外,要是金兵四面围定,我们人和战马,不饿死也得渴死啊!"

"城里可以挖井哪。"

说话间,范文虎和夏椅就来到这段城墙上。范文虎驻马说道:"通判你看,仅是这里,饮用水的供运有多难哪!况且在这城墙头上挖井,能出水吗?"

夏椅急了,正要再进言,忽然耳边崩天裂地一声响,就见那城墙头上裂出一

口半亩大小的水塘。塘水清澈,倒映着猎猎旌旗和刀矛剑戟。在场的人都惊呆了。夏椅高兴地挥戈大叫:

"范公大人,天时有啦! 这是天降祥瑞,老天爷襄助我们呢! 我们一定能杀退金兵,守住安庆城!"

范文虎皱紧眉头,喃喃地说:"那水,哪知道能不能饮用呢? 哪知道……"

话没说完,范文虎的坐骑玉骢马就把范文虎掀下地来,鬃毛直竖,四蹄生风,长鸣一声,奔到塘边咕嘟咕嘟喝水,喝够了,才又回到范文虎身边。

范文虎没话说了。从此,他的玉骢马天天到这塘边饮水,很快,许多战马也都被牵到这塘边饮水。这样,这口水塘就被叫作"饮马塘"了。

城墙头上裂出一口水塘,这是天意呀! 军心、民心更是大振。南宋德祐元年,金兵包围了安庆城,但是没到三天,就后退了八十里。为什么? 金兵听见安庆城里的喊杀声震天动地,他们吓坏了。范文虎呢,还是害怕抗击金兵,不准一将一卒出城。金兵看出了底细,就给他送来一纸《劝降书》,说:"献城投降,荣华富贵;一旦城破,鸡犬不留。"范文虎面对那纸《劝降书》,一忽儿锦袍玉带,一忽儿人头落地,权衡一番,心一横:献城! 他就写下了《请降书》,派人送到金兵大营。金国左丞相伯颜看了《请降书》哈哈大笑,又派使者给范文虎送来金印、锦袍,命他三天内献城,迎接金兵。夏椅得知,力阻无效,服毒自杀了。范文虎杀了好多劝阻他的将士,投降的路通畅了。

这天三更四点,范文虎一身金兵戎装,大开城门迎接金兵。金兵一个小头目阿不都坐在范文虎的玉骢马上,范文虎在马前步行,执缰举鞭。一路上,人们见了掩面饮泣,心里痛骂。范文虎那匹玉骢马也是泪水滴答,一路尥蹶子。他们一行经过饮马塘边时,玉骢马长鸣一声,掀下阿不都,挣脱范文虎手中的缰绳,腾空而起,落入饮马塘中淹死了。阿不都被摔得鼻青脸肿,头破血流,大叫:"戽干塘水,找到马尸,鞭尸示众!"范文虎领头戽水,可是塘水戽干了,却没找到马的尸体。人们说:"水塘有情藏忠骨,不让敌酋逞凶狂。"阿不都恨恨地罢休了。

范文虎降了金兵,做了灭亡南宋的先锋官,后来又做了元世祖的马前尉,再后来就是尚书右丞。范文虎虽然保住了性命,又做了大官,却留下了千古骂名,还不如他的坐骑玉骢马,赢得了至今有口皆碑的赞颂。就因这,饮马塘又被叫作"淹马塘"。

传说二

早年间,那里有个养马场,马都到那塘边饮水,所以那塘被叫作"饮马塘"。

有一年,养马场给母马配种,配到最后一对,两匹马都是又尥蹶子又咬人,无论如何也不肯交配。养马人气得大骂:"畜生啊,不都是一张马脸吗?难道还有什么好看不好看吗?"于是用眼罩罩住两匹马的眼睛,再牵到外边遛了几圈,两匹马这才交配了。

人说"老马识途",却不知马还识血肉亲情、讲伦理、有廉耻哩。交配中,妈马感知是自己的儿马,儿马也感知是自己的妈马,于是双双挣断缰绳,奔去饮马塘淹死了。

这时起,饮马塘又叫"淹马塘"了。

讲述人:黄大发
搜集地点:安庆市

倒扒狮

明朝万历年间,西大街的拦腰处有一所书塾,十岁的刘若宰就在那里读书。

刘若宰写的文章全书塾第一,可是,老先生就是不说好,那二、三等的,倒是夸不绝口。为什么?刘若宰跛脚瘸手又驼背,长相丑哇。刘若宰看在眼里,怄在心里,想:"我总得想个法子,让老先生不再屈我。"

这天一早,学童们到了书塾,见老先生还没来,就把头天叫写的文章拿出来念(老先生让学童们写好念出,他听了给评孬好)。刘若宰这时灵机一动,闪电一样把同窗们的文章抢来撕了,在同窗们的哭骂声中把自己的文章也撕了。老先生来了,一见这场面,气得胡子直翘,喝叫:"快写!写好打手心,第一个打一戒尺,第二个打二戒尺,第三个打三戒尺……依此类推。写得顶呱呱的就免打。"

学童们都急急惶惶地写文章,又争先恐后地念文章,为的是少挨打。刘若宰第一个写好,却挨到最后一个念。这样,到刘若宰念文章时,别的学童都大难已去,心也定了,又感激他不抢先,都认认真真地听他念。刘若宰念到好处,那词那句就像金豆子落在银盘里,那神那韵就像清泉水流在山石上。同窗们都听呆了。刘若宰念完,老先生叫他上去打手心。

刘若宰问:"先生,不是说写得顶呱呱的就免打吗?"

老先生反问:"你的文章顶呱呱吗?"

刘若宰说:"先生心里明白。"

老先生还是要打刘若宰。这时一个学童说话了,他说:"刘若宰的文章实在顶呱呱呀!"接着又有好几个学童这样说。童子心中不藏奸,老先生没话说了。但是,老先生心里挺恼恨,就挖苦刘若宰说:"好吧,刘若宰,就算你文章写得顶呱呱,你的尊容却不顶呱呱,就因这个,你也考不到状元!"

刘若宰心头像针扎,问:"先生,我要是考到状元呢?"

"我在大街上倒扒!"

十五年后,这年崇祯皇帝登基,开科取士。刘若宰进京一考,还就考到了头名状元哩。京报报到安庆府,传出去,还在书塾教书的老先生慌了神,想:"我拿人样貌评文章、论才学,这下丢人现眼了!"

这天,老先生放了学,闷坐塾舍揣想在大街上倒扒的情景,心中不是滋味。偏在这时,书塾大门被敲得咚咚响。老先生抖抖索索地去开了大门,就有十几个官兵拥了进来,定神一看,哎哟,里边还有个头戴状元帽、身着大红袍的刘若宰呢!老先生差点晕倒了。这时刘若宰走上前,向老先生深鞠一躬,说:"学生深蒙恩师教诲,今日侥幸得中,特来拜师。"接着,让人献上厚礼。

老先生赶紧让座,满脸汗珠,说:"贤契,老朽一还没有贺你高中,二还没有大街上倒、倒扒……"

刘若宰扶老先生坐下,然后自己才坐,说:"恩师教诲之恩,学生铭记不忘,那些陈芝麻烂谷子的事,就别再提了。"

老先生以为刘若宰虚言戏弄,怒了,霍地站起身,说:"大街上倒扒,是老朽说的,决不食言!走,老朽这就倒扒去!"

刘若宰一把按下老先生,说:"求恩师宽恕学生当年无知。今天,刘若宰虽然中了状元,但世上绝无恩师为学生在大街上倒扒的道理。"

"世上也绝无说话不算数的师长!走,这就倒扒去!"

老先生倔劲一上来,十八头黄牯也拉不住,刘若宰只得跟着老先生走出书塾。来到大街上,刘若宰一把拽住老先生,说:"恩师,先再给学生一个教诲,行吗?"老先生止步了,等刘宰发问。原来,刘若宰知道老先生的脾气,衣锦还乡之前就苦苦想了几个昼夜,不让老先生在大街上倒扒的主意就落在了书塾门外当街的那座牌坊上。刘若宰指着牌坊坊柱上的两只石狮,说:"恩师请看,那坊柱上倒扒的狮,前爪被遮没了,没'犭'的'狮',是什么'狮'呢?"

老先生不经意说:"'师'呗。"

刘若宰拍掌大笑:"是啊,是啊!狮没'犭',便是'师',那狮倒扒代这师,恩师说行吗?"

老先生这才恍然大悟。见刘若宰言辞恳切,用心良苦,他也就没在大街上倒扒了。不过从这以后,老先生心中一直没有平静过。

西大街的这一段,就这样被叫作"倒扒狮"了。

讲述人:王万松
搜集地点:安庆市

鸭儿塘的传说

安庆西门城外原先有口大水塘,名"鸭儿塘",传说是一片大草坦变成的。大草坦怎么变成大水塘了?说起来有个故事。

很久很久以前,有个姓张的孤老头儿,在石门湖边搭间草棚放养湖鸭。往年放养湖鸭不旺相,一天只能喝上两顿粥。这一年,张老头的一百只小黄鸭只只长成了大麻鸭,眼看一天能吃上两顿干饭了,张老头乐得合不拢嘴。

这天早上,太阳格外红,湖水格外清,张老头站在湖岸边,手搭草棚朝远望,望那青山倒映的湖面上,嘎嘎欢叫的大麻鸭们追逐嬉闹。忽然间,张老头耳边一阵沙沙响,回头一看,是后山冲表侄儿白无赖来了。这白无赖十分无赖,所以十二分出名。你看他那长相——龟背蛇腰耗子腿,獐头鹞眼黄鼠狼嘴,就知道他的为人了。他跟湖水从来不打交道,这会儿来这里做什么呢?张老头蹭上前去一看,不由得倒抽一口冷气,呀,白无赖正从阴阳袋里掏出死蛤蟆,一只一只往鸭群里扔哩。鸭子吃了死蛤蟆要得胀膆子病啊!张老头急了,哀求说:"白大相公啊,别扔了!我的好表侄儿,这是做什么呢?"白无赖转了转鹞子眼,说:"养死蛤蟆生蛋,死蛤蟆蛋值大钱哪!"张老头气得颤巴着嘴唇,半天才接下去说:"这、这叫什么话?"白无赖却扬扬得意:"嘿嘿,这回你就死猴子么二三喽。"张老头知道遇上山狸子了。他越想越气,可是有什么法子呢?想来想去,只有一条路——挪地方!

张老头费尽艰辛,走了五六十里路,把一百只大麻鸭转移到了白泽湖。可是,三天头上,白无赖又来了,又往鸭群里扔死蛤蟆。张老头气得没奈何,跟白无赖较理儿。白无赖涎着张脸皮子,说:"王法上有哪一条说,这湖水里只准你放麻鸭,不准我养死蛤蟆?"张老头较他不赢,只得再挪地方,把一百只大麻鸭转移到菜籽湖。菜籽湖最偏远,可是没出三天,白无赖又找来了!"嘻嘻,白大相公是十二属相之外属'管'的,天上地下都归管,看看哪个能躲得脱我!"张老头这回悟出道道了:白无赖是在变着法儿索白食啊!可是,送他几只麻鸭子塞狗洞吧,今天几只,明天又几只,不出一个月,这一百只大麻鸭就精光了!到底该怎么办呢?唉!看来等不得踏霜时节了,张老头决定把一百只大麻鸭赶到安庆城里去卖掉。

这天一早,张老头卷起铺盖卷,聚起一百只大麻鸭往安庆城里去。行了三天一早上,好容易来到安庆城,城门口却禁卫森严,不让进,说是麻鸭子拖泥带水,腥臭了街道,要他离得远远的。张老头东南西北五门转悠遍,都一样,天又快黑了,只得把麻鸭子赶到西门外,选中那块大草坦,圈起来再说。自己呢,就坐在鸭圈旁边打瞌睡过夜。

半弯月升起,抹汗风吹过,蚊子也闹完了市,张老头提心吊胆地打起瞌睡来。他刚一合眼,鸭圈里麻鸭子们就骚闹起来。张老头跳起身,就见一个好熟的身影在鸭圈旁边晃动。"哪一个?""嘻嘻,我哩。""做什么?""借两只麻鸭子下酒呀。"说话的是白无赖。只见他两手一挥,两个彪形大汉搭只大竹篓走过来,放下竹篓,就跳进鸭圈抓麻鸭。张老头按捺不住心中怒火,大喝一声:"住手!"奔上前去,却让白无赖挡住了。"嘻嘻,还是表叔呢,几只麻鸭子算什么?"就这样,两个彪形大汉一只又一只抓麻鸭。眼见那一百只大麻鸭小半被抓进大竹篓了,怪啦,忽然一阵狂风吹过,大竹篓、彪形大汉都不见了,白无赖变成一只白鸭子,鸭颈捏在张老头手里,两只翅膀扑棱扑棱扇动着。白鸭子张开扁嘴要咬张老头,张老头吓得往大草坦上扔去。又怪啦!那一扔,大草坦上竟被砸出个大窟窿。大窟窿咻咻啦啦响,不多会儿就变成一口大水塘。大水塘有头有颈还有身子脚,活像鸭子模样。塘水清汪汪的,张老头那群大麻鸭浮在水面上,围住三只白鸭子撕咬。张老头吓愣了,不知这是怎么回事。这时,随着一阵呵呵大笑声,平地里冒出个手拄拐杖、白发银须的老汉。啊!那不是给七仙女和董永做过大红媒的土地公公吗?张老头就要趴下磕头,土地公公一把扶住说:"老

鸭儿塘的传说

兄弟,一个无赖头,两个帮凶手,都成了你的鸭子啦!你再不用怕、不用躲他们了。"顺着老土地拐杖的指点,张老头看见塘水上多出了三只白鸭子。张老头心肠一下子软了,恳求老土地让他们复原人形。老土地又呵呵笑了:"老兄弟,这就没办法了,恶人变成了鸭子,就不能复原人形了。你就别可怜他们了。"说完,老土地又呵呵笑着没入了地下。

从此,张老头就住在这水塘边,鸭子就在塘水里放养。有人路过这里,或是来他这里买蛋、买鸭子,或是来询问这件怪事,他就把这故事一五一十讲给人家听。这样,人们就把这口水塘叫作"鸭儿塘"了。

讲述人:江晓东
搜集地点:安庆市

大 观 亭

大观亭,在安庆西门城外新狮坡顶。亭前大江奔流,亭后龙山拱卫,壮观得很。传说,这亭子的建造,与明朝开国皇帝朱元璋的一怒有关。

说是朱元璋坐稳了江山,闲着没事,就寻欢作乐。一天,他袒胸露臂跟宫女们躲猫猫,被一宫女一指头戳痛了臂上的箭疤,不禁勃然大怒,立马穿戴整齐,召见刘伯温,说:"军师,替朕拟颁诏书,令各府州县将前朝遗留下来的顽忠愚烈杀光斩绝,一个不留!死了的也要掘墓开棺,鞭尸枭骨!"刘伯温见朱元璋怒气冲冲,不敢询问究竟,只好答应一声"老臣领旨",去了。

刘伯温让人把这事告知了马娘娘,马娘娘心头一震,想:好端端的怎么又要杀人呢?思谋了一阵,就命几个顶好看的宫女,备下一席顶好吃的酒菜,请朱元璋小酌说话。

朱元璋三杯美酒下了肚,脸上的寒云散了,马娘娘就搭手扶肩地问:"皇上今日龙颜不悦,又为何事?"朱元璋看定马娘娘,笑着说:"娘娘莫要多心。朕方才一时恼怒,是因为臂上箭疤被触痛,想起前朝的顽忠愚烈,痛恨在心。这与娘娘毫无干系。"马娘娘又问:"皇上心中的痛恨,怎样消除呢?"朱元璋一挑双眉,说:"朕已让军师拟颁诏书,令各府州县将前朝那些顽忠愚烈斩尽杀绝,死了的也要掘墓开棺,鞭尸枭骨,以此来消除朕心中的痛恨。"马娘娘绕着朱元璋身边转来转去,看定朱元璋,忽然拍掌大笑起来,说:"错了错了,皇上错了!"朱元璋很是愠怒,问:"朕错哪里了?"马娘娘一脸正气,说:"今天杀光那些人,明天皇上的箭疤又被触痛了呢?"朱元璋一时说不上话。马娘娘说:"那样的人,正好为我朝所用呢!""他们不肯归顺啊?""这样才好哇,表明这些人忠贞不屈。皇上想想:不准人忠人,哪有人忠我?为君王的,心中只有江山和痛恨,没有机巧和谋略,成吗?"朱元璋问:"依你,该怎样处置那些前朝的顽忠愚烈呢?"马娘娘说:"活着的,礼待他们;死了的,堂、祠、亭、庙祭祀,让天下人人争做忠烈。要是人人都能这样,皇上不就可以坐享太平了吗?皇上心中,还有什么痛恨呢?"朱元璋想想,有道理,一把抱起马娘娘,说:"大脚,朕又一次服了你了!"

朱元璋就又召见刘伯温,说:"军师,替朕收回成命,改诏天下,前朝忠烈,活着的礼待他们,死了的责令地方给建堂、祠、亭、庙祭祀,让天下人人敬仰忠烈,争做忠烈。"刘伯温谢了朱元璋,谢了马娘娘,说声"老臣遵旨",去了。

安庆府、县不久便接到诏书,于是官绅富户为那以死忠于元朝的都元帅、淮南行省左丞余阙修了忠烈墓,建了忠烈祠,还在祠、墓间的坡顶上筑了座亭子,让人们在游憩中观赏大江美景的同时,凭吊、敬仰、仿效余阙的忠烈。一时间,官绅士子,平民百姓,云集云散,好不热闹,一个荒僻处,忽然间就变得热闹非凡,蔚为大观了。这样,那亭子就被起名"大观亭"了。

讲述人:江晓东
搜集地点:安庆市

让　泉

　　传说很久以前，安庆西门城外有一道泉水，人们吃了，白发变乌黑，憔悴转红润，枯瘦长白胖，老迈返年轻，病弱的健壮起来。这事儿像遍身长满了翅膀，一下子飞了开去，城里城外、远远近近的人们都来取这泉水。

　　开先，人们都能做到"三先"：老者先，弱者先，先者先；时间一长，就不行了。这天，一个毛头小伙子挑着水桶前来取泉水，他见人那么多，不耐烦，就大吼一声："让开！"举起水桶闯上前去。到了泉水边，他刚把水桶摁到泉水里，怪，泉水咕嘟一声没了！小伙子惊呆了。人们七嘴八舌地骂："冲啊，闯啊，狠啊！怎么狠不过泉水啊？"小伙子满脸通红，挑着空水桶走了。人们又开始礼让起来。这下更怪了，泉水咕嘟一声又出来了！有个老头取了泉水，一边走一边叨咕："让就有，抢就无，这泉是'让泉'哪！"接着，人们都醒悟了似的嚷开了："让就有，抢就无，这泉是'让泉'！"

　　从此这泉水就有了这个名。后来，有个抚台大人在泉边筑了个亭子，把泉眼圈起来据为己有，这泉水就刨根儿干涸了。现在，让泉没有了，让泉的故事还在流传。

讲述人：汪华启

搜集地点：安庆市

女儿桥

从前有个员外,一连生了十个女儿,气得胡子开叉。一天,算命瞎子敲着"叮当"从他门前过,他叫住算命瞎子,说:"先生,替我算算命,命中有没有儿子。"老古话:"瞎子眼瞎心不瞎。"不用算,这员外没有儿子,他想要儿子。员外报了八字,算命瞎子就拉弓鸣弦唱说起来:"世人八字有好坏,不是娘胎带了来,嗯乃咳——员外,恕我奉直言,府上功德欠,嗯乃咳——修条路,造座桥,好事做了莫悬口,苍天有眼看得见,嗯乃咳——员外,你自然就有儿子啦。不然……"算命瞎子还没唱说完,员外一拍桌子,大叫:"来人哪!把这瞎眼驴轰了!"算命瞎子被轰走了。员外瘫坐在太师椅上,半天出不得气,好一阵才哼哼唧唧骂:"王八盖子的!有银子,怕买不到儿子?"员外一气之下买了十个儿子。

老古话:"跟好学好,跟叫花子学讨。"十个儿子被调教得胜过员外了:一天天只会饭来张口,衣来伸手,更会大白天逛窑子;十个女儿呢,虽是亲生,却是吃、穿、用、住都和下人一样,还派做粗重活儿。世上事就有这样怪:十个儿子成了十段烂木,十个女儿成了十朵金花。员外气得病倒在床上起不来啦。

员外躺在床上胡思乱想,就老是看见那个算命瞎子指着自己鼻子骂:"死梔头,不积德,不行善,有了儿子也白搭!"员外大叫:"来人哪!来人哪!"这回来的不是下人,是十个儿子。十个儿子舒拳捋袖,问:"嚎什么嚎?"员外说:"给我端汤倒水,我快气死啦!驴……"十个儿子暴跳起来,这个吼:"老不死的!都黄土埋颈子了,还嚎什么汤呀水呀!你就自家屙了自家受用吧!"那个骂:"家产你不交出来,倒要我们伺候你,还骂我们驴。驴你个老不死的!你就床上打洞地上刨沟吧!"员外气得捶床榁。

没几天,十个儿子又来了,围住员外病榻吼:"老东西,再不交出家产,死了让你喂野狗！"员外气得两眼珠子冒出来，这时心上忽然有了主意，说："你们听好了，为父昨夜梦见迎江寺如来大佛十个月后西游，要从我们这小河上过，指派我们家河上架桥，岸上修路，要不，四大金刚就拿你们琵琶弹，宝幢打，神蛇咬，利剑剐，叫你们变成细末星子。你们哪个造了桥，修了路，家产就给哪一个。"十个儿子汗毛倒竖，心上痒痒，都答应了。

其实呢，十个儿子那样的混账东西，哪能造桥、修路呢？造桥修路，比不得吃喝嫖赌啊！十个儿子约定合伙。你看他们，用布袋背土，用绳子拖原木，用肩膀扛石头，运来那么一点点土石原木就造桥了。时当春汛，河水猛涨急冲，他们把那一点点土石原木一样一样扔进河水里，河水就把那一点点土石原木一样一样冲走了。十个儿子没劲了，躺在河岸上晒肚皮。

这时候，十个女儿来接茬。十个女儿本来用不着问这事，只因员外一向贱看她们，又见十个兄弟那样不成器，就邀约前来造这桥。她们用小车运土石，放木排运原木，轻轻巧巧运足了造桥的料子。她们先隔断半边河水，下河桩，打桥基，卷桥洞，铺好桥面，然后再造另一半。两半一合龙，一座整桥造成功了！

十个女儿为了不让员外气死，就跟员外说，这座桥是他十个儿子造成的。员外高兴了，就把家产分给了十个儿子。可是外边的人哪个不知？这样，人们就把这座桥叫作"女儿桥"了。许多年后，女儿桥下的小河淤成了小水沟，女儿桥也就只有几步长了。再过许多年，那里有了一条街，街名被叫作了"女儿桥"。

讲述人：吴胜兰

搜集地点：安庆市

凤 凰 山

安庆西门城外,沿江有一溜小山峦,其中一座叫"凤凰山"。关于凤凰山,有一段邬四姐儿折纸的故事。

传说很久以前,那山峦下住着一户姓邬的人家,母女二人,女儿名叫邬四姐儿。邬四姐儿聪明俊俏,又善良,从小爱折纸,折什么是什么,长大了,更神。那年大灾荒,她折了个米囤儿,嘿,米囤儿里出白米啦!这事一传十、十传百,没吃没穿、有病没医的穷人都来找她了。她没日没夜地折,折了米囤儿一个又一个,织布机一架又一架,药铺子一处又一处;她还折阳光地上洒,白云天上飘,红花遍地开,绿树一丛丛,黄莺儿树叶里歌唱……

安庆府衙里有个爱巴结上司的师爷,听到这奇事,赶紧去禀报知府。知府说:"传话给邬四姐儿,叫她替本府折一对凤凰。要是能飞会叫还下蛋,本府就纳她为妾;要是不能,本府就砍她脑袋!"师爷颠着屁股橛子去了。

邬四姐儿一听知府那话,立时眉眼儿倒竖,说:"杀打的烂官!莫说为妾,做妈也休想!"

师爷把邬四姐儿的话传给了知府,知府气得吹胡子瞪眼,大吼:"给我抓,抓,抓了来见我!"于是,师爷领路,捕快们随后,去抓邬四姐儿。

这天,邬四姐儿家被围得铁桶一样,眼看逃不脱了,邬四姐儿就搜寻出所有的纸角儿,五颜六色,七折八折,眨眼工夫就折出一对五彩纸凤凰。就在捕快们吆喝着砸破屋门、一拥而入时,母女俩一人骑上一只纸凤凰,从捕快们头顶上飞出门去,飞上了蓝天。师爷喝令追赶、放箭,两只纸凤凰翅膀一扑棱,放出的箭都回头射到放箭人的身上。纸凤凰还扇出浓烟烈火,烧呛得追赶的捕快们野狼一样嗥叫。邬四姐儿知道不能回家过日子了,母女俩就骑着那对纸凤凰飞向老远的地方去了。

那以后,人们一直把那座山峦叫作"凤凰山"。

讲述人:吴胜兰

搜集地点:安庆市

焚 烟 亭

说的是民国初年,在安徽军政府府治安庆,督军柏文蔚焚烟的事儿。那天上午,他忙得真是够戗。早上一杯茶还没喝完,警卫官就进来报告:"报告!一位英国洋小姐求见。"

"唔,请进。"

警卫官出去了,英国洋小姐进来了。

"Mr.柏,您好!"洋小姐一边递上两件礼物,一边自我介绍,"我叫贺文妮,大英帝国驻安徽领事馆二等秘书。"

"噢,请坐。"

洋小姐坐下后,柏文蔚看那礼物:两只红木匣子,一只里面是一把匕首,另一只里面是二十一根金条。柏文蔚立即明白了。

洋小姐问:"喜欢吗?"

"喜欢。"

"哪一件?"

"都喜欢。"

洋小姐站起身,一个箭步蹿了过去,两只胳膊箍住柏文蔚的脖子,在额角上猛亲一口,撒娇说:"不嘛,我要您只喜欢一件嘛!"柏文蔚霍地站起来,弹开洋小姐的胳膊,严肃地说:"安徽督军不喜欢这个!"

洋小姐尴尬地站了会儿,走了。

洋小姐走不多久,警卫官又来报告:"报告!英国驻安徽领事狄贝斯求见。"

"唔,请进。"

狄贝斯一进门就自我介绍："鄙人大英帝国驻安徽领事馆领事狄贝斯,特来拜会贵督军阁下说事。"

"唔,什么事？该不是鸦片的事吧？"

"哈,正是正是。贵督军不愧是绝顶聪明啊！"

"要是别的事嘛,就请坐下来说说;要是鸦片的事嘛——嗯,就免说喽。"

"那七大箱鸦片,是七大箱金子啊！怎可以免说呢？"

"不,那不是七大箱金子,是七大箱毒品——毒害中国人的毒品！领事先生请想一想,要是我大中华民国的商船夹带鸦片去贵国,贵国政府又将如何呢？"

"问题是,你们国商船没有夹带鸦片到我们国啊！"

"领事先生这就说对了。我们没拿鸦片去毒害你们国民,你们为何要拿鸦片毒害我们国民呢？"

"其实,鸦片也不只是毒品,它还是治病的珍贵药品哪！"

"那——给自己的国家不好吗？"

狄贝斯恼怒了,疯子一样咆哮："你就等着吧！等着吧！"也不告辞,气呼呼地走了。

狄贝斯走后不久,警卫官又来报告："报告！英国驻上海总领事求见。"

"又是一个！请他进来。"

和前面两个一样,一进来就自我介绍："大英帝国驻上海总领事罗磊斯,前来向阁下表示强烈抗议！限令阁下二十四小时内将七箱鸦片交还物主,赔偿一切损失,此外还要登报赔礼道歉！"

柏文蔚哈哈大笑："疯子！真是个疯子！——来人哪,送客！"两个卫兵进来了,挟住罗磊斯的胳膊往外走。走到门边,罗磊斯回过头来恨恨地说："等着我们的大炮吧！"

第二天一早,英国炮舰停在安庆西门外大江边,一大排炮口直对着督军府。

警卫官前来报告,柏文蔚吩咐"莫理他",并下令在督军府门外十字街口,把那七箱鸦片烧了。

鸦片焚烧起来,黑烟滚滚卷上天空。周围拥挤着好些人看,一边看一边高喊:"打倒侵略者!彻底销毁毒品!焚烟万岁!"

凌晨之前,柏文蔚就派兵把英国领事馆包围了。英国炮舰没敢开炮,灰溜溜地走了。

人们拥护柏文蔚这一行动,就在英国炮舰停靠的江边建了一座亭子,名为"焚烟亭",以作纪念。亭子落成那天,那里聚集着上万人参与庆典,孙中山先生正好乘船路过,特意停船上岸,在庆典会上发表了斗志激昂的讲话,赞扬柏文蔚的焚烟行动是全国各省的模范。

焚烟亭上,不知谁写了一副对联:"鸦片有来无去,毒品无去有来。"上联警告侵略者,下联警醒国人。

讲述人:石贤椿
搜集地点:安庆市

菱湖夜月

每年农历八月十五中秋之夜,天朗气清之时,在安庆菱湖看月亮,总比在别处看月亮要圆要亮。这是什么原因呢?

传说很久以前,天上有个仙子叫菱仙,非常喜爱人间,常常偷偷到人间玩耍。有一回,她玩耍到安庆地面,见这一湖清水清波荡漾,比天上瑶池还美,就变作村姑逗留下来。她想,在这水里植上红菱,这湖不就美上加美了吗?她就动起手来。

第二年秋天,这一片湖水上,绿叶间昂起了星星点点的红菱角。

"这是什么东西呀?这样好看。"

菱仙告诉人们:"这是菱角,不只是好看,还好吃哩。"

不多久,水里植红菱就传遍了天下。人们把这湖叫"菱湖"——诞生红菱之湖。

菱仙不在天上的时间长了,王母娘娘发觉了,问妹妹荷仙:"菱仙哪儿去了?"

荷仙说:"我也不知道呀。"

"咦?姐妹住一起,姐没了,妹不知道?"王母娘娘就罚荷仙去找。天上找遍了,没有。

"天上没有,就在人间!"王母娘娘让荷仙捧一大玉镜往人间照。侧面照,正面照,终于照到了,菱仙在那儿乐呵哩。

荷仙不得不跟王母娘娘说了。王母娘娘一甩衣袖,菱仙被提拉到天上来了。

菱仙回到了天上,荷仙却来到人间,因为她在玉镜里看到人间菱湖的美,也爱上了。

荷仙来到菱湖,看到人们那样喜爱红菱,赞美菱仙,就想:"我何不学姐那样,在这湖水里植出莲藕,也让人们喜爱、赞美呢?"她也动起手来。

第二年夏天,荷叶绿了,荷花红了,满湖都是。荷叶、荷花遮盖住了红菱,但人们仍然叫这湖"菱湖"。

这时候,王母娘娘发现荷仙不在天上了,就用老法子把荷仙捉拿了回去。

王母娘娘问菱仙、荷仙,为什么往人间跑?菱仙、荷仙说,人间比天上美丽。王母娘就换了一面特大的玉镜,罚菱仙、荷仙抬着,还施了法术,让大玉镜粘住菱仙、荷仙的手。"嘿嘿,这回你俩一个也溜不走了!"姐妹俩就那样抬着大玉镜,这就是人间看到的圆月。姐妹俩累了,躺下歇会儿,大玉镜随着慢慢地放倒,人间就从看到圆月(满镜),到看到缺月、半月、弯月、月钩儿(镜边),到什么也看不到。歇息了一会儿,害怕王母娘娘来查点,姐妹俩站起来,大玉镜随着慢慢地竖起,人间就从什么也看不到,到看到一丝儿月钩(镜边)、弯月、半月、缺月、圆月(满镜)。如此周而复始。这以后,王母娘娘真的来查点了,正好是人间的每月十五(农历)。而每年的八月十五(农历),姐妹俩总要将大玉镜正端端对着菱湖照,她们要看看自己植下的红菱和莲藕长得怎么样了,所以这时在菱湖看到的月就显得比别处圆,比别处亮。这就是中秋之夜的"菱湖夜月",后来成了安庆一大美景。

讲述人:江晓东

搜集地点:安庆市

荷 仙 桥

安庆北门城外有条小街名"荷仙桥",那"桥"其实就一块石板,下面是臭水沟。传说很久以前,那臭水沟却是一条宽宽的渌水河。"进城出城过渌水,一人过去百人回。"听听,过那河有多难!

有一年,吕洞宾带领十一个道徒,在这河畔建道院凭水修炼。那天论道之余,吕洞宾跟道徒们说:"徒儿们,这条渌水河,秦始皇来过,汉武帝来过,都有过圣旨造桥,可是直到如今还是没有桥。我们在这河上造座桥,方便过往行人,如何?"十一个道徒齐声说:"好!"他们就动起手来。

师徒们去大龙山采运石头,两人一抬,一抬一二百斤,一天一个来回,一个来回五六十里,去时空手还得化缘,回来后深夜仍要论道。好不苦累!第一天,道徒们脚掌起了大泡,肩膀肿起多高;第二天,道徒们腰背弯成大弓,身子骨散了架;第三天,道徒们连哼一声也少力气了。但是,每天金鸡一打鸣,他们咧咧嘴巴咬咬牙,还是一骨碌下了床,吃过早斋就上路。吕洞宾笑着说:"徒儿们,有支撑不下去的,留下歇息吧。"那十一个道徒又齐声说:"修道须苦练,我们不歇息!"师徒们一天也没有间断。

头顶寒暑,身披雨雪,脚掌半寸茧,肩脱千层皮,整整三年三个月又三天,总算把造桥的石头运足了,接着就凿石,卷桥洞,铺桥面。手破了,脚破了,抓把灰土掩上去。又一个三年三个月又三天,一座单孔大石桥屹立在渌水河上了。

众道徒看着大石桥高兴,吕洞宾看着众道徒高兴。这天半夜三更,吕洞宾忽然打坐道坛之上,唤来众道徒说:"五鼓天明,有个小渔童给官府送鱼,打这桥上过,桥神要吃他。这渔童是前御史的孙儿。御史为官清正,为人耿直,所以被奸人杀了。这孩子被老仆人救了,逃在这里,今日若被桥神吃了,这一门忠良便绝了香火。徒儿们,怎么办?"十一个道徒再次齐声说:"听凭师父做主。"吕洞宾肃然起立,一扬手中屠龙宝剑,说:"徒儿们,都上桥去,让桥神先吃个饱,换下渔童!"

"啊?"十一个道徒有十个惊叫起来。一个女的名叫何仙姑,走到吕洞宾面前说:"师父,我是个女的,去喂那桥神行吗?"吕洞宾看定何仙姑,在她额上击了一掌,说:"去吧!"

何仙姑拜别吕洞宾,告别众道友,大步流星走出道院。那十个道徒大声叫喊:"何仙姑,回来!想想我们修道所为何事?"何仙姑说:"修道只为成仙,成了仙又有何用?道友们珍重,照看好师父。"说着,噔噔噔大步走上石桥,玉立石桥中间。吕洞宾随后来到渌水河边,一挥屠龙宝剑,渌水河里长出一支荷花,荷花一眨眼高到何仙姑胸前。石桥摇晃起来,何仙姑站立不稳,一把抓住那支荷花。吕洞宾又一挥屠龙宝剑,喝一声:"去!"荷花茎秆断了,何仙姑揽它在臂弯里。一阵仙乐传来,石桥载着何仙姑离开了河面。那十个道徒看得真切,飞身冲到渌水河边,大叫:"师父,我们也是苦苦修炼的啊!"吕洞宾将屠龙宝剑化作一块搭板,把他们推上桥去。哪知,那桥升到天空,一声巨响,断成两截,一截载着何仙姑上天去了,一截载着那十个道徒跌进渌水河里。渌水河被十个道徒填成了一条臭水沟,那截石桥搭在臭水沟上,人们叫它"荷仙桥"。后来有了这条小街,小街也叫"荷仙桥"了。

讲述人:江晓东

搜集地点:安庆市

高 花 亭

从前有个皇帝,皇帝有个公主,公主名叫高花。高花公主九岁那年,有一天在御花园里荡秋千,忽然一颗石子飞来,不上不下,不左不右,正端端打在公主眉宇中间,立时起了个大包,包上皮破血流。嘿!这可是阎王爷打喷嚏,小鬼翻跟头啦!侍女们一个个吓得脸色煞白。正手忙脚乱之时,忽然假山那边传来一阵爽朗的笑声:"嘻嘻,好玩!好玩好玩!"侍女们循声找去,就见一个和高花公主年纪相仿的小男孩,正在那里撂石子儿玩哩。侍女们呼啦一声冲过去,七手八脚抓住那个小男孩,拖扯到高花公主面前,请高花公主发落。高花公主抬眼一看,那小男孩也是一身绫罗绸缎,脸圆耳大,眉清目秀,鼻正口方。经盘问,才知他是天官梁大人的孙儿,乳名梁彧。小梁彧早就吵着要进皇宫耍耍,好容易得到皇帝恩准,又遇着天官爷爷被召进宫,就跟着来了。天官爷爷跟皇帝说话,没想到他一溜烟溜到这里来了,更没想到闯下了大祸。老古话:"孩子跟孩子好,大人跟大人恼。"高花公主却高兴了。高花公主说:"饶了他,不过得罚他常来,跟我一块儿玩耍。"高花公主解下随身携带的腰牌给了小梁彧,小梁彧谢过,去了。从这以后,小梁彧进出皇宫方便了。两个孩子玩在一起,日子久了,亲密得就像一对小鸳鸯似的。

春去秋来,一年又一年,两个孩子渐渐长大,文武书事把他们隔开了,但是,儿女之情不免春潮澎湃。高花公主时刻想念梁彧,梁彧也时刻想念高花公主。这天,高花公主正要跟母后言明心事,母后却先开了口,说:"儿啊,男大当婚,女大当嫁,皇家、官家、民间没两样。日前你父皇说,有多泽国国王为王子求婚,已把你终身许了,不久就要迎娶。祝贺我儿大喜就要来啦!"高花公主听了,哇的一声大哭,任着性子说:"我不嫁!我不嫁那多泽国王子!"母后被闹得没辙了,只好禀告皇帝。皇帝心生疑惑,派人察访,原来高花公主竟与天官孙儿梁或私订了终身。这还了得!皇帝大发雷霆,传见高花公主。高花公主一口咬定:只嫁梁或,不嫁别人。皇帝只得来狠招啦。第二天,找个借口罢黜了梁天官,赶出京城,还叫梁或入了丐帮,终生行乞。

过了半年,多泽国王派遣使者送来龙凤彩书,择了吉日迎娶高花公主。皇宫里立即张灯结彩,喜气洋洋。可是高花公主哭啊,哭得天也昏了,地也暗了,侍女们心都碎了。皇帝知道了,传高花公主过去,把那多泽国如何如何美丽,国王如何如何英明,王后如何如何慈爱,王子如何如何英俊,嫁过去如何如何尊贵,训劝高花公主。高花公主只是一个劲哭。皇帝说:"梁或已经是叫花子了!"高花公主说:"叫花子我也嫁!"皇帝气得吹胡子瞪眼,就把高花公主发往"知爱宫"去了。

"知爱宫"是个什么地方呢?"知爱宫"虽然也有一个"宫"字,却是几排茅屋,远离皇宫,而且一边市井一边乡野,事事艰难,为的是让那些不顺从皇帝心意的皇子皇孙去吃些苦头,好好听话。高花公主去了,没想到竟得了个远走高飞的便宜。这天三更半夜,高花公主和贴身侍女小环,扮作一老一少两个太监,混出"宫"门,拣那黑咕隆咚的小路逃走。天亮了,太监们才发现高花公主不在"宫"中了,慌忙报与皇帝。皇帝吃惊不小,赶紧派御林军搜查寻找。找了三天三夜不见人影,只好画影图形诏告各地。

再说那天夜里,高花公主和小环一路摸爬滚跌,离得"知爱宫"远了,改扮成两个叫花子,才定下心来。二人一路乞讨,也没有个去向,只是晴天行,雨天停,路伸向哪里就往哪里走。这天,她们俩居然来到了安庆北门城外的大湖边。那时正是酷夏,两人热得喘不过气,又肚饥口渴得要命,就去湖边捧水喝,喝了水一转身,见那柳树下一个凉亭,上书"叫花亭"三个大字。高花公主笑了,说:"这亭子是为我们造的哩。"她俩就走进亭子坐下,一边享受阴凉,一边观赏湖中荷叶荷花,渐渐地打起瞌睡来。高花公主正梦见梁或向她奔来,忽然被一阵喝叫声惊醒,睁开眼,是一大帮男女叫花,举着打狗棍,横眉怒目瞪着她俩。那帮叫花中有人喝问:"找死吗？敢抢我们的地盘!"高花公主让小环上前说话:"大爷、大妈们,我俩是路过这里的,歇会儿就走,不抢地盘。"小环返身扶高花公主下亭阶,这时那帮叫花中冲出一人,手拿砍刀,拦住说:"进了我地盘,留下一条腿,规矩!"高花公主吓得大叫一声晕倒了。说时慢,那时快,那帮叫花中又冲出一人,推开拿刀人,一把把高花公主抱在怀里,哭着喊:"公主,怎么是你呀？公主,你怎么成这模样啦？公主,我害苦你了!"高花公主睁开眼,愣住了,半晌才说出话来:"梁彧,真的是你吗？"

　　高花公主和小环就加入这帮叫花了。没多久,高花公主乏解了,精神也恢复了,就还原了女儿装,跟梁彧成了亲。洞房就是那个"叫花亭",草秆隔的一小块,里边一个地铺,一领草席,该有的全都没有。不久,叫花们摘去"叫花亭"那块牌,换上"高花亭"三个字。从那时起,"叫花亭"改叫"高花亭"了。后来,那一带地方也叫"高花亭"了。

讲述人:江晓东

搜集地点:安庆市

红 水 塘

清朝咸丰年间,曾国荃指挥大队清兵攻打安庆城,太平军拼死保卫,跟清兵战了整整三年,最后只剩下三十六个勇士。他们计议撤出安庆城,去找英王陈玉成,兴兵再战。这天,太平军三十六勇士行至一口水塘边,忽然听到集贤关那边人喊马嘶,知道是清兵往这边扑来了。战吧,寡不敌众;不战吧,如何脱身?正商量着,忽然一位老爹满头大汗地跑过来,拉住一个勇士的手说:"快,都到我家去避一避。我是这里的看山老汉,我不怕官兵。"勇士们朝老爹手指的方向望去,就在水塘那边不过两百步,有一间茅草小屋,急忙说:"不行不行,如果清兵发现了,你一家鸡犬不留不算,这里一大片人家都搭上了。"这时一阵风吹来,水塘里荷叶发出沙沙的响声。有办法了!勇士们催促老爹赶快回去,然后一个一个潜入了水塘,藏在茂密的荷叶底下。不多会儿,清兵经过这口水塘边。天气酷热,清兵一拥而上,围住水塘,争抢着捧塘水喝。太平军勇士们恨得直咬牙,忍不住了,哪还顾得身家性命,就一齐动手,一伸手一个,一伸手一个,把清兵拉下塘水,摁进塘泥,那些清兵"妈"也没叫出一声,就见阎王去了。太平军勇士们干掉好些清兵,被发现了。塘埂上的清兵呼啦一声退开,大叫:"塘里有人!"曾国荃下令放箭,箭像大雨一样射进塘里。荷叶射烂了,塘水变红了,却不见一个人浮出水面。塘水被太平军三十六个勇士的鲜血染红了。后来,那个老爹说了这件事,人们十分感动,为了记住这三十六个太平军勇士,就把那水塘叫作"红水塘"。

讲述人:江晓东

搜集地点:安庆市

集 贤 关

安庆城北十七华里处,有一道关口叫"集贤关"。其实,集贤关只不过是那山脊梁上一个小小的缺口,可为什么叫"集贤关"呢?

传说,秦始皇统一了天下,在修筑万里长城时得到一条赶山鞭,就想把天下的山都赶到海里去。他想,山变成平地,好种庄稼;海变成平地,也好种庄稼,这样他就可以名垂青史啦。这消息被咸阳的读书人知道了,就联名上书说:"山都赶到海里去,海水漫上来,那时水陆不分,就一点儿种庄稼的地也没有了,一点儿居住的地也没有了,祸害横生。"秦始皇大怒,说那些读书人反了,下令把那些读书人活埋了。这以后,秦始皇坐立不安,睁眼闭眼全是那些读书人指着他的鼻子骂:"暴君!杀人魔王!"还举着竹竿、棍棒搡他,打他,要杀他。秦始皇常在梦中东逃西躲,惊醒后拔出宝剑乱砍乱戳,吓得嫔妃宫娥战战兢兢,哭不敢哭,藏没处藏。秦始皇恨透了读书人,要把天下读书人杀精光,可是,怎样杀精光呢?

秦始皇问丞相李斯,李斯出了个毒主意。秦始皇高兴得大叫:"好!好!"第二天,咸阳就办起了"集贤馆"。秦始皇诏告天下:往日读书人是愚者、罪人,今日读书人是智者、贤人。为了询道问政,他求贤若渴。据说,那时天下四散深藏的读书人还有十三人,他们见了诏告,不禁心中痒痒起来,想:秦始皇不杀读书人了,他知道读书人的用处了!那十三个读书人就先后来到咸阳,进了集贤馆。

在集贤馆里,这十三个读书人受到礼待,可只有十三天。十三天一过,秦始皇突然派兵把他们五花大绑,押送到这里山脊梁上凿石搬山。据说这回比修筑万里长城还苦还累。他们只有十三个人,但必须搬掉这几十里长的大龙山、小龙山,才算智者、贤人,才能回咸阳集贤馆。他们五更前就得出去凿山,二更后才让归来歇息;吃的是一天拦腰一顿,还只有两碗稀粥一夹烂菜。凿下的石头,肩扛手抱运往石门湖湖心堆放(据说石门湖湖心的龙珠山就是他们堆放的石头),来往一趟几十里,一天四五趟,少一趟,鞭抽棍打,皮肉开花。这样不到半年,那十三个读书人只剩下三人啦!山呢,才只凿开那么一点点小缺口。

这天,观音菩萨赴蟠桃大会,路过这儿天空,被一股冤气冲得头晕眼花。菩萨收住莲花宝座,拨开愁云惨雾,一看,十分气愤:"好个暴虐的秦始皇!偌大一个国家,只剩下三个读书人了,还要这般虐杀!"就一拂仙袂,起阵狂风,把三个读书人带走了。

三个读书人被带到怀宁横山附近,观音菩萨朝一座小山一指,小山上就有了一个深深的山洞,后来人们叫它观音洞。三个读书人在洞中藏好,观音菩萨才离去。据说,因为有了这三个读书人,被秦始皇烧掉的书后来才得以还原。

那十三个读书人来自"集贤馆",他们开凿出的那个小缺口,后来成了守卫安庆城的一道关隘,人们叫它"集贤关"。

讲述人:江汝言

搜集地点:安庆市

二龙化山

传说,安庆北郊大龙山、小龙山是东海龙王的两个儿子变化的。那是在大禹治水的时候。

大禹治水,一改鲧的办法,不堵不塞,疏沟导流,把洪水引进了大海,这就平息了大地上的水害,老百姓过上了安乐日子,不必再把小儿细女抛进水里进贡东海龙王了。这天,东海龙王的两个孙儿——大龙和小龙,吵着要吃童男童女。东海龙王派巡海夜叉像往常一样去人间索取。巡海夜叉来到安庆盛唐湾,哪知,这回没索取到童男童女,反而挨了一顿砖石棍棒。他皮破肉烂地逃回东海龙宫,跪在东海龙王面前哭告:

"老……老大王,不好了!人……人间出了个大禹了,大……大禹平息了洪水,人……人不再进贡童男童女了!小……小的们还挨了一顿砸打,成了这副模样!"

东海龙王听了,气得两眼喷火,鼻孔冒烟,大叫:"上武场!"立刻,虾兵蟹将、鱼鳖都统,把个武场挤得结结实实。当下龟丞相出来劝阻,说:

"老大王息怒。常言道:不管是人是神,都要顺应时势。大禹治水,洪害平息,人间安居乐业,这是时势,我们也只能顺应,违拗不得。"

东海龙王呵斥龟丞相:"岂有此理!我的龙孙不吃童男童女啦?"就下令,"给我兴风作浪,挡回入海洪流,淹他个陆上一片汪洋!立功的赏,怠慢的罚,违拗的斩!"

这样的"令",谁敢不遵?眨眼间,虾兵蟹将、鱼鳖都统,一声鼓噪,涌出海面。海面上立时黑风恶浪,向入海洪流扑去。两个龙孙施头阵。你看那两个龙孙,张牙舞爪,黑风上兴黑风,恶浪上作恶浪,逆转入海洪流,直扑盛唐湾。

再说大禹,这时正领着一帮人在皖公山下疏沟导流,忽地远远望见大江下流头山一样的恶浪倒涌上来,心想,这里边必有缘故,就让大伙儿放下手中活儿,去山上准备檑木炮石。不多会儿,两个龙孙就来到了盛唐湾。他们大叫:

"大禹,你听了!立刻贡出童男童女,万事罢休,若有半个'不'字,加倍还你一片洪水,连你一块儿淹没!"

大禹给两个龙孙讲明时势,晓以情理,可两个龙孙一心要吃童男童女,哪里听得进去?就这样,人和龙恶战起来。

这天,玉皇大帝垂视下界,忽见人间又是一片汪洋,察知详情,就派雷公电母下凡帮人间消灭龙害。

雷公电母来到盛唐湾,给两个龙孙宣读了玉皇大帝旨意,劝他们立马回大海龙宫。可是两个龙孙,不但不回大海龙宫,反而扑向雷公电母,叫嚷着要决一死战。雷公电母险些被黑风卷进恶浪,气坏了,跳在云端向两个龙孙打雷放电。两个龙孙遍身着火了!东海龙王远远瞧见,急急赶到盛唐湾搭救。说时慢,那时快,两个龙孙身上的雷火越烧越猛,不多会儿就被烧成两座大山。据说,大龙的龙珠被烧得迸了出去,落在石门湖中,变成现在的龙珠山。东海龙王捶胸跺脚,老泪纵横,回东海龙宫去了。

这两座山,连成绵延的一体,从西到东,这就是安庆北郊的大龙山和小龙山。

讲述人:江晓东
搜集地点:安庆市

灵山石树

大龙山腹地有座高山叫灵山,灵山山壁上大大小小的礌石垒叠出一棵石树,高入云天,人们叫它"灵山石树"。传说,这灵山石树有一段月里吴刚的故事。

吴刚,汉代河西人,小时候跟上阳仙人学仙,学成,就做起坏事来。他凭着自己的仙术,掠取民家钱财,诱人打斗残杀,逼人投水上吊,从中取乐儿。上阳仙人知道了,非常气愤,掐断了他的脚筋,收回了他的仙术,罚他到灵山种一棵石树。

上阳仙人说:"吴刚,你要是诚心改恶从善,就必须种出这棵石树。树种呢,那里只有一颗,自己去找。"吴刚朝上阳仙人指的方向一望,妈呀,天连着水,水连着天,迷迷茫茫的一片,哪里去找那一颗石树种啊!正要提请求,一阵狂风,把他吹送到了灵山。

吴刚在大龙山、小龙山和灵山之间来来回回兜圈子,找那颗石树种。那时候,这地方荒无人烟,虎狼蛇蝎遍地都是。吴刚一歇脚,虎狼蛇蝎就围攻上来。吴刚不敢稍停一下。十年过去了,吴刚没有找到石树种,却累成了驼背弓腰的老头儿。这天,吴刚实在挪不动脚步了,喘着气,跪在地上大哭:"天哪,天哪!我不该作那样多孽呀!如今挨罚挨到哪里是尽头啊!我害人一时,害己一世啊!"他随手抓起一块石头撂进石塘湖里,伤心地大叫:"吴刚啊吴刚,你翻个过儿变好,也就跟这撂进湖里的石头一样了!"怪了,吴刚哭喊到这里,攻上来的虎狼蛇蝎都定住了,接着一声巨响,他撂进石塘湖里的那块石头冲出水面,几起几落,长成一棵高入云天的大石树。原来,吴刚那一番痛心疾首的话给上阳仙人听见了,动了恻隐之心,改变了让他永受折磨之苦的主意,就以他撂进湖里的那块石头做种子,生长出了大石树。吴刚对天长跪发誓,从今往后,永不作恶,一心向善,笃守仙规,再学仙术,若是违背,愿受无休无止的冻饿劳累之苦。又怪了,吴刚誓言一出,就觉得胯下生风,眨眼间平步登上了石树,倚在石树丫杈上一觉睡了十年。

不知又过了多少年,大、小龙山和灵山一带有了人烟,吴刚就给人间做好事。这时他有了医道,就给人看病,救治人的病苦,也不要酬谢。有一年,天上月亮被魔鬼吃了,他种出的石树正好结出一颗石果,和月亮一样,便充当了月亮。吴刚被人看作大神啦,颂扬他的声音传到上阳仙人耳里,上阳仙人禀报了玉皇大帝,玉皇大帝说:"把仙术还给他吧。"

吴刚又有仙术了。他想:"我种的石树结出月亮一样的果,月亮一样的果放出月亮一样的光,月亮一样的光把人间黑夜照亮。就凭这一点,人间一切该归我拥有才是。"吴刚就又做起坏事来。不多时,吴刚的恶行上阳仙人又知道了,上阳仙人就用吴刚的誓言惩罚吴刚。

这天晚上,吴刚挟持一个漂亮女人,倚在石树丫杈上正要玩弄,忽然轰的一声,石树向灵山山壁上倒去,碎成一块一块的礌石,礌石相互垒叠,就成了今天看到的样子。那个漂亮女人现出本相,是上阳仙人。吴刚吓得大叫:"师父饶命!师父饶命!"上阳仙人厉声说:"反反复复,无可救药。曾有誓言,今日兑现!"接着就让吴刚一头扎进石树上那颗石树果里,石树果带着吴刚飞上了天空。据说,那颗石树果就是今天天上的月亮。吴刚在里面接受惩罚:冰封雪冻中一棵桂花树,树旁一把石斧,树丫上挂一只淘箩,淘箩里装一碗米饭,吴刚用石斧砍倒桂花树才能吃到米饭,可是砍了几下,一群乌鸦飞来啄吃米饭,吴刚只好放下石斧去撵乌鸦,乌鸦飞走了,桂花树又愈合了。吴刚就日日夜夜砍桂花树,日日夜夜撵乌鸦,没完没了。这样,他总也吃不到淘箩里的米饭。从那时起,吴刚一直在那里挨冻挨饿又劳累。

如今,人们要是去大龙山游览,灵山石树真能给人以"天下一奇"的感受哩。

讲述人:占和贵

搜集地点:安庆杨桥

倒长的草

大龙山上有一溜儿倒长的草:草叶向山下方长,草根往山上方长。这是怎么一回事呢?

传说元朝灭亡,朱元璋跟陈友谅争天下。开先,朱元璋打了败仗,军队没有了,几个随从跟着他逃。逃到大龙山下,放眼一望,妈吔,没有路了!他急出了个办法:弃了坐骑,翻过山去。朱元璋带着随从往山上爬,这一爬呢,那一溜儿草叶就向山的上方趴倒了。哎呀!要是陈友谅追到这里,一看草叶趴倒的方向,不就知道朱元璋翻过大龙山了?嘿嘿!老天爷助他哩。忽然一阵狂风暴雨从上压了下来,硬是把往山上方向趴倒的草叶改向山下方向趴倒,看上去就像是人下山弄成的样子。风停了,雨止了,陈友谅追到这里,一看那草叶趴倒的方向,再看山下一串马蹄印向西而去,哈哈大笑,说:"追!"陈友谅指挥大军向西追去。据说从那时候起,那一溜儿草一直就这样,草叶向山下方长,草根往山上方长,成了倒长的草。

讲述人:吴胜兰
搜集地点:桐城罗岭

情 人 石

大龙山上有两块人头一样的石头,一眼就能看出,如一男一女面对面,情意缠绵地说着悄悄话。人们叫它"情人石"。传说,情人石原来还真是一对情人(头颅)哩。那是好多年以前的事了。

那时候,怀宁县大老爷有个千金叫玉翠。玉翠长到十八岁,出落得比月里嫦娥还好看。高门大户的纨绔子弟,官宦人家的公子,谁见了都想得痴狂。那天,玉翠跟随母亲到迎江寺敬香,恰好安庆知府老爷的大公子也在那里,一打照面,玉翠就被盯上了。第二天,知府老爷请的媒婆就来了(那时安庆府、县同城)。玉翠一听是给知府老爷的大公子说亲,哭了,骂:"十个公子九浪荡,一个还是王八蛋!"媒婆把这话跟知府说了,知府差点闭了气,他万没想到,知府找知县联姻吃顶门杠,气得大叫:"来人哪!把知县老爷叫过来!"知县老爷被叫到知府老爷家里,知府老爷指他鼻子骂,知县老爷只得详情相告。原来,玉翠三年前就爱上了家里打杂的小厮。那小厮浓眉大眼,虎头虎脑,粗胳膊大胯子,忠厚老实,大玉翠一岁一个月。一天下午,小厮给厨房挑水,玉翠拦住说:"我爱你,天塌下来也不变。"小厮吓坏了,半晌才说出话来:"小姐千金,我是下贱。"玉翠说:"莫要卑看自己,贫贱才是真富贵。"小厮说:"我怕老爷砍了我脑袋。"玉翠说:"爱就爱,莫要怕这又怕那。我们走得远远的,叫老爷找不到。"小厮说:"让我想一想。"这以后,玉翠等那小厮回话,一等就等到了这天媒婆去提亲。知府老爷听了哈哈大笑,说:"身为一县父母官,对付个小厮有什么难呢?"知县老爷恍然大悟。

处斩小厮那天,天空阴沉沉的,北风呜呜地吹。刽子手一刀下去,奇了,那小厮头颅离开身子却不落地,径直飞上了大龙山。与此同时,更奇了,玉翠像也挨了一刀，头颅离开身子，径直飞上了大龙山。两颗头颅脸对脸，只相隔那么几步远。知县老爷发现女儿的头颅没有了，派人四处寻找，找到时，两颗头颅都已化作了石头。知县老爷一家大哭了一场。

从那以后，大龙山上就有了这两块石头——"情人石"。据说，有月光的夜里，小风轻吹，仿佛能听到两块石头说着悄悄话："我们要是大胆相爱，不就不会这个样子了？"

讲述人：汪浩然

搜集地点：桐城罗岭

牛头石和牛身石

大龙山地锥峰上有两块大石:一块像牛头,叫"牛头石";一块像牛身,叫"牛身石"。两石相距二丈多远。传说很久以前两块石头是合在一起的,是守卫石门仓的一条石头牛。这条石头牛一直忠于职守,从不离开石门仓一步。可是这天夜里,它脑门发热,见石门仓仓门紧闭,就想:"既然仓门紧闭,有什么必要死守这里呢?都说山下农田美,我为什么不去看看呢?"于是它就挪动四蹄,离开了石门仓。

石头牛不多会儿就来到大龙山下那一片农田。这时正是盛夏季节,农田里水稻长得滋滋响;明月清风下,绿油油的稻叶散发出甜丝丝的清香。石头牛见了,奈何不得嘴馋,想:"这样好的稻叶,不吃它一口实实枉在人间。"又想:"白吃人家东西有罪过,有罪过就要挨惩罚。"它摇摇头,叹口气,刚要离去,却又翻个跟头想:"我是石头牛,谁惩罚得了我呢?再说,这深更半夜又没人看见,谁知道是石头牛吃了这里的稻叶呢?"这样想着,石头牛就往农田里扫了一口。呀!好甜好香。老古话:"有了一,不愁七。"石头牛越吃越馋,越馋越吃,吃疯了。它先是站在田埂上吃,后来索性下到农田里去吃,不到一个更次,大龙山下那一片农田里的水稻就被它又吃又踩糟蹋光了。

石头牛回到石门仓前,正乐哩,忽然晴空中掉下一个炸雷,轰隆一声,石头牛被劈成两截:一截牛头,一截牛身。牛头滚出二丈多远,就是现在的"牛头石";牛身呢,当然就是现在的"牛身石"了。有个疑问:月光溶溶、万里晴空中,怎么会掉下一个炸雷呢?原来是巡天雷公经过大龙山的上空时,瞧见石头牛糟蹋掉那么多庄稼,一怒之下,扔一个炸雷把它劈成了两截。

讲述人:汪浩然
搜集地点:桐城罗岭

班狗送客

老辈人说,金兵南下,杀人如麻。有一天,一位抗金将军受了重伤,逃到大龙山下的余湾,钻进一堆柴草里躲避。没多久,一大队金兵追到,把村子团团围住,搜不到,就狼似的大叫:"那个受伤的将军,快出来!不出来,村子烧光!人杀光!"受伤的将军急了,心想:不能连累村中百姓。他就从柴草堆里出来,对天长叹一声:"大宋江山,臣下只能这样全节尽忠了!"说罢抽出宝剑。这时一位大嫂从屋里瞅见,冲出门,拖住将军握剑的手,说:"英雄应该杀敌,不应该杀自己呀!""金兵要加害村中百姓啊!""跟我来!"大嫂把将军拽进屋里,跟丈夫换了装束。大嫂的丈夫冲出村子,死在金兵乱箭之下。金兵离去了。大嫂留将军养好伤,让唯一的儿子跟他一道去找宋军。

大嫂孤零零一个人了,人们叫她"义大嫂"。

义大嫂养了两条狗做伴,寂寞了就跟狗说说话。两条狗好像通人性,听义大嫂说到丈夫和儿子,就滴溜着两眼流眼泪,汪汪汪地叫,好像说:"你为什么让儿子也去了呢?"义大嫂揉揉眼睛笑笑说:"人要有点'义',国为重,才是人哪!"两条狗点点头。日往月来,两条狗受了义大嫂的熏陶,有人的"义"味了。

老古话:"寡妇门前有是非。"虽然是兵荒马乱的日子,也还有人闲得难过。这村中有个财主崽,就是这样的坏东西。他时不时想着义大嫂的花容月貌,又是孤单一人,一到天黑,就到义大嫂屋前屋后转悠。每在这时,两条狗就从门洞钻出来,死死盯住他,只要他靠近屋子,两条狗就扑上去,又叫又咬,把财主崽吓跑。财主崽找来帮手,狗也找来帮手;财主崽找来十个,狗就找来上百个。这时,义大嫂有一百条狗啦,财主崽不敢再来了。

义大嫂感动极了,自己吃什么,狗吃什么;自己吃多少,每条狗吃多少。从此,这一百条狗就严严地护住义大嫂了,真是人"义"狗也"义"。那些狗不仅不离开义大嫂一步,还帮义大嫂扒田拱地,做庄稼活儿哩。

有一年闹大荒,那天,义大嫂为食物愁得犯糊涂,竟把野菜粑做少了一个。一百个野菜粑,义大嫂吃一个,其余的放在屋场上。一百条狗顺次叼野菜粑,最后那条狗没有了,蹲到一旁不作声,那九十九条狗都把野菜粑放下不吃,只是汪汪汪地叫。义大嫂出来一看,原来是少了一个野菜粑,就再做一个补上,那些狗这才各自吃了。

这件事传开去,感动了村里人,人们有的送点稻米,有的送点麸麦,帮义大嫂和那一百条狗度荒年。义大嫂就这样养活了一百条狗,把个荒苦的日子撑了下去。

一天,义大嫂病得起不来了,那一百条狗蹲在义大嫂床前汪汪汪地叫。义大嫂泪流满面,说:"狗啊狗啊,我不行了,往后,你们投奔个新主儿,好主儿,有点'义'的主儿……"话没说完就咽了气。人们把义大嫂葬在大龙山上,那一百条狗就守在义大嫂坟冢周围,没有下山,更没有投奔新主儿。

有一段时间,夜晚行人经过这里,总发现身后远远跟着一班狗,从那些狗的眼神中,可以看出它们是在防备着什么。其实呢,它们是在防备那个财主崽来欺负义大嫂,所以就跟出很远才回头,看起来好像是送客。班狗送客就这样说开了。后来,那一班狗死了,都化作了石头,人们叫那些石头"班狗送客"。

讲述人:占和贵
搜集地点:安庆杨桥

石 头 猴

小龙山上有一块石头,猴头、猴身、猴手、猴脚样样齐全,人们叫它"石头猴"。传说石头猴是早年一块成精的石头变的。石头猴山上山下跳跶,看见大大小小妖魔鬼怪吃人喝血成仙上天了,就也想吃人喝血成仙上天。

这天,石头猴摇身变作个"童子拜观音",立在龙泉寺门外。人们去龙泉寺敬香,它就顺手把人抓进嘴里吃了。石头猴有时一天要吃好几个人,日子一长,没人敢去敬香了,龙泉寺香火渐渐断灭了。

一座大佛寺,香火从旺盛到断灭,这不只惊吓了人,也惊动了神仙。观音菩萨来了,可是没降住石头猴;如来佛来了,也没降住石头猴;后来各路神仙都来了,都没降住石头猴。

"神仙都没有办法,人还能怎样呢?"石头猴这样想着,很得意。

一天,一个看牛伢在山下放牛,掐根茅草叶当剑耍,正耍得起劲,忽然两脚离开了地面,身子轻飘飘地飘到山上去了。他还没弄清是怎么回事,就被石头猴抓在了手里。

"嗨!石头猴,你要吃我?"

"嘿嘿嘿,我好久没吃过人了。"

"哼!我又没招你,又没惹你,为什么要吃我?"

"我要成仙上天哪!"

"你要成仙上天,就要吃我?"

"嘿嘿嘿,是的。"

"那——我就杀了你!"看牛伢举起了茅草叶。

石头猴哈哈大笑:"跟爷爷吊歪①哩。好!爷爷就让你先杀我试试,杀不了,我再吃你。"石头猴放下看牛伢,伸直了颈子。

看牛伢就拿茅草叶往石头猴颈上一抹。怪!石头猴大叫一声,颈里喷出一股鲜血,像一眼山泉喷出,喷到山下,把一个大山冲都染红了。现在,那山冲还叫红血冲哩。

石头猴被杀死了,成了一块石头立在那里,如今是小龙山上一处出名的景观。

【注释】

①吊歪:说歪话,讲歪理,逗乐儿。方言。

讲述人:汪浩然

搜集地点:桐城罗岭

土地庙前的石香炉

传说大龙山山腰那个叫桂花的地方,往日有个土地庙,人们放了一只废弃的石臼在庙前,初一、十五用来烧纸插香请土地。

一天夜里,打鬼神仙钟馗路过这里,乏了,靠着那石臼睡着了。几个恶鬼下山去作祟,见钟馗在那里打呼噜,就凑主意说:

"老古话:'阎王怕恶鬼。'我们来试试,钟大神怕不怕我们!"

"是呀!我们耍耍他,叫他往后不敢管我们的闲事!"

说着,恶鬼们跳跃上前,这个拽拽胡须,那个拎拎耳朵,这个掏掏鼻孔,那个揪揪眼皮……钟馗猛然醒来,跳起身,喝问:"何方小鬼,做什么去?"

恶鬼们跳跃着,笑闹着说:

"我是东山恶鬼,王耳朵老爷,去人间作恶。"

"我是西山祟鬼,张鼻子老爷,去人间作祟。"

"我是南山饿鬼,李嘴巴老爷,去人间饕吃。"

"我是北山色鬼,花眼睛老爷,去人间采花……"

"行了!"钟馗大吼一声,"都趴下!爷一个一个惩罚!"

恶鬼们听说惩罚,呼的一声钻进山壁石缝。钟馗将它们一个一个抠出来,撕着吃;吃不下,都摁在石臼里,捡块石头舂。舂完后,用鬼血在石臼壁上批四个大字:舂鬼石臼。天亮了,人们发现这四个大字,土地庙前的石臼舂鬼就很快传开了。这一传开,别处土地庙前也用石臼,没石臼,就凿个石香炉,说是镇邪。

讲述人:汪浩然

搜集地点:桐城罗岭

双莲寺大铜钟

传说,往日双莲寺有一口大铜钟,从大江里飞来又飞走了。这是怎么一回事呢?

说是那时候,双莲寺连个手摇铃铛也没有,老尼姑带领小尼姑化缘,要铸一口钟。那天正要出去化缘,几个小尼姑跑来说:"师父,大江里漂来一口大铜钟,迎江寺的师父,太平寺的师父,都在那里打捞呢。我们也去打捞吧!"老尼姑听了觉得新奇,就和小尼姑们一起去看。

老尼姑一行来到江边,就见人山人海,在那里叫叫嚷嚷的。大铜钟扣在水面上,一嘭一嘭地响,一晃一晃地摇,不靠岸也不漂走。老尼姑见那么多僧尼都打捞不上来,也不敢动手。几个小尼姑急得心痒痒的,跟老尼姑说:"师父,我们再不动手,大铜钟就被别家捞走了!"老尼姑笑了笑,说:"阿弥陀佛!财不乱发,物各有主,佛祖天上看着呢。我们还是回去化缘吧。"说着就转身离开,小尼姑们只好跟着走了。

老古话:"天下事无奇不有。"老尼姑一转身,小尼姑们跟着一走开,那口大铜钟就砰的一声飞了起来,跟在老尼姑一行的后面,一直飞进双莲寺。一路上,跟着挤着看热闹的人不知多少,原在江边打捞大铜钟的僧尼也都夹在里面,不过他们又是摇头又是叹气:"佛祖的赐予,让双莲寺迎接去了!"

这口大铜钟,说起来特别奇怪,敲它一下,八国九州都能听见响声。这样,大江里漂来一口大铜钟,跟着老尼姑飞进双莲寺的消息,就像长了翅膀满天飞,千万里外的人都赶来看。双莲寺的香火一下子旺盛起来,老尼姑也被看作肉身活菩萨了。

双莲寺自从有了这口大铜钟,老尼姑、小尼姑一切应有尽有了。她们不再为铸一口钟,为日常香火、斋饭和衲衣,去奔走化缘了,渐渐地,经文也懒得念了,佛殿、神龛积满了灰尘。老尼姑一天到晚只想着怎样让自己的声望再高些,再神奇些;小尼姑们开始把寺里的香火钱攒到私下口袋里。

一天,老尼姑跟小尼姑们说:"徒儿们,大铜钟上像是没有什么字样吧?"几个小尼姑爬上大铜钟看了,说:"师父,什么字样都没有。"老尼姑微合两眼,不作声了。有个乖巧的小尼姑心里一动,说:"师父,在大铜钟上镌刻些字样不好吗?""镌刻些什么字样呢?""镌刻上某年某月某日双莲寺神尼某某于大江某处迎来某佛祖赐予的大铜钟。"老尼姑嗯了一声,说:"这事就你去办吧。"

乖巧人办事乖巧,没几天,一应筹备都齐全了,工匠们动手了。

这天一早,江上日头刚刚露脸,双莲寺佛殿里就叮叮当当、乒乒乓乓了。正是:炉烧三昧火,大铜钟遭殃。虎口钳钳着大钻头,红闪闪的,在大铜钟的"腮帮"上镌起那些字样来。火星飞溅,大铜钟那个吼响,天外边恐怕都听得见。就在这时,双莲寺上空忽然乌云盖顶,寺里狂风旋转,哗啦啦就落下了暴雨,工匠们眼都睁不开了,炉火也熄灭了。风雨中,大铜钟砰的一声,穿墙破壁飞了出去,一眨眼就看不见了。老尼姑捶胸顿足,小尼姑张大着嘴巴。

双莲寺那口大铜钟没有了,香火一天天枯竭,如今,连寺屋也没有了,只剩下一个寺名。

讲述人:吴明时

搜集地点:安庆市

迎江寺的传说

涵万募建迎江寺

传说北宋时候,有个和尚叫涵万,乘坐在菩提树叶上漂海入江。这天他来到安庆江面,往北一望:嘀,江岸上一棵月亮树,高大碧绿;月亮树下一片星星草,密匝茂盛。天上没有月亮、星星时,它们就会结出月亮果、星星籽,大放光明。这是块宝地呀!涵万和尚收起菩提树叶,上了岸。

涵万和尚一边走一边看景致,忽然听见不远处一片人声喧嚷,夹杂着皮鞭声和怒骂声。涵万和尚上前拨开人群挤进去,只见一把老黄伞下坐着个鸟不像鸟、兽不像兽的人,两旁立着天仙一样的美女,轮番替他斟酒。那是个什么人呢?他是这江边一大水霸,人们背地里叫他恶鬼头。恶鬼头喝一口美酒,发一阵狂笑,喝令恶奴鞭打那绑在树桩上的壮汉。涵万和尚想:这样美丽的地方,怎么有这样丑恶的人和事呢?于是上前打问:"阿弥陀佛!贫僧敢问施主,那壮汉挨鞭打所为何事?"

恶鬼头瞪了涵万和尚一眼,指着挨打的壮汉说:"你自己问他不就得啦?"

涵万和尚也不与他计较,就前去问那壮汉。那壮汉怒气冲天地说:"师父,只因我终年累死累活没法活,才编支歌儿唱,解解气。那恶鬼头硬说我唱歌犯王法,绑我在这里一日三顿打。"

涵万和尚又问:"汉子,能把那歌唱给我听听吗?"

壮汉大声唱起来:

老爷老爷你听清楚,

你是猪来我是牛。

我累断筋骨没饭吃，

你吃圆了肚皮吃大了头。

你一身上下是绸缎，

我没一块整布遮遮羞。

我人没草棚一半间，

你猪狗也能住高楼。

你大小老婆十几个，

我四十开外还背光棍篓。

我没活路你老爷逼，

你老爷逼我唱歌来诅咒：

一咒老天不长眼，

二咒老爷你狠毒，

三咒……

恶鬼头气得大叫："掌嘴！快快掌嘴！"恶奴们一拥而上。涵万和尚大喝一声："住！"恶奴们一个个定在了那里。涵万和尚跟恶鬼头说："施主老爷，常言道，善有善报，恶有恶报。上天堂下地狱，全凭自己择取啊！施主老爷怎不择取善报上天堂呢？"

恶鬼头气得一蹦三尺高，吼叫："打！打那秃驴！"

又一帮恶奴一拥而上，捋袖挥拳。涵万和尚一拂袈裟，恶奴们就都往恶鬼头脸上身上打去。人群中发出一阵叫好声："好！好！"恶鬼头被打得钻进椅肚里。

涵万和尚放了那个挨打的壮汉，本要离去，转念一想："我这一去，那壮汉难免再落入这恶鬼头的手中。再说还有没有别的壮汉，别的恶鬼头呢？要是能让作恶的都不再作恶，受苦受难的都不再受苦受难，那才叫普度众生啊！"涵万和尚决定留下,建造佛寺,广结善缘,感化众生,让这里地方美,人都善。

涵万和尚收了徒弟做帮手,募足银两,建成了供奉万尊佛像的大寺,起名万佛寺。因为劝人行善,寺里香火越来越旺盛。后来有个皇帝来这里游览,见这寺的山门面对大江,就让寺名改为"迎江寺"了。

山门朝南开

涵万和尚募足了银两,就要动工建寺。可是,山门朝哪个方向开呢? 他琢磨来琢磨去,一时拿不定主意。

这天,涵万和尚跟两个徒弟说:"智方,智圆,你俩也琢磨琢磨,我们建这寺,山门朝哪个方向开好? 你们俩谁琢磨得准,谁做建寺总监;寺建成了,就是寺里的监院。"大徒弟智方,忠厚老实,跟着师父只知道诵经礼佛,溜须拍马从不沾边。他听了师父的话,根本不把总监、监院放在心上,即刻日夜转悠在丘坡上审视,又用棍棒撑个山门,上下左右前前后后摆试。摆试遍了,他确定,山门朝南开为好。为什么呢? 一是大江气势尽收山门,二是江水西来东去,取迎、送万佛之意。他把自己的想法跟师父说了,涵万和尚点了点头。

小徒弟智圆,生就两只绿豆眼,看人总是同时揣摸人家的心意,生性又奸刁猾坏,总想占智方上风。他想:"马爱拍屁,人爱托球,说几句恭维话,师父笃定一心向我。"他想把总监、监院弄到手,就成天绕着师父大腿转、二腿溜,一张嘴比蜜还甜。可是,涵万和尚厌烦,问:

"徒儿,你直说,这寺的山门朝哪个方向开好呢?"

智圆转动着两只绿豆眼,一边琢磨师父的心意,一边含含混混地回答:

"师父,您眼明心慧,还用小徒多嘴吗?"

涵万和尚说:"一人有一智,一人有一愚,你还是说说你的见地吧。"

智圆这才说:"师父先示知寺名,小徒才好给山门定个方向哩。"涵万和尚弄不明白,山门朝哪方向开为何要先有寺名? 想了想,他还是告诉了智圆,说:

"我们初建这寺,规模自难宏伟,但是,寺小也能供万佛啊!我们这寺,就叫'万佛寺'吧。"

只见智圆的绿豆眼那么滴溜一转,心中就有了主意,说:"师父,依小徒蠢见,这山门朝西开为好。"

"为什么?"

"因为佛在西方啊!山门朝西开,不就表明我们的心向着佛吗?这样佛就乐了,往后师父位列罗汉什么的,不就笃定加笃定了?这样,徒儿往后还愁没有指望吗?"

涵万和尚听了智圆这番话,全身起了一层鸡皮疙瘩,冷着脸说:"为师礼佛,志在宣扬教义,感化邪恶,普度苦难众生,可不在乎位列什么仙班!"他采用了智方的建议。

智圆用恭维的方法没有占到智方的上风,气得脸皮铁青,当天夜里,单身只影,悄悄离去。剩下涵万和尚和智方,一师一徒建成了万佛寺(后来改名迎江寺)。那山门,一直到今天都还是朝南,面对大江哩。

讲述人:严明之

搜集地点:安庆大轮码头

两只铁锚

第一个传说

传说很久以前,王母娘娘的一条大船缆绳断了,顺着江流漂下来,漂到安庆这儿的江面上便不动了。忽然一阵狂风,将大船颠簸得老高,眼看就要颠翻,被住在北岸的张打铁和李拉风夫妻俩看见,急了。张打铁说:"我们赶紧救那条大船。"李拉风说:"谁家的船?怎么救呢?"张打铁说:"管他谁家的船。家里不是有两个铁砣子吗?铸两只铁锚定住它。"李拉风叹了口气:"说好成了铁仙,铸一尊宝鼎献玉皇大帝的呀!"张打铁狠狠瞪了老婆一眼,说:"当下哪杆子事要紧呢?"于是,李拉风拉风箱旺火,张打铁烧铁砣子铸锚。夫妻俩一口气铸成了两只铁锚,同时嘿哟一声,使出吃奶的力气甩了出去。两只铁锚飞向那条大船,不过没有落在水里,却是并排落在大船一边的船舷上。大船也没有定住,而是连同大铁锚横靠到了大江的北岸,变成一块船形丘坡地。后来,这儿建起迎江寺,山门正好开在两只铁锚中间,迎江寺山门外就有了两只大铁锚了。

再说张打铁李拉风,因为舍了两个铁砣子救那条大船,便立地成仙了。他们做了天上唯一的一对夫妻打铁仙。

第二个传说

传说明朝时候,有个外国传教士来到安庆,被金碧辉煌的迎江寺吸引住了。

这天,传教士到迎江寺游览后,到迎江茶社品吃茶点。他要了素鸡、素鸭一大桌素食和上品小花茶,一个人吃喝起来。吃喝完了,他抹抹嘴巴就走。跑堂的小和尚急忙拽住,说:"施主老爷,还没给钱哩。""钱?什么钱?"小和尚指指他吃喝过的桌子。"吃喝的钱?吃喝还要钱?我们国家吃喝不要钱,还给钱。"传教士的刁蛮无赖,激怒了四邻八座的茶客,一齐围上去,七嘴八舌指责他,小和尚又拽住他死活不放,传教士只得给了钱。

传教士在迎江寺茶社丢了脸,回到教堂气愤难平。"非叫你们的官治死你们不可!"传教士就花钱雇了两个西崽,吩咐如此如此、这般这般。

这天夜里,两个西崽在江边偷了一船家的两只铁锚,送迎江寺栽赃。他们将铁锚放在迎江寺山门外两旁,去撬山门,非但撬不开,两只铁锚也扳不动、拔不起来了,锚柄插进了泥石地,像是生了根。两个西崽溜了。

天亮了,船家发现缆绳缆着船,铁锚不见了,便上岸寻找,路过迎江寺,发现两只铁锚竟然在迎江寺山门外。船家自然是报官啦。安庆知府当即拘拿"案犯",一根铁链把迎江寺方丈锁上了公堂。知府惊堂木一拍,两班衙役一声"威武",知府就让船家说话。船家说:

"小人的船泊在江边,今早晨不见了两只铁锚,一路寻找,看见在迎江寺山门外面,一边一只,眼下还在那里呢。求大老爷做主!"

知府听了,丢下签牌,大喝一声:"打!打那贼秃!"

衙役们虎狼一般,扳倒方丈就打,打得方丈皮肉开花,瘫坐在地上。方丈两手合十:"阿弥陀佛,善哉善哉!老衲比不得名刹高僧,却也深知佛门戒律,怎敢做出这种偷盗之事?再说,佛寺要那铁锚何用?而且,既偷来,为何不藏寺内,却放在山门外边?大老爷明断啊!"

知府点点头,说:"倒也是理。莫非船家栽赃陷害?"就又丢下签牌,打那船家。船家一边挨打,一边叫喊:"大老爷容禀,自古以来,哪个船家泊船不落锚呢?小人泊船不落锚,不怕睡着了被风浪卷走?再说,小人家住湖州,与迎江寺素无仇冤,为何做这栽赃陷害之事呢?大老爷明断啊明断!"

知府又点点头,说:"倒也是理。"就让师爷写判书:湖州船上铁锚飞走,迎江寺前铁锚飞来。事便如此,结案。

这样,方丈和船家都白白挨了一顿打,只是安庆民间有了迎江寺山门外飞来了两只大铁锚的传说。

讲述人:朱有才
搜集地点:安庆市

放生池

传说迎江寺建寺时,有两个工匠头,一个叫高招,一个叫万能,同时前来揽活。涵万和尚说:"二位师傅联手合作吧。"高招、万能同时摇头,说:"他有什么能耐?"涵万和尚说:"二位师傅比试比试,如何?"两个工匠头互相看了一眼,同时说:"请!"

高招说:"建寺要用水,这丘坡上没有水,须下大江取,多费力,我在这近旁开个水池。"说着,从脚边捡起一块石头,砸在地上,石头落处,咕咚一声,那儿就有了一口水池,池水荡漾着哩。万能见了,揪把枯草丢进池中,池水转眼没了,说:"这水池有水无源也是白搭,还得下大江取水,不如让池底通江,有了水源,池水才用不涸呢。"说着,他一纵身跳进水池,只听啪的一声,人,没了!涵万和尚急得两手合十,不住声地念:"阿弥陀佛!阿弥陀佛!"袋把烟工夫,池里冲出一根水柱,水柱上立着万能,单腿马步,拱手笑着,说:"惭愧,让二位久等了。"涵万和尚和高招心里都明白,万能把池底跺通大江了!涵万和尚说:"寸有所长,尺有所短,二位师傅都有大能耐,就联手合作吧。贫僧仰仗了。"高招、万能彼此心里佩服,就都接受了涵万和尚的提议。

强将搭强将,不到两年,迎江寺建造完工。之后,人们知道了那个水池池底通江,每逢寺里做大法事,或是家有祈求,善男信女们除了用香、烛、黄表纸礼佛,还买些龟、鳖、黄鳝、乌鱼之类放进池里,让它们从池底入江归海,获得自由,并且从此不再杀吃这类生灵,以此求得神佛保佑。这样,日子一久,这池子就被叫作"放生池"了。

讲述人:李曼曼

搜集地点:安庆市

振风塔的传说

王知府起建振风塔

王知府起建振风塔,在安庆留下了美名。其实,这美名应该归属于他的姘妇——万花楼一名妓女。

那妓女长得好看,外号"小西施",王知府一到任就与她姘上了。公堂上,王知府蔫头蔫脑;万花楼里,王知府神头鬼脸。日日歌舞场,夜夜销金帐,哪有心思建绩?夫人规劝,他骂:"瞧你个醋样子!"同僚进言,他叹气:"唉,宦海浮沉,事情做得越多越倒霉。"就这样,王知府在任三年,除了拿俸银,去万花楼,什么政绩也没有。

夫人把心都急碎啦,托人找王知府同僚,托人找安庆乡绅,想方设法扳回王知府。大伙儿说,解铃还得系铃人,鬼打还要鬼来医,于是去找小西施。

大伙儿来到万花楼,这个说:"小西施,你一泡祸水,把我堂堂知府大人泡烂了,我们来找你算账!"那个说:"小西施,你蚀了朝廷命官,该当何罪?"七嘴八舌,连骂带吓,把小西施气得放声大哭,哭着大骂:"你们这一群混蛋王八蛋,仗官府的势欺人!我又没勾着引着知府大人来,我又没捆着绑着知府大人来,知府大人无心建绩,与我什么相干?你们有种,一篙子把万花楼捅了!"指着那些人的鼻子哭着骂着,"你们都好好等着,等着知府大人怎样收拾你们!"看吧,这一伙儿平素里人五人六,这时候全都没有了斤两,他们害怕小西施一个枕头状,告得他们人仰马翻,丢官掉脑袋,就都趴下磕头,自己打自己嘴巴,说:"姑娘饶恕,姑娘饶恕!我等也只是想知府大人出些政绩。"小西施破涕为笑了,说:"这还差不多!既然狗嘴里长出了象牙,本姑娘饶恕你们了。都起来吧,回去等候佳音。"

那天夜里,小西施随便说了一句,想在江边有座宝塔,一来供奉佛像礼佛,二来登高看景。王知府笑嘻嘻的一口应承了。第二天,王知府召集属下拟定,为了镇住安庆这条大船[①]不被江水冲走,也为了振安庆一方的人风和文风,在迎江寺内起建一座宝塔。官府拨出库银,择个黄道吉日动工。王知府亲自主持建塔。

一年后,宝塔建成了,起名万佛塔,后来改名振风塔。塔高七层,直指蓝天,八角飞檐,塔铃叮当,雄伟壮观。王知府在安庆留下了美名,而小西施因为是妓女、姘妇,不入史册,后来也就不为世人所知了。

【注释】

①大船:安庆老城地形如船,江水擦边而过,星象学家说有被冲走的危险,所以也就有了"为了……"一句中的说法。

讲述人:徐基安

搜集地点:安庆市

塔影横江

传说振风塔一建造起来,安庆城立时美了十分。城像条大船,塔像根桅杆,这就惊动了天上神仙。神仙们赶紧奏知玉皇大帝。玉皇大帝说:"人间美,怎可以超过天上呢?快快拆掉它!"

神仙们去拆振风塔了,可是,塔上的砖和砖咬得那样紧,谁也抠不动一块砖屁股。神仙们又奏知玉皇大帝。玉皇大帝说:"雷轰电击,狂风吹雹子砸!"雷公、电母、风伯、雹老爷一齐忙活开了。急雷、闪电、狂风、大雹子一齐向振风塔扑来,可是振风塔纹丝儿不动,神仙们全都蔫了脑袋。神仙们挨了玉皇大帝一顿骂,就用一条条神索捆住振风塔,嘿哟嘿哟拽起来。他们想把振风塔拽倒,拽了九九八十一个通宵,直到中秋佳节之夜,月白风清之时,才把振风塔拽得扑通一声,一看,竟是塔影倒在了大江里,横浮着,塔身仍然巍然屹立。神仙们垂头丧气地走了。

这事儿让普天下的塔知道了,都尊振风塔为塔王,每年这天这夜这时刻,能来的都派遣自己的影子前来朝拜。月白风清的好天气,就可以看到安庆那里的江面上,横着一条巨大的塔影,旁边无数小塔影,浮涌攒动,那便是群塔拜塔王了。这就成了安庆老八景的第一景——塔影横江。

讲述人:江晓东
搜集地点:安庆市

松柏木的来历

很久以前,大龙山上长着十棵松树,小龙山上长着十棵柏树,都是九棵笔直参天,一棵弯头拐脑。

那年建造振风塔,按照白云老道画的图样,第六层须有一根大木柱立在当中,穿过七层,支撑七层以上的塔刹。这当口,大作头把料场上的料木看遍了,都不中用。大作头急啦,把这事层层上报。当时主持建塔的知府王大人听了,两眼一闭,沉思一会,呵呵笑了,说:"大龙山上不是有十棵大松树吗?小龙山上不是有十棵大柏树吗?难道都不中用吗?"

知府王大人当下批文,大作头就带领工匠们上山伐树。

他们先上大龙山,选了一棵笔直参天的大松树伐来用了,可是七层上的塔刹一合上,就听哗啦一声,大木柱垮塌了!这就去小龙山上选一棵笔直参天的大柏树伐来用了,也一样。大作头、二督工和工匠们都傻眼了。大伙儿凑主意,再上大龙山、小龙山,直到伐光那里的松树和柏树。

一棵又一棵大松树,一棵又一棵大柏树,选的都是笔直参天的俊俏树,可是

振风塔的传说——松柏木的来历

全都不中用。大作头、二督工、工匠们急得团团转。山上只有那两棵弯头拐脑的松树和柏树了,难道那两棵丑树能派上用场吗?可是不去伐来用,又怎么办呢?大作头、二督工、工匠们只好去伐那两棵丑树了。这天,他们来到大龙山和小龙山搭界处,远远望见两棵丑树,你把身子探过来,它把身子探过去,弯拗弯、拐拗拐,紧紧扭合在一起,树枝上有松针也有柏叶,交相错杂。大伙儿一阵惊愕,一阵高兴,嚷嚷起来:"两棵丑树扭合成一棵笔直参天的松柏树了!"于是伐了回去,做成大木柱用了。塔刹架上去,大木柱硬挺挺的。大伙儿欢呼起来:"成了!人不可貌相,树也不可貌相啊!"

　　振风塔建造完工了。那根大木柱,人们觉得特别神奇,于是一传十、十传百,都说那根大木柱是松柏木的。这样,世上就有了"松柏木"了。

讲述人:江西游客

搜集地点:振风塔上

海 口 洲

传说,秦始皇在修筑万里长城时得到一条赶山鞭,就带领一班大臣和兵丁,浩浩荡荡巡游全国,逢山赶山,遇岭赶岭。

这天,秦始皇一行来到安庆地界。那时还没有"安庆"这名称,更没有这城影儿,只一片白茫茫大水。

秦始皇说:"驻跸!"臣下就都歇下来。秦始皇拿出赶山鞭,又说:"全都退后,朕要把这水赶走!"这时一个忠心耿耿的大臣跪到秦始皇面前,说:"皇上明鉴,为君者切不可夸海口说大话,否则有失九五尊严。臣见皇上的赶山鞭赶过山,赶过岭,未见赶过水,因此请皇上三思。"秦始皇正高兴着,挨这瓢冷水一泼,怒火万丈,大喝一声:"武士们,砍了!"那大臣被砍作两段,丢进了水里。秦始皇恨恨地说:"朕要搋天,天就得塌下;朕要拎地,地就得拱起!这小小一片白水,赶它不走,那还了得!"大臣们全都浑身筛糠,一齐跪下磕头,说:"皇上神武,一鞭就能把水赶跑,一鞭就能把水赶跑哇!"秦始皇这才怒气渐消,扬起赶山鞭,对着那片白水狠狠抽打起来,直打得巨浪冲天,打到自家全身酸软,才住手。一住手,冲天巨浪哗啦啦落下,劈头盖脑,将秦始皇浇成个落汤鸡,还差点儿被卷走。秦始皇夸下海口,又赶不走那一片白茫茫大水,出了丑,就把一肚子怒气往大臣们身上撒。秦始皇怒斥众大臣:"朕的赶山鞭,山赶走了,岭赶跑了,水怎么赶不动?都是你们这些狗奴才多嘴多舌,聒噪得朕的赶山鞭失了灵气!"大臣们汗流满面,磕头应答"是,是……"秦始皇想:这些大臣回到咸阳,还不把这事儿抖搂出去?就喝令武士们把身边的大臣全都杀了,扔进了水里。秦始皇还没起驾,那些大臣的尸体就聚在了一起,长出了那一片洲地。

秦始皇回到咸阳,这事儿还是抖搂出去了。秦始皇死后,人们把那片洲地叫作"海口洲"。

讲述人:杨积先

搜集地点:皖河渡口

子 贡 岭

怀宁县境内,有一道山岭叫"子贡岭",传说是因子贡搭救他的老师孔子而得的名。

那时候,子贡跟着孔子周游列国,学做官。有一次,他们被困在陈国和蔡国之间,饿了几天肚子,子贡不想学做官了,就改行做玉器生意。离去时,孔子骂他:"小人,我白费一番心血了!但愿今后不再见到你!"

三年后的一天,子贡贩运玉器从这山岭下经过,听到岭头上一片声嚷嚷:"吃饭给钱,没钱就别走人!"子贡好奇,就叫商队停下,让监运去岭头上看个究竟。监运去了一会儿回来,高兴得手舞足蹈,说:"主儿,真爽心,是骂您'小人'的那个孔老夫子,又被人家围困了!"子贡大吃一惊,说:"走,看看去!"监运笑着说:"管他呢!谁让他又去游说了!"子贡忙问:"去哪国?什么事?知道吗?""知道。是去楚国,请楚国出兵伐齐救鲁。"子贡啊了一声,拉着监运三步并作两步,一口气奔上山岭。

子贡到了岭头上,挤进人群中,来到孔子面前,行过见师礼,说:"学生来晚了,让老师受困吃苦了。"孔子爱理不理地对着子贡。子贡再次行了礼,然后面对众人,说:"这位夫子就是当今大儒孔老夫子,我的老师。老师吃饭没钱了,自有学生给付。诸位,请去岭下拿钱。"

子贡把钱给了人家,众人散去。监运悄声跟子贡说:"主儿,您忘了您这位老师骂您的话了?"子贡笑笑说:"先生骂学生,是好心和希望;学生恨先生,是无知加混蛋。老师去说楚伐齐救鲁,是爱国之举,学生理当助一臂之力。现在,你把现银分一半与老师,然后我们赶路。"

子贡把现银分一半给了孔子,孔子顺利地到了楚国,说服了楚国出兵攻打齐国，救了鲁国。

人们敬佩子贡这样对待老师，就把这山岭叫作了"子贡岭"。

讲述人：江志道

搜集地点：怀宁高河

半是君山

怀宁山口镇西南边那座山,相传曾叫"半是君山",是强盗们聚集的地方。后来不那样叫了,这其中有个缘故。

老辈人说,唐代名诗人李涉四十岁那年,在外谋生,接家书说老母病重,抓天挠地般往回赶。这天大风大雨,天色将晚,在井栏砂泊舟歇下。李涉饿极了,正要用饭,忽然有人喊:"强盗来了,快逃!"停泊在这儿的船纷纷逃走,就李涉的船一动没动。李涉跟艄公说:"纷乱中撞翻了船,不如不逃。"这时十几个黑衣大汉冲上船头,厉声喝问:"为什么不逃?"李涉端坐着一言不发。强盗们举起明晃晃的大刀,吼叫:"拿出买命钱!"李涉一点也不害怕,因为几年来这种事情他见的多了。他想,身上十几两银子,回家要侍奉老母汤药,说不定还得送老母归山。再说,到家还有好长一段路程,没了银子,如何是好?不如挺他一挺,或许能挺过去,就硬着喉咙说:

"钱,没有;命,有一条!"

强盗们怒了,一个个晃动大刀,凶神恶煞般说:

"那就留下脑葫芦!"

李涉站起来,伸长脖子,往那些刀口凑去,硬邦邦地说:

"拿去便是!"

强盗们哈哈大笑,说:

"你舍得?"

"我这脑葫芦,原是贮诗文的,如今没有银子,性命都不保了,要它还有何用?"

强盗们一听"诗文"二字,都愣住了,半晌,问:"你是什么人?叫什么名字?"

李涉说:"我是行路人,叫李涉!"

强盗们听到"李涉"二字,一个个掷了大刀,拱手行礼,说:"诗人莫怪,我等有眼无珠。如今,你就是有万贯金银,我们也不劫了。我们想要你的诗,请赋诗一首送给我们吧。"

李涉当下赋出一首小诗,写在纸上,赠给了强盗。诗题是《井栏砂宿遇夜客》:

风雨潇潇江上村,绿林豪客夜知闻。
相逢不用相回避,世上如今半是君。

强盗们得到这首诗,就像得到了一件宝贝似的,一个个高兴得又是作揖又是磕头,千恩万谢地去了。

因为这首诗,强盗们把自己聚集的那座山叫作"半是君山",不久这名字就叫开了。后来,地方官员害怕朝廷知道了降罪,下令不准这样叫,慢慢地,就没有人叫那山"半是君山"了。

讲述人:杨积广
搜集地点:怀宁山口

纱 帽 山

怀宁县西南边的柏子山中,有座小山名叫"纱帽山"。传说很久以前没有这座山。有一年,那任怀宁知县特别贪,恨不得太阳都归他一个人所有。人们背地里叫他"贪大老爷"。那个贪劲,有一天让钦差大臣拿了个正着,依律得砍脑袋瓜。贪大老爷哀求钦差大臣:

"罪官知道,这脑袋瓜是砍定了,只是求大人开恩,砍的时候让罪官戴着乌纱帽。"

钦差大臣感到奇怪,问:

"砍脑袋瓜了,戴那乌纱帽何用?"

"唉,大人哪,罪官活着不让做贪官,死了让做个贪鬼吧!脑袋瓜上没有乌纱帽,如何做贪鬼呀?"

钦差大臣差点笑出声来,想一想,也罢,乌纱帽皇家有的是,这一顶就让他戴着去吧。

行刑那天,这位贪大老爷头戴乌纱帽,身穿白囚衣,脚步踉跄地被押进刑场。人们看他那个滑稽样儿,不禁笑出声来。贪大老爷恼了,吼:"笑什么笑?我就要做贪鬼了,你们还笑!"吼过,跪下。一阵狂风,那顶乌纱帽被刮跑了。刽子手手起刀落,贪大老爷的脑袋瓜还是光溜溜地掉在了地上。

乌纱帽随风飘呀飘呀,飘到柏子山中落下,变成了那座小山。小山形如那顶乌纱帽,人们叫它"纱帽山"。

讲述人:田三阳

搜集地点:怀宁大桥

石 镜 山

怀宁县境内有座山叫"石镜山"。为什么叫石镜山呢？

传说明朝时候，有一任安庆知府任满，离去时要把搜刮的金银财宝带走。水路不敢走，因为大江里有振风塔影横在江面，就如一柄青锋宝剑，刺妖魔斩鬼怪，截杀贪官污吏和装载赃物的船只，一桨难行，只能走旱路。

这天，知府坐着大轿，身后跟着几十辆小车，金银财宝上面覆盖着泥土，武士护卫，离开了安庆城。一路上，五里一短亭，十里一长亭，地方小官、百姓，酒肉饯送。每停一处，知府总要重复几句老话："本府两袖清风而来，一身重债而去。居官三载，与下司、百姓感情笃深。囿于难舍，故轻车载土，归去躬耕，以寄托对安庆之深思远念也！"说完还要揪揪鼻子擦擦眼睛。饯送的小官、百姓感动得哭出声来，哭声惊动了天地。

这天午后，知府一行来到这座山下。这里早已聚集了百十多地方小官和百姓，饯送知府。知府吃了酒饭，收了礼物，照例重复那几句老话。只听山顶上一声雷响，一缕红光闪过处，凸立出一块房大的巨石。巨石莹洁如冰，明亮如镜，把知府白净面皮里的污黑心肠照了个一清二楚。人们看见巨石照出一车车泥土下面藏着的金银财宝，愤怒了，异口同声地骂："笑里藏刀，披着人皮的狼啊！"知府恼羞成怒，命武士们轰赶那些人。人们散去了，知府还余怒未消，喝令武士们砸碎那块巨石。武士们砸呀砸，砸碎的石头飞溅得漫山都是，知府的真面目也被照得漫山都是了。知府只得恨恨而去。

不久，新任知府知道了这件事，前来察看后，就如实呈报到院，御史大人奏知了皇帝，皇帝下了圣旨，刑部将那离任的知府捉拿归案，正了法。这样，山石上照出的那知府的污黑心肠才慢慢褪去。好多年后，那山上的石头还是那样莹洁明亮,像镜子一样,不仅能照见人贪抢来的黑财物,更能照见人的黑心肝。这样,人们便把那些石头叫作"石镜",把那座山叫作"石镜山"了。据说从那以后,安庆的官再不敢大贪了,小贪小刮的官儿也不敢从石镜山那里经过了。

讲述人:朱三娘

搜集地点:安庆市

猫山的来历

老辈人说，人间本来没有老鼠，有一天，天宫里有一只天鼠听说人间谷子比天宫的仙果更好吃，就溜下凡来。一只天猫看见了，想："天鼠一辈子只会两样事——吃和咬。它在人间多待一刻，人间谷子就要被它多吃掉一大截。抓它回天宫，一刻也不能耽搁。"天猫来不及禀报御豢大神，一纵身就追下凡来。天猫追着天鼠，追到上石牌，眼看要抓到了，天鼠鬼得很，一溜烟钻进一个小洞里。洞口很小，天猫进不去，就守在洞口等，等天鼠饿急了自己出来。

一连几个月，天鼠不但没出来，反而把洞扒通逃走了。这时候，玉皇大帝发现这只天猫不在天上，大发雷霆，骂得御豢大神满头大汗。御豢大神揣一肚子忿气，下凡找天猫。御豢大神找呀找呀，找到了上石牌，见天猫坐在那里，怒火直冲脑门。"嘿嘿，我替你挨骂，你倒坐在这儿优哉呢！"说着就一棍打去，正端端打在天猫身上。那可不是一般的棍啊！那是一根能陷地塌山的神棍。接着又是一棍。可怜天猫被打得惨叫一声，骨碎万点。天猫自然冤气不散，不一会儿，万点碎骨聚在一起，成了一座山丘，形状似猫，所以人们叫它"猫山"。据说，因为没有了这只天猫，天鼠就可着胆子下凡了，这以后，人间就有了许多老鼠。老鼠多了，就有了鼠灾和鼠患。

讲述人：马文祥

搜集地点：怀宁石牌

竹 桥

安庆集贤关跟怀宁搭界处,原先有一条河,河上有一座桥,名"竹桥"。说起这竹桥,有一段八仙惩恶的故事哩。

传说八仙过海之后,一路游玩经安庆去天柱山登天。这天,他们出了集贤关,来到那河边,只见河埠头十几个男女老少被捆翻在地,几个彪形大汉拖着扯着,让一个獐头鼠目的人鞭打。八仙上前询问,才知道这些人涉水过河,没银子交纳过河费。八仙咬咬耳朵,要管一管这人间不平事,于是一齐拱手说:

"这位大爷,我们要过河。"

"好哇,拿银子来!"

汉钟离手摇宝扇,笑嘻嘻问:"多少?"

"涉水五两,坐船二十!"

八仙齐声大叫:"哇!这么多呀?"

"多?那就别过河!"

铁拐李一瘸一拐上前说:"涉水也要交纳银子,太没道理了!"

獐头鼠目的人两眼一瞪:"难道让你们白过河?"

蓝采和忍不住了,挥动拍板大叫:"我们涉水过河,一个子儿也不给!"

獐头鼠目的人逼近蓝采和,举起鞭子说:"撒野!也想来一下这个?"说着,朝一个樵夫模样的老爹身上狠抽几鞭。

曹国舅也气愤了,说:"河水滔滔流,涉水过河我自由。你凭什么收银子?"

獐头鼠目的人还没遇到过这样跟他说话的人,气得两眼翻白,半晌才说:"河水流滔滔,打我潘府门前绕,河水自然就是潘府的了。潘大爷凭这个收银子!"

眼见双方要动武,张果老插上前去,笑呵呵说:"慢来慢来,让我问问这位潘大爷……"

"有屁快放!"

张果老问:"请问这河的两岸可是潘府的呢?"

"这……"獐头鼠目的人转了转眼珠,说,"这河的两岸,当然是皇帝爷爷的了。"

"河面上的天空呢?"

"这……当然也是皇帝爷爷的。"

"这么说,就这河里的水是潘府的了?"

"那当然。"獐头鼠目的人说,"我潘大爷只要这河水是潘府的就够了。你们不交纳银子就从天上过!"

张果老哈哈大笑,向何仙姑眨眨眼。何仙姑捡来一大荷叶兜石头,吹口气变成白花花的银子,倒在獐头鼠目的人面前,说:"潘大爷,我们替那些涉水过河的人交纳银子,你放了他们吧。"

獐头鼠目的人瞟了何仙姑一眼,心生歹意,说:"这点银子怎够放了他们?还有你们呢!"

"还要多少?"八仙齐声问。

"你们尽管拿来。"

"岂有此理!"汉钟离大骂一声,挥动宝扇,扇来大大小小的石头,变成白花花的银子,稀里哗啦像雹子一样砸在那獐头鼠目的人头上、身上,不一会儿,就把他埋起来了。他在银子里面大叫:"不要了!不要了!够了!"可是,汉钟离一个劲儿扇,银子一个劲儿往下砸。这时候,吕洞宾一挥屠龙宝剑,一竿翠竹飞了过来。韩湘子接住,撂在河面上,喝声"变",那竹子就变得老长老粗,搭在河的两岸。八仙解救了被捆翻的人,叫他们从竹子上走过河去,说:"往后,你们不会再吃那勒索银子的苦头了!"八仙走远了,人们这才想起,大叫:"那八人是八仙啊!"

人们对八仙说不尽的感激,把那竹子起名"八仙桥",后来改叫"竹桥",再后来,改建成石头桥了,仍然叫它"竹桥"。

讲述人:潘金宝
搜集地点:怀宁总铺

孔雀台和苦井

怀宁小市原有一座花戏楼,名"孔雀台";不远处的焦家畈有一口水井,名苦井。它们的名称是怎样来的呢?

传说东汉建安年间,怀宁小市焦家畈有户姓焦的人家,老娘、儿子、媳妇三口子,日子过得美美满满。儿子焦仲卿是庐江府小吏,娶农家女儿刘兰芝为妻。刘兰芝漂亮又贤惠,小两口十分恩爱。一个夏天的晚上,小两口在院里五谷树下乘凉,看着天上的月亮就说起心上话来。焦仲卿说:"爱卿卿,我是磐石千年不动摇。"刘兰芝说:"君是磐石千年不动摇,妾是蒲苇万年不断折。"焦老娘不知什么时候站在了他们身后,听了心中犯堵,冷哼一声骂:"不要脸的小妖精,会蛊惑男人了!这会儿心中就没有了老娘,往后还了得?"从此,老娘成了老狼啦,三番五次要儿子休了刘兰芝,娶东大老爷女儿小罗敷。焦仲卿不肯,焦老娘又砸烟袋又捶胸,还解下裤带勒颈子。焦仲卿吓得去了庐江府不敢回家。

焦仲卿不在家,焦老娘变着法儿折磨刘兰芝。白天,她要刘兰芝给她弹箜篌,捶腿捏脚,还得兴菜园,一日三餐饭菜侍候;晚上,刘兰芝洗了衣裳,织了半匹布,纳了一只鞋底,再去挑满一缸水。焦老娘还把箜篌弦子弄断,说是刘兰芝故意这样做,拿簪子戳刘兰芝手指。她把灶下柴火泼湿,做饭时刘兰芝被熏得两眼通红,她骂:"半天烧不熟一餐饭,还是个女人吗?"焦老娘在烧好的菜里加进几大勺盐,端出去让邻居们品尝。她把水桶偷偷弄破,让刘兰芝去水井挑水……

刘兰芝,苦哇!

这天深夜,刘兰芝又去挑水了。一桶水提上来,只剩几小瓢,仔细一看,才知道桶底有许多小洞,桶壁开了裂。这样的水桶,怎样挑水呢?刘兰芝又累又急又害怕,坐在水井旁边哭,哭着想着:回娘家吧,大大①打,娘妈骂,哥哥金刚怒目,嫂子幸灾乐祸,隔壁连墙的人挤眉弄眼、指指戳戳,那日子没得过啊!跳井死了吧,许多人家吃这井水呢!又想起和焦仲卿说过的心上话,死也没力气死了。她伏在井沿上哭,哭着哭着睡着了,泪水流进水井里,井水变苦了!

第二天有人来汲水,刘兰芝被叫醒。刘兰芝挑着两只破水桶回家,焦老娘堵在门口大骂:"不要脸的娼妇,一通宵不回家,去哪里了?肮里肮脏,还想进这个家门?"焦老娘不让进门,刘兰芝跪下哀求,左邻右舍相劝,都没用。一连跪了三天三夜,刘兰芝又饿又渴又冤屈,进出气息也艰难了。刘兰芝想:这个家门进不去,走投无路了。她只得走走爬爬去了远处那口大水塘,向着庐江府方向嘶声叫喊:"仲卿啊仲卿,阳间没路走,阴间相见吧!"她就心一横跳了下去。

焦仲卿得到刘兰芝的死讯,赶了回来,见到刘兰芝的尸体,也不流泪,也不跟人搭话,一头扎进屋里,给焦老娘磕了三个响头,说:"娘,不孝儿去了,往后,娘多自保重吧!"转身来到院中五谷树下,选定东南方向一根树丫,解下腰带系上,打个活络结子,把头颈伸了进去。

焦仲卿死了,焦老娘还在屋里大声叫喊:"仲卿啊你别走!死只小麻雀,来只金凤凰。东大老爷答应了,把小罗敷嫁给你。罗敷女更好看,又贤惠,门楣又高大,往后你做官的前程就没平仄啦。下月初八就迎娶。"见半天没人应声,焦老娘出得屋来一看,扑通一声栽倒了。这以后她就四处讨饭了。

人们把焦仲卿和刘兰芝的尸体合葬在一处,墓旁栽上青松和翠柏。不多日,人们看见他俩墓冢上飞出一对花孔雀,向东南方向飞去,消失在蓝天里。人们说,焦仲卿和刘兰芝变成一对花孔雀啦。

民间艺人把焦仲卿和刘兰芝的故事编成戏文演唱,名《孔雀东南飞》,后来搭了那座花戏楼就专门演唱这出戏,花戏楼被叫作"孔雀台"了;那井水因为刘兰芝的泪水流了进去而变苦,井就被叫作了"苦井"。

【注释】

①大大：爸爸，父亲。方言。后同。

讲述人：王文英

搜集地点：怀宁县

三鸦寺和三鸦寺大湖

怀宁高河埠东北边有一片大湖,名"三鸦寺大湖"。传说那湖原来是一片丛山峻岭。

那时候,那里有一个大村庄,住着二十九户人家。这些人家,大多迷信,最忌讳的是乌鸦叫。有一年,这里飞来三只乌鸦,哇哇哇地叫。二十九户就有二十八户的人听成了"挖挖挖"。"挖"就是挖坑,挖坑就是埋死人。赶巧,有一家人吵嘴,小媳妇上吊死了,就把过错全推在这三只乌鸦身上。三只乌鸦落这棵树上做窠,窠被捅了;落那棵树上做窠,窠被捅了。它们气得大叫:"哇!哇!哇!"人们就教孩子唱:

乌鸦叫,乌鸦当,乌鸦嘴里害疔疮。
今朝死一只,明朝死一双,后朝死得精大光。

三只乌鸦被撵得飞来又飞去,最后落在村子尽头一个叫寒哥的家门前大树上。寒哥是个孤儿,从小没大大没妈,脑子里没丫丫杈杈的东西。他见三只乌鸦找树做窠找得好可怜,就朝它们喊:"乌鸦乌鸦,人有屋住,你们就该有个做窠的树丫!别家撵你们,我不。你们就在这棵树上做窠吧。"三只乌鸦像听懂寒哥的话,朝他点点头,哇哇哇叫了三声。不多久,一个枯枝断草搭成的鸟窠架在寒哥门前那棵树上了。

从那时起,寒哥就跟三只乌鸦做了伴儿。寒哥有空就坐在门口跟三只乌鸦逗乐儿;有时从山地里带些毛毛虫,送到三只乌鸦的窠里;如果夜里外边有响动,寒哥总要开门看一看,是不是夜猫子偷袭三只乌鸦了。冬天,寒哥搂一抱黄草披在三只乌鸦的窠上;夏天,寒哥把翠绿的树枝朝三只乌鸦窠上拢一拢。日子久了,三只乌鸦通人性了,寒哥也识鸟语了。三只乌鸦互相谈论:"一样是人,为什么有的恶,有的善呢?"寒哥听了感动,想:乌鸦也是知善恶的呀!

三年过去了。一天,三只乌鸦在山地里啄吃毛毛虫,看见地底下鳌鱼睁开了一只眼。它们想:"鳌鱼睁眼要翻身,鳌鱼翻身要地陷。这回是哪里地陷呢?要是这里,可得告知寒哥。"三只乌鸦瞪大了眼睛,日夜盯住这里的地下。

这天早晨,村里人家一开门,三只乌鸦就拼命地大叫:"哇!哇!哇!"意思是:"这地方要陷啊!这地方要陷啊!这地方要陷啊!"可是,那些人不明白,都埋怨寒哥不撵走这三只乌鸦。今天开门叫,又有祸事到。寒哥告诉那些人:"这三只乌鸦叫唤,是说这地方要陷,叫我们离开这里。"那些人骂寒哥鬼扯筋。寒哥就是嘴巴说破,也没人相信。这一天,三只乌鸦叫得不歇嘴。天还没晚,三只乌鸦落在寒哥的肩膀上,又是哇哇哇地叫,又是扑棱棱拍翅膀。寒哥把三只乌鸦的话再次转告村里人,人们就笑话寒哥:"你走吧,把你的乌鸦娘子也带走。"寒哥没法说动那些人,就随身带些破东破西的家什,朝东北方向去了。

三只乌鸦引领寒哥一气走了十多里,来到双木岭头上,才停下来。这时已是上灯时分。寒哥朝来路一望,不得了!只听天崩地裂一声响,好大一片红光绿火冲上了天空。寒哥眨眨眼,就见自己居住的那个方向,山岭不见了,变成黑沉沉的一片。轰隆隆的响声歇了,寒哥才敢铺开破被睡下。第二天天亮,寒哥睁眼一看,那里一片白茫茫大雾;雾散了,看见一片白茫茫大水。寒哥就去水岸边搭间草棚住下了,垦几块水田种庄稼。那三只乌鸦,在他草棚前的树丫上做了窠,仍然跟他做伴儿。

寒哥常常望着那片大水想:"要不是三只乌鸦,我也葬身在大水里了。"从此,他把三只乌鸦当作了神鸦。后来三只乌鸦死了,他在水边为三只乌鸦建了座庙,叫"三鸦寺",那片大水,叫作"三鸦寺大湖"。

讲述人:江锡进
搜集地点:怀宁高河

射 蛟 台

汉武帝南巡,从九江顺流而下,这天到了枞阳,并在此歇息了一天。第二天正要起驾,汉武帝被一阵民间鼓乐声惊住,细听,那鼓乐声中夹杂着哀哀的啼哭。汉武帝命左右前去查问,回来说:"启禀皇上,那是一班送贡的人,贡童男童女给白荡湖蛟王吃。"汉武帝啊了一声,急领护卫前去堵截,救下了两个孩子。送贡的人知道是皇帝,吓得一齐跪下哀求:"皇上开恩,准草民们进贡童男童女,要不那蛟王一怒,白荡湖水漫上来,田园没了,所有的人都活不成了。"汉武帝眉头一拧,说:"都起来,朕去会会那蛟王!"

汉武帝来到百步山上,远远望去,只见青山白水,绿鸟翠苇,一片平和景象。可是,眨眼间黑雾升腾,腥风卷地,恶浪冲天。人们惊叫:"不好了,蛟王发怒了!"汉武帝命护卫快拿金箭,护卫说:"禀皇上,金箭只剩一支了。""拿来!""前路远着哩。""为百姓除害要紧,还是前路要紧?"护卫不敢违拗,拿来了那支金箭。汉武帝张弓搭箭,嗖的一声,金箭闪着金光,射向那顶高的浪头。嗨!这一箭射出,只听天塌地裂一声响,刹那间黑雾散了,腥风恶浪熄灭了,人们看见白荡湖面一条蟒蛇样的东西,两眼被金箭射穿,扭动着身子沉下水去。人们一片声欢呼。

汉武帝去了,人们不忘他的功德,就在他射蛟的百步山上筑台纪念,台名"射蛟台"。

讲述人:何同

搜集地点:安庆市

惜 阴 亭

枞阳城关,早先有个亭子叫"运甓亭",后来改叫"惜阴亭",传说是为纪念东晋陶侃建造的。

陶侃拜大将军之前,在枞阳当县令,每天坐衙前搬三百块砖出去,退衙后将三百块砖搬回,雨雪风霜也不间断。人们见了奇怪,问:"大人,您这是做什么呀?"陶侃说:"闲逸丧志啊!"

一天中晌,陶侃巡视农事归来,看见自己运出的砖上睡着一个憨头憨脑的小伙子,四仰八叉的,嘴里还哼哼着歪曲儿。看他近旁的树杈上,晒着渔网,想来是个打鱼人。陶侃推了推小伙子,问:"你叫什么名字?青天大白日的,又这般好天气,怎不下河打鱼啊?"憨小伙瞥了一眼,见是县大老爷,吓得一骨碌跳下来,一边磕头一边回答:"回大老爷,小的叫石童。鱼汛过去了,撒了一早晨的网,没捞到一片鱼鳞,白费力气,就晒网歇伙了。"陶侃扶起憨小伙,劝诫地说:"年轻人,做人应该懂得这个道理,得物不喜,失志堪悲。一个早晨打不到鱼,便晒网歇伙了;要是再撒一网有了鱼,那不可惜了?就算鱼汛过去了,百网千网都无鱼,练练两臂力气也好啊!怎能说'白费力气'呢?还有,青天大白日的睡大觉,这不糟蹋了光阴吗?"石童给陶侃磕了个响头,红着脸,搂起渔网下河去了。从此,不管鱼多鱼少,有鱼无鱼,鱼汛来了去了,石童都下河入江,有时鱼篓倒也能盛满了鱼,但更大的收获是他练得臂力过人,打鱼的技巧也超过了一般人。

过了一年,这天陶侃又去巡视农事,日仄还没回衙。守衙的差役们以为陶侃很晚才得回衙,便围着桌子喝酒掷骰子耍钱。正要得起劲,陶侃回来了,差役们吓得汗珠砸脚背。可是,陶侃并没有责罚他们,而是叫他们把自己常说的那句话重复一遍。差役们齐声说道:"大禹圣人,尚惜寸阴;我等众人,当惜分阴。"陶侃接着说:"一寸光阴一寸金,寸金难买寸光阴。眼下衙门无多事,你们与其吃喝玩乐糟蹋光阴,不如在这农忙时节为农家做点事情。你们细想想吧!"差役们深受感动,当即把骰子、酒具扔进水里了。

陶侃劝人们爱惜光阴,人们明白了其中的道理,而且从他的教诲中得到了不少益处。因此,在陶侃任满离去时,这里的人们都远送不舍。为了铭记陶侃的教诲,人们在陶侃堆砖的地方,用陶侃运出运进的砖建造了一座亭子,叫"运甓亭",后来改叫"惜阴亭"。

讲述人:何同

搜集地点:安庆市

垂 虹 井

　　传说很久以前，一年夏天，喜爱人间景致的百花仙子听说枞阳浮山奇、巧、美，就驾着彩虹来浮山看景致。

　　百花仙子来到浮山上空，往下一看，嗬，山浮水面水浮山，奇哩。山石大小配搭，如骑如负，巧哩。再看松岩飞瀑，石壁流泉，天风花鸟，竹树云台，更有庙铃梵烟，渔鼓钟磬，不时送出高低快慢的诵经声，美哩。百花仙子眼也醉了，耳也醉了，心也醉了。她这里看了看那里，那里看了看这里，不觉来到那眼石窟窿上空。这时候，石窟窿里一阵轰隆隆响声过后，现出一片洞底世界。那洞底世界，天更蓝，日更红，山更青，水更秀，田园屋宇更美，鸟兽更繁多，人更健旺，真个是：虽是洞底，胜过天上。百花仙子看呀看的，看得脚下的彩虹也跟她一样，舍不得离开了。天宫传来了关天门的钟声，百花仙子这才想到早就该回去了，便催促脚下的彩虹。可是那彩虹硬是不走。百花仙子急了，使劲一拽，嗤的一声，彩虹断作了两半：一半让百花仙子驾走了，一半垂落进石窟窿里。据说，从此人间看到的彩虹就只有了一半。垂落进石窟窿里的一半彩虹，把那洞底世界遮挡得看不见了。不知过了多少年，一位名叫远录公的名僧把那石窟窿凿修成"井"，人们叫它"垂虹井"。

讲述人：何同
搜集地点：安庆市

菜 籽 湖

枞阳、桐城搭界处有一个大湖,名叫"菜籽湖"。为什么叫"菜籽湖"呢?说起来有个故事。

很久以前,菜籽湖那里是一片山丘和田地,牛郎织女就住在那里。他们垦了几块山田和山地,搭了几间草房,男耕女织,过着甜蜜蜜的日子。这一年刚入夏,牛郎织女收割的油菜籽还没晒干,就堆放在门前晒场上。这时候,王母娘娘发现织女私自下凡了,还跟牛郎成了亲,生了一儿一女,不禁大怒。王母娘娘派金甲大力神悄悄来到人间,趁牛郎在山地里锄草时,把织女又拖又扯抓回了天宫。牛郎锄草回家,进屋不见了织女,织布机散了架,屋里被弄得乱七八糟,两个孩子泪痕满脸,枕在门槛上睡着了。牛郎心里怦怦直跳。老牛告诉了他一切。在老牛的帮助下,牛郎一担挑着两个孩子,奔上天去找织女。

牛郎织女家里没人了,周围的穷乡邻们都为他们的不幸感到难过,主动帮他们照看门户;堆放在门前晒场上的油菜籽,谁也不动它一粒,都说,牛郎织女一两天不就回家了?可是这里有个刁员外,尽管家里富得淌油,但见了牛郎织女家里没有人,就想去发点横财。

这天夜里,刁员外偷偷去看牛郎织女家的山田、山地和草房。他转悠到牛郎织女家的晒场上,忽然眼前金光一闪,脚边的草茎、砂末子都照亮了。他大吃一惊,躲到屋角看,嗨,原来是那堆油菜籽在发光!宝贝!宝贝呀!刁员外悄悄回了家。第二天,他买通官府,逼迫牛郎织女家周围的穷乡邻们迁出五十里外去居住。穷乡邻们被逼走了,没眼睛碍事了,刁员外就让家奴们把牛郎织女家油菜籽一担一担往家挑。奇怪!他们挑了三天三夜,那堆油菜籽还是那么多。刁员外摸摸八字须,有主意了,在那堆油菜籽上盖间大屋子,把油菜籽圈进屋去。

　　大屋子盖好了,油菜籽圈进屋里了,刁员外一个人住了进去,日夜围着那堆油菜籽转圈圈,一边转圈圈一边看,一边看一边转圈圈,嘿嘿嘿地笑:"宝贝,发光的宝贝,现在全是我的了!"就在这时,油菜籽堆里迸出一束火苗,火苗蹿上屋顶,砰的一声,晒场陷下去了,越陷越深,越陷越大,大屋子、油菜籽、刁员外全都陷了进去。水漫了上来,白茫茫一片,成了一个大湖。牛郎织女的穷乡邻们很快知道了,都拍手叫好,就把这个大湖起名"菜籽湖"。据说,现在有时还能看见湖水里油菜籽发光哩。

讲述人:鲍广厚
搜集地点:枞阳城关

杨 叶 洲

传说朱元璋被陈友谅打败，只身一人逃到长江边，寻人不见，找船没有，只好顺着江堤向东逃去。他逃到枞阳境内，见一老道打坐在江边杨树荫下，一手执着拂尘，一手举在胸前，两眼紧闭，双唇微动。朱元璋上前招呼了几回，老道都没吱声。朱元璋怕追兵追到，就凑上老道耳朵大叫："朱元璋有礼了！"老道一伸手拽下一片杨树叶，丢进江水，说："去吧。"朱元璋一看，杨树叶竟然变成一只大木排，慌急中连个"谢"字也没说就跳了上去。这时大北风刮起，大木排向江心漂去。到了江心，风更大了，浪更高了，江水涌上大木排，朱元璋下半身湿透了，便想起那老道定然是个得道之人，要不怎能让一片杨树叶变成一只大木排呢？又想，杨树叶既能变成大木排，为何不能变成大木船呢？心中起了个疙瘩，恨恨地说："老东西，日后叫我再遇上，瞧我怎样收拾你！"奇怪，大北风忽然息了，大木排不动了。朱元璋急得拔出宝剑当桨使，划呀划呀，越划越划不动，一看，大木排变成一块大洲地了！这时候，上流头驶来一条大木船，朱元璋吓得东藏西躲，却跟刘伯温撞了个满怀。原来刘伯温会算，算到朱元璋逃在这里，就带着亲兵驶来这条大木船迎接他。朱元璋被迎接回去，后来做了皇帝，这块大洲地就被叫作"杨叶洲"了。因为杨叶变成大木排，所以又叫"木排洲"。

讲述人：何同

搜集地点：安庆市

桐城的城墙

传说元朝开国丞相伯颜,那年督师南下,经过桐城,来到安庆,在马背上勾头一看,就把安庆城里的街巷看了个清清楚楚。伯颜不禁感叹:"唉!这样的城墙,哪能御敌呢?桐城的城墙要是在这里就好了!"南宋降将贾美听了心里一动,想:升赏的机会来了!他就诣着脸说:"相爷,在下有个主意,叫桐城的城墙一夜到安庆。"伯颜觉得新奇,扫帚眉一挑,胡楂嘴一咧,喝令贾美:"有何良策,快献上来!"贾美一骨碌滚下马背,跪在伯颜马蹄旁边,如此这般说了一通。伯颜挥退贾美,下令三十万大军一个接一个排成一百多里的长阵,一头在安庆,一头在桐城,连夜拆掉桐城的城墙,将墙砖一块一块传递到安庆,加在安庆城墙上。这样,一夜之间,桐城的城墙只剩一点点了,安庆的城墙加高加厚了许多。天亮了,伯颜再看安庆城,心里欢喜,就给了贾美一个军前都事,赏穿绿袍。贾美那个得意劲儿,就别说啦。这可气坏了三十万元军,骂:"投降没好货,好货不投降!"贾美献一策,害得三十万元军兵将一个通宵没合眼。桐城的城墙搬到安庆,功劳全归贾美,谁受得了呢?众怒之下,伯颜也心存戒备,想:这家伙鬼得很。过了大江,伯颜便找个借口把贾美杀了。

如今,"桐城一夜到安庆"的说法不常听见了,但贾美叛宋、降元、献策、邀功、得赏、被杀的故事还有人讲。

讲述人:江则行

搜集地点:安庆市

六 尺 巷

桐城城西南角有条小巷名"六尺巷"。这巷名有个来历。

传说清朝康熙年间,那地方是一块空地,人们进城出城打那儿径直走。空地这边,是张英的宰相府;空地那边,是吴香姑的平民宅。两家后院对后院。这年,张英就要告老还乡,皇上敕令修葺宰相府,承办这事儿的当然是宰相府总管啦。总管要把宰相府修得更宽敞,将来好在老宰相面前抖抖功劳,于是就把宰相府后院墙拆了,另砌一道新院墙。新院墙向外推出,空地的一半就被圈进了宰相府。那边吴香姑看在眼里,心里不平:好端端的一块空地,人人走直路,凭什么圈进你宰相府一半呢?吴香姑心里痛恨:好,你宰相府圈一半,我吴香姑也来圈一半!第二天,吴香姑就请了工匠,拆了旧院墙,砌了新院墙,圈进那块空地的另一半。这样,张、吴两家新院墙就像牛打角,没人走路的空隙了,人们进城出城,得绕大弯弯了。这样,怨声、骂声、诅咒声沸沸扬扬了。

有人告状到县衙,县大老爷知照了宰相府,宰相府总管大动肝火,指着吴香姑的鼻子骂:"你个老龟婆!你敢跟宰相府争场地?屙泡尿照照脸子!老子限你三天拆院墙,慢了,告你到县衙打板子,罚银子,叫你乌龟缩头过日子!"吴香姑哪里吃得这硬,又拍巴掌又跳脚:"天下丑人有的是,没见过你这丑胚子!你瞎了狗眼珠子!拆院墙,日出西山水倒流!莫说县衙门,天王老子那里也去得,皇帝金銮殿上老娘陪着你!"总管拿她没办法,赶忙修书进京,向老宰相张英求助,将拆建院墙一事细细陈述,还加油添醋说吴香姑对老宰相如何如何无礼,请老宰相修书给桐城知县,办一办吴香姑。一连几个月杳无音讯,总管等得焦头烂额。这天,好容易等到了老宰相的家书,总管要来一看,傻眼了,原来总管写去的那封家书又寄了回来,只是纸头上多了一首小诗:

千里求书只为墙,让他三尺又何妨?

长城万里今犹在,不见当年秦始皇。

  总管面对这封家书,哭笑不得,但一细读深思这首小诗,就悟出了大道理,于是请工匠又拆了院墙砌院墙,退让了三尺。吴香姑看在眼里,托人打听,原来是老宰相张英寄回家书,总管才这样做的,大为感动,说:"老宰相不拿权势压人,反而退让,我吴香姑还有什么话说?一样。"吴香姑就也请了工匠再拆院墙砌院墙,也退让了三尺。这样,这里就有了这条六尺宽的小巷了。进城出城,人们又可以径直走路了,怨声、骂声、诅咒声变成了赞叹声:"老宰相以德服人啊!"

  这样,人们就把这条小巷叫作"六尺巷"了。

讲述人:吴跃先 吴胜祥
搜集地点:桐城城关

渡 仙 台

桐城城北钓鱼台,又叫"渡仙台",有个传说。

传说戴名世被杀,消息传到桐城,家家户户关起门来哭,心里咒骂康熙皇帝。这天,戴名世被杀"满七",县城和四乡八镇的人们,像约好的一样,备了酒饭、纸钱,到城北钓鱼台祭悼。为什么都到这里来祭悼戴名世呢?戴名世生前在南演坐馆,常与几个知己来在这里饮酒论文。人们把酒饭并在一处,纸钱合在一起,正要烧纸酹酒,猛抬头看见戴名世坐在钓鱼台上,一手展纸,一手挥笔,像在写着什么,还能听见沙沙沙的走笔声。人们喊叫起来:"翰林没有死,编修还活着!"戴名世站起身,双手抱拳,向人们打躬致意,只是不说一句话。人们嚷嚷着:"翰林去我家喝一盅,解解怨气!""编修到我家住几日,消消委屈……"戴名世只是一个劲地向人们打躬致意。忽然,龙眠山那边响起一阵仙乐,接着一只洁白的仙鹤飞落在戴名世身边,空中出现一人,三绺长须,仙风道骨,众人都认得是吕洞宾。吕洞宾向戴名世招手,说:"戴编修,你惨遭人君杀戮,天帝怜惜,命我前来渡你天上去做史仙。这就走哇!"吕洞宾一挥云帚,仙鹤驮起戴名世飞上蓝天去了。

戴名世去远了,人们大声喊叫:"戴翰林成史仙啦!""戴编修成史仙啦!"人们的悲痛一下子减轻了许多。

这以后,这个钓鱼台就被叫作"渡仙台"了。

讲述人:程晓莉

搜集地点:桐城南大街

良 弼 桥

桐城东门大桥又叫"良弼桥",相传是明朝末年一位私塾老先生建造的。他为什么建造这座桥,又是怎样建造这座桥的呢?

说是明朝末年,皇帝昏庸,阉党弄权,天下大乱,百姓吃尽了苦头。这位老先生当时正当年富力强,一肚子才学,人们都说他考个状元不费劲,可是他考了个秀才就不再考了。他想:一人做官,再好也只有一个,哪如办个学,教出许多正经学子,走上仕途,至少不止一个辅弼良臣吧?于是,他就去吕亭驿办私塾。私塾办起来了,可是学生呢?他费了九牛二虎之力,才拉扯来五个小毛孩。官绅大户子弟延师在家开馆,穷苦百姓孩子不收学俸钱也念不起书,还有人说:"只见捧碗讨饭的,没见捧碗讨字的。"先生四处奔走,八方游说,跑断脚筋,气炸两肺,办了三十年私塾,总共才教出二十八个学生。难哪!为国造就一批辅弼良臣,难哪!

转眼间,年富力强的先生已成两鬓斑白的老先生了。老先生就急啦,常对着镜子叹息:我还能再教三十年书吗?我死后会有人像我一样办学吗?老先生忽然生出个怪主意:造桥,造一座方便行人的大桥,用来造就一大批忠上爱下的辅弼良臣。

桐城东门外有条龙眠河,有时河水暴涨,水流湍急,行人船渡凶险;有时河水暴跌,浅滩百出,渡船没法划行,而这里又是行人进出县城的交通要道。老先生看上了这里,就把祖业变卖精光,开始建造大石桥。

开始建桥的时候,人们都啧啧称赞,说老先生是仁义君子,转世菩萨。可是,桥造好了,通行了,人们却咒骂起来。老先生也不介意。天热,他搬一张凉床在桥头躺着;天冷,他搭一间草棚在桥头住着。行人过来了,他冲上前去,挡住说:"吟诗呢,还是对对子?""什么话?过桥要吟诗、对对子?""是啊。要过桥,先吟诗,对对子。建造这座桥,我为的就是这个。""好吧,你老先生出题吧!"题出了,半边联也给了,可是许多人就是吟不出诗,对不上对子。不读书的人,干这码事好比水鸭子上树啊!吟不出诗,又对不上对子,老先生便不让从桥上过。不让从桥上过的人胸怀忿气了,有人说:"要是知县大老爷吟不出诗,对不上对子,看他老先生敢不敢不让桥上过!"

这天,知县大老爷还真的打这儿过桥了。知县大老爷坐着轿,衙役们吆五喝六,鸣锣开道。老先生等这一帮人走近,几大步冲上桥头,拱手行礼,说:"请大老爷屈尊停轿,留下斯文过桥。"知县大老爷把老先生上下打量了一番,轻蔑地说:"那就出个上联,本大老爷对对子吧!"老先生一眼看见河边水田里农夫拔秧,即兴出了上联:"稻草扎秧父爱子。"知县大老爷想了半天,觉得不怎么难,就是对不上,干咳着摇折扇。这时过来几个乡下人,其中一个农妇手拎竹篮,竹篮里装满竹笋,进城去卖。老先生把上联又说了一遍,要那几个乡下人对出下联再过桥。那几个乡下人指指农妇的竹篮,老先生就放他们从桥上过去了。知县大老爷大怒,斥骂老先生:"你个老匹夫!我堂堂知县,竟不比几个村野男女?"老先生说:"他们对上对子了。""哪个听见了?啊?""没见他们指指竹篮吗?""指指竹篮就是对上对子了?""是啊,指指竹篮就是对上对子了——'竹篮抱笋母疼儿',对得多好啊!"知县大老爷无话可说,只好命衙役们绕道回衙。

这件事传开了,人们不再咒骂老先生了。不让从桥上过去的人,把忿气变成志气了,说:"读他几年书,再来走这桥上过河!"这样,上得起学的发愤读书,上不了学的找些书读。不久,桐城县无论城里还是乡下,读书风气大兴,文风大振,到了清朝初年,桐城境内不仅没有人说"只见捧碗讨饭的,没见捧碗讨字的",而且还出了名震中外的桐城文派,更出了张英、张廷玉父子宰相——清康熙、雍正、乾隆三朝辅弼良臣。

老先生去世后,张英重修了这座桥,起名"良弼桥"。

讲述人:吴胜祥　程晓莉
搜集地点:桐城城关

蟒姑碑

左光斗年轻时,正赶上明朝皇帝宠信宦官,搞得国家鸡飞狗跳,百姓不得安宁。左光斗立志读书做大官,铲除宦害,但是,他家一贫如洗,白天要做农活,夜晚没油点灯,借书还得借亮,没办法,只好去孟侠庙就着神龛上的长明灯夜读。

一天深夜,大雨瓢泼。左光斗正埋头苦读,忽然,长明灯灭了又明,明了又灭。左光斗吃了一惊,抬头看去,只见十步之外有个村姑,貌似天仙,瞅他笑哩。左光斗以为自己读书走神了,眼前出现幻影,便狠狠揪了一下眼皮,继续埋头读书。

"咯咯咯咯,好个木头君子啊!"村姑笑出声来。笑声像银铃,说话含挑逗,神殿上充满诱人的脂粉香气。左光斗情不自禁又抬起头来看,眼前确确实实是个美貌村姑。这么看了一眼,他立刻扇了自己一个耳光,心里说:

"左光斗啊左光斗,你空怀救国安民的大志了!这样深夜,哪家姑娘到这破庙里来呢?读书!"

左光斗又埋头读书。不多会儿,村姑舞起来,歌起来了。那歌声好似阆苑仙阙里飘出来的,分明还有吹的弹的敲的打的伴着,中间一段歌词格外柔美:"君子啊!常言道:锦袍玉带哪有红颜好,齐天的金屋须藏娇。英雄世上千千万哪,辜负风月,到头来哪个不是六尺黄土共荒草?巫山云雨传佳话呀!君子啊,你有血有肉、有情有欲、愧对良辰是个大痴包!娇红在怀娇香艳哪,枯对书卷、荒度时日、没滋没味多无聊!前途没有渡仙桥,我劝君子有花堪摘直须摘,莫待无花摘枝空懊恼……"

左光斗听到这里,更是当成自己读书走了神,只当那流霞般的舞姿是幻影,那仙乐般的歌声是幻声了。他再次使劲揪了一下眼皮,用手指塞紧耳朵,两眼死死盯着书本,大声读起书来。左光斗想用读书声淹没那歌声,可是不仅淹没不了,而且书页上的字里行间,到处都是那村姑的美貌容颜。左光斗没办法,就两眼紧闭,不看书本,只背书文。

过不多时,左光斗觉得有人拉扯衣袖,塞紧的耳朵里照样响着那银铃般的声音:"君子啊,那厢有朱楼象牙床,绣花枕,红锦被,丝罗帐,你我欢度良宵去吧。"

左光斗这时意识到,面前村姑已非虚幻,耳边声音也是真实,勃然大怒,霍地站起,甩开村姑的拉扯,抓起砚台,呵斥:"何方妖孽,敢来纠缠!速速离去,如若不然,看我取你性命!"

那村姑并不害怕,还是那样微笑着,说:"贵人忘性大,火气冲天高哇!君子啊,奴家与你紧邻,夕夕相处,因爱你一表人才,勤勉坚毅,救国安民大志更是可嘉,所以冒昧前来,只求一欢便去,决不毁坏君子声名志向。"

左光斗听了,气得哇啦一声,唾了那村姑一脸,骂:"娼家尤物,无耻至极,淫言秽语,污我耳朵!"一扬手抛出砚台,向村姑头上砸去。村姑也不避让,随手接住,递还左光斗,趁左光斗接砚台的当儿,飞去一吻,吻得左光斗险些儿跌倒。等到稳住脚跟,左光斗只觉得喉头热辣辣的似火,心里凉侵侵的如冰,好像有个圆溜溜的东西滑进肚里,立时神清气爽。左光斗正要举砚再打,那村姑突然脸色苍白,摇摇晃晃走出庙门,只留下一串声音:

"这庙后有个小洞,小洞里住一条蟒蛇,这蟒蛇已修炼千年,奴家就是这蟒蛇变化的。君子别怕,奴家见你有大志,所以刚才赠你一颗九转丹阳珠,使你变得万分聪慧了。今年是大比之年,你可立刻动身,赴京赶考。今夜我来这里两件事:一是试你本心,二是助你早日报效国家。刚才吻你一口,为的是赠你宝珠不使外露。南水关水闸下面有个蛤蟆精,常想兴灾取乐,但惧怕我的宝珠,所以总想谋取。它若知我将宝珠赠了你,必然害你性命,夺取宝珠,所以只能吻中赠你。我如今没了宝珠,性命也就危在旦夕了。但愿二十年后,你大印在握时,回桐城一趟,掘开水闸,掀开石板,见一洞穴,投进干柴,点燃烈火,便可除掉蛤蟆精。那时候，桐城百姓感激你，我的白骨也要为你庆贺呢。君子任重，不可忘了重托啊！"

左光斗许久才回过神来，想着这事的前前后后，不禁感慨万千，天一亮，就奔赴京师去了。据说就是这一回，还没读上八年书的左光斗竟然中了进士。

左光斗仕途坎坷，同宦害作了不懈的斗争，为国为民办了许多好事。二十年后，他果然大印在握，做了御史。他想起村姑留下的话，便奏请皇上恩准，回了一趟桐城。左光斗在南水关筑了一座土台，挂起除妖幡，悬起御史大印和尚方宝剑，命人掀开水闸下面的石板，果然有一洞穴，投进干柴，点燃烈火，就见一股黑气冲上天空，但眨眼间便没有了。据说从那以后，桐城县的灾害少了一半。

左光斗回想起那天夜里的事，不禁怀念起那个村姑；又想起"庙后有个小洞"，找到了，洞中果然躺着一串白生生的蛇骨。左光斗伤感落泪，叹息一番，叫人买来一块石碑，亲手书写"蟒姑"二字刻在上面，封住洞口。人们便把这石碑叫作"蟒姑碑"。

讲述人：吴宗皓

搜集地点：安庆市

试 剑 石

桐城北边有座鲁䂬山,山上有个试剑岭,岭上有一块巨石被一剖两开,当中有一道剑劈的裂痕,人们叫它"试剑石"。那么,是谁的剑那样厉害,又是为的什么在那块巨石上试剑呢?

传说东汉末年,朝政腐败,官僚酷恶,不说平民百姓,就是有头有脸的大户,谁要是正经一点,谁就得家破人亡。那时安徽临淮东城的大户鲁肃就是这样。

鲁肃家有好地千垄,庄丁几十,一家大小天伦和乐,衣食富足,不料被当地大恶棍刘二丑盯上了。那时朝廷风行认干爹,谁要是认个有权势的干爹,谁就是太仆、令尉什么的了。

这恶风很快吹到地方,刘二丑心上起痒茧了。他东奔西走,认上皇帝身边的小阉儿做了干爹。那干爹比他小二十几岁,所以他虽然有了靠山得了势,但心里总不是滋味。这天,他贼眼一溜,有了:"鲁肃的老父八十多岁了,比我大三十多岁呢,找他做我的干儿子!"他就派人去说。鲁肃的老父气得破口大骂:"狗奴才!畜生!滚!"刘二丑听那人回来一说,火冒三丈,带领一班恶棍冲进鲁肃家中,刀枪棍棒,横七竖八的一顿。可怜鲁肃一家,上从老父,下到幼子,还有几十庄丁,全被打成了肉饼。那天,偏巧鲁肃不在家,带着大儿子到舒县好友周瑜家做客去了。

鲁肃回家见此情景,两眼发黑,找邻居一问,才知是怎么回事,便要去官府告状。可官府已有缉拿他的文告张贴在外了,罪名是:私通黄巾军残匪。鲁肃偷看了那文告,气得呼天叫地。可是,哪里去说理呀?捉拿他的官兵正搜查得急,他只好带着大儿连夜又到周瑜家去了。

这天晚上,周瑜打开天窗说亮话了:"鲁肃老弟,你看这世道,国不像国,家不成家,刘汉气数想是终了。我们不如投军,扬扬眉,吐吐气,过几年像样的日子。再说,好男儿也该干一番事业呀!"鲁肃当然答应了。周瑜把愿意跟随他的一百多名庄丁武装起来,往江南进发,投奔孙策。

这天进了桐城地界,在鲁㲼山上过夜。这夜风清月明,鲁肃跟周瑜观看山景,谈着家事国事,心中不免烦闷痛苦,再看身边那块巨石,像鬼怪,像恶官,像刘二丑,情不自禁拔出宝剑,高高举起,大叫:"苍天啊苍天!你有眼该看见了,当今天下苦难有多深重!你有耳该听到了,当今天下怨声怎样载道!你有心该想到了,当今天下良民百姓多想匡扶正义,助善锄恶!鲁肃今日跟随周瑜老哥干事业,只为铲除丑恶,安抚善良,你若有眼有耳有心,就让鲁肃一试手中宝剑,剑落石开!"话音落,宝剑落,随着一声巨响,火星四溅,那块巨石被一剖两开!当下一百多庄丁齐声呐喊:"刘汉无道,苍天亡之!刘汉无道,苍天亡之!"过了两天,这一百多人到了孙策那里,汇入了数十万人马的大队伍中。

那以后,那块巨石就被叫作"试剑石"了。

讲述人:吴胜祥　程晓莉

搜集地点:桐城市

境主庙与白马庙

桐城龙眠山麓有座境主庙,桐城落鸟地旁有座白马庙,两庙相隔二十多里,中间的龙眠河联结着一位县丞为民祈雨的故事。

传说唐朝时候,桐城县遭遇百年未有的大旱,百姓苦不堪言。这位县丞忧心如焚,跪在旱得冒烟的土地上祈告上苍:"老天爷呀老天爷,县衙执事人等有什么过错,罚就罚本县丞一人,不要累及无辜百姓,你就快快普降甘霖吧!"这天夜里,他好容易阖了阖眼,蒙眬中梦见一个白胡子老头指点说:"这回大旱,是行雨龙王贪杯,至今沉睡不醒。若要唤醒龙王行雨,须上龙眠山祈雨岭祈雨。"县丞醒来没多思量,就备办了三牲祭品,上龙眠山祈雨岭祈雨。

早去晚归,半个多月过去了,老天爷还是万里火红。县丞心想:莫非是早去晚归心不诚吗?他就改作日连夜祈雨,不见雨,不回衙。这一来,跟班的就没病装起病来。几个属员进言,劝说县丞:"大人哪,说句不怕你老人家降罪的话,自古以来,天旱破,地旱塌,白花花俸银不少拿,况且大人过几天就离任了,何苦揽这份罪受呢?还是坐衙门享几天清福吧。"县丞听了,又忧又恼,说:"田地籽粒无收,都去吃银子当饭吗?再说,官无论大小,只要为官一日,就得急民一时!为官不急民疾苦,不如粪窖里的屎老鼠。诸位请自便吧。就我一人,也要上祈雨岭祈雨!"这位县丞还真就一个人上祈雨岭祈雨了,连坐骑也不要。但是,他背着香烛祭品走到半路,他的坐骑——那匹白马——嘶鸣着追了上来,县丞算是有了个伴儿。

县丞一连三天三夜没回衙,烈日烤,蚊虫咬,成了个汗焯的人儿。他的诚心和点燃的烟香化作了万道金光,像一束束金箭射向龙宫,射进龙王的鼻孔。行雨龙王惊醒了,掐指一算,大吃一惊:这事儿让玉帝知道了不得了,又不禁恼怒,因为好梦被吓跑了。他立即化作一朵乌云升上天空,飘向桐城祈雨岭,向跪在那里祈雨的县丞厉声喝叫:"行雨龙王来了!芝麻官快说,要上马雨还是下马雨!"县丞喜得连忙磕头,问:"何谓上马雨?何谓下马雨?""上马雨,你一上马就降雨;下马雨,等你回到县衙再降雨!"县丞一想,旱情如火,怎能等得回到县衙再降雨呢?便大叫:"上马雨!上马雨!""多大的?""顶大的!顶大的!""恐怕你过不了龙眠河就会被浇死!""不碍事!不碍事!"县丞说着,立即上马。马一扬蹄,电闪雷鸣,大雨就倾盆而下。

县丞冒着大雨,打着马,欢天喜地地回县衙。谁知在过龙眠河的时候,刚到河心,河水暴涨狂冲,咆哮奔腾,一个浪头,县丞和白马一起被吞没了。雨后,人们在龙眠河下游打捞起白马的尸体,却一直没有找到县丞。百姓们感动得仰天大哭,便在龙眠山麓建庙祭祀县丞,供奉县丞塑像,尊县丞为境主老爷,庙叫"境主庙";在龙眠河下游落鸟地安葬了白马尸体,建庙祭祀白马,供奉白马塑像,庙叫"白马庙"。

讲述人:吴申国　吴胜祥
搜集地点:桐城城关

仙 姑 井

桐城便宜门外的山岗上,有口水井叫"仙姑井"。这里面有个故事。

传说那地方早年没有井。那时候,那里住着一户姓何的人家,父女二人,父老倌,女春兰,在大路边搭个凉棚,靠卖茶卖水过日子。因为何家门前那条山路一头抵县城,一头抵毛河,行客不少,所以生意还不错,日子也就将就过得去。不料有一年,一连几个月不下雨,不说那山岗上,下面的溪塆也干裂得起青烟,他们家烧茶用水,得跑到一二十里外的毛河去挑,而何家老倌,又偏在这个节骨眼上病得支不起身,去毛河挑水的担子就全落在春兰一人身上了。

这天,春兰一大早就去毛河挑水。她走到河边,向河霸王毛太公交了买水钱,就把水桶往河里摁,河水还没进桶,被一只大手连人带桶提了上来。春兰吓得回头一看,一个兜腮胡子大汉朝她怪笑,说:"我家太公有请。"春兰说:"大叔,买水钱我给过了,叮当响的二十铜板,一子儿也不少。"那大叔又怪笑,说:"这回不要你买水钱了,我家太公还要给你银子呢!"春兰明白了怎么回事,丢下水桶就跑,可是那大汉一伸手又把她抓住了。春兰又哭又喊又挣扎,惊动了许多挑水的人。人们义愤,一阵哄闹,春兰才得以脱身逃走。

春兰一口气逃到家,可是水桶没有了,也没有地方去挑水了,就坐在门槛上低头细哭。她哭着哭着,忽然耳边响起了说话声:"姑娘别哭,贫道帮你来了。"春兰吃惊地抬起头,就见一个年纪轻轻的道姑,手拿一支荷花,背搭一缕青丝,唱着道情立在她的面前。春兰记得年画上画的八仙,认出了是何仙姑,连忙趴下磕头。何仙姑笑着说:"姑娘请起。我想在你们家屋后打一口水井,怎么样?"春兰又惊又喜又疑惑,说:"仙姑,我们这山岗上打井,不知有多难哪!再说,没钱没粮,连喝的水也没有一口,怎样打井呢?还有,就是打了井,能出水吗?"何仙姑又笑了笑,说:"姑娘,这些你都不用愁,你只管拿根鞭子,抽打那个挖井的人就行。"春兰听了纳闷,忽然见何仙姑摇动手中荷花,口中念念有词,然后猛喝一声:"毛河毛太公听令,立时肩扛镐铲,前来便宜门外何家屋后挖井,不得耽延。急急如律令!"话音一落,一阵旋风,就见毛太公肩扛镐铲,颠颠扑扑地奔来,直往何家屋后,灰着脸,愣着眼,一声不吭,抄起家伙就挖。何仙姑催促春兰使劲抽打。春兰打得越狠,毛太公挖得越快,只一天一夜,一口深不见底的水井就挖成了。毛太公回到家里,又累又羞又气,没一个月就死了。何仙姑治好了何老倌的病,见何家穷得叮当响,就朝荷芯里轻声喊:"道友李铁拐,把你酒曲传过来,我要救个穷苦人家发点财。"何仙姑从荷芯里取出一丸酒曲,丢进井里,说:"卖茶卖水,生意再好也只能糊口,日后你们家就酒、水一起卖吧。那井里,要水就是水,要酒就是酒了,不过千万记住:自己穷根去,莫忘别人穷;别人没有钱,井酒当水送。"说完,升上天空去了。

何家父女朝天拜了又拜,然后取出井水一尝,清凉润口;再取出井酒一尝,醇厚芳香。此后,父女二人卖茶卖水又卖酒,赚钱多了,自然想着何仙姑的好处,便把那井起名"仙姑井"。

仙姑井的酒,香味醇,后劲大,喝了又解渴又杀馋,真像人们说的琼浆玉液那样:喝一口,过了三天嘴还香;喝半碗,连行百里不乏力。仙姑井的美名一天天传扬开来,不只行路人经过何家门前买酒喝,百里之外的人家,年节上也来沽些酒回去敬神、祭祖、招待客人。这样,何家父女不愁吃穿不愁用,没几年还盖起了大瓦房,开起了大酒店啦。何老倌做起了何太公,讨了个小老婆比女儿春兰还小四五岁;春兰呢,招了个上门女婿,自己就是只动口不动手的少奶奶了。

一天,长工罗老汉给春兰请安,顺便说:"酒涨价,挨人骂,请少奶奶示下,酒不再涨价,照不?"春兰站起身,兜嘴一巴掌,骂:"老糊涂!你那鸡屁眼只会出粪,不会出话吗?你不会说,我们家'出酒不出糟,酒价当然高'吗?呸!"她不但骂着,还吐了罗老汉满脸唾沫。罗老汉吓得连声说"是",颤抖着退出去。这样几年,何家大酒店的名声坏得一塌糊涂了。

一个寒冬腊月的一天,何仙姑又下凡来,赏人间雪景。刚一踏上桐城地界,就满耳听到咒骂:"何老倌凭一口仙姑井做了太公,就没了人味,真是丢了讨饭棍,忘了讨饭时啦!"何仙姑暗吃一惊,心里琢磨:我临去时留下四句话,难道何家全抛脑后了?我得去看看。

何仙姑摇身一变变作个老道公,来到何家大酒店,一进门就嚷:"哎呀,好冷!快上酒来!"罗老汉迎上去,悄声说:"仙长,我们酒店有规矩,先给钱,后上酒。"何仙姑问:"多少钱一碗?"罗老汉说:"半吊。"何仙姑怒瞪两眼,问:"这酒什么好处,这样贵!"罗老汉只好照少奶奶的吩咐说:"我们家出酒不出糟,酒价当然高啦。"何仙姑怒喝道:"叫你们家少奶奶出来说话!"罗老汉吓得又是赔小心又是奉劝:"仙长息怒,我家少奶奶不好惹,你还是请别家喝酒去吧。"何仙姑一拍桌子,嗓门提得更高了:"叫你家混账少奶奶出来!"

这时候,丫鬟、小厮围着转的春兰正在后房烤火吃燕窝哩,听到店堂里一片声叫嚷,还指名骂她,就放下碗勺,怒冲冲奔到店堂。她见叫嚷的是个破衣啰嗦的老道公,就把两手腰间一叉,说:"少奶奶来了,有什么孝敬的拿出来!"何仙姑说:"你们何家酒,先前是有钱喝,没钱也喝,今日里贫道寒冷,为何不上酒来?"春兰爱理不理地说:"这个嘛,要随少奶奶高兴哪!"何仙姑冷哼一声,又说:"贫道再问,你们家卖酒,如今为何卖到半吊钱一碗?"春兰仍是爱理不理地说:"这个嘛,少奶奶可以告诉你,我们家出酒不出糟,喂猪还得花钱别处买酒糟。你怪酒价高,只能怪当年那个该死的何仙姑,她没给我们家井里留下喂猪的酒糟!"何仙姑听到这里,直气得两眼冒火,心想:这春兰已经不是那春兰了!正在这时,何老倌让丫鬟搀扶着也出来了,颤巍巍地喝问:"是哪个在这里撒野呀?好大的胆子啊?给我轰了出去呀!"何仙姑被七手八脚推出了店门。转眼间,何仙姑复了本相,对着手中的荷花喊:"宝贝归来!宝贝归来!"只听仙姑井里咻溜一声,那丸酒曲冲天而起,落进何仙姑的荷芯里。何仙姑伸出手指,朝何家门墙上指画了一阵,门墙上就有了四句话:

天高不为高,人心比天高。

井水当酒卖,还骂猪无糟。

何仙姑把四句话念了一遍,升上天空去了。屋里何家父女这才知道是何仙姑,吓得大叫:"坏瘫了①!坏瘫了!"急忙奔院里看仙姑井,井洞还是那个样,可是井里没有水了,更没有酒了。

这以后不久,何家大酒店又成了卖茶卖水的小凉棚了,还得像原先一样到外边去挑水。

【注释】

①坏瘫了:坏透了,坏极了。方言。

讲述人:吴申国　吴胜祥

搜集地点:桐城城关

婆媳塘

桐城城南七里处有一口水塘,塘水半边清半边浑,人们叫它"婆媳塘"。

传说很久以前,这儿的村子里有户姓王的人家,婆婆、儿子、媳妇三口人。有一年大旱,田里只收了几笆斗瘪稻,儿子不得不外出做行脚生意。

王家儿子一走,家里就婆媳二人啦。媳妇是个贤孝的好媳妇,她想:婆婆这么大年纪了,哪能吃得树皮草根呢?她就把那一点点瘪稻砻出细米,煮粥给婆婆吃,自己吃树皮草根填肚子。半个月过去了,婆婆还吃细米粥,一问,说米还有。婆婆起疑心啦,那一点点瘪稻子,能砻出多少细米呢?总不能老母猪过象吧?婆婆暗地里瞄着媳妇了。这一瞄,还就有了事。"我说呢,天底下哪有这样的好媳妇!就算有,也不定就落在了我王家。再说,儿子不在家,她这样做给哪个看呢?一定是那关起门来的丑事儿换来的细米。哼!想蒙混婆婆,婆婆就拿你两个一对儿!"婆婆越想越离谱。一个风清月明的夜晚,婆婆揣摸是捉奸的好时候,吃过晚饭便去睡,说是肚子疼。媳妇要陪伴,婆婆拒绝了;等媳妇也睡了,婆婆就竖起耳朵听动静。初更过后,院里风吹树叶沙沙响,婆婆想:来了,上树翻墙了!树影儿摇晃,婆婆想:下树扒窗户了!忽然嘭的一声,饿猫抓老鼠撞在床背上,婆婆想:进房了!婆婆急忙下了床,猫手猫脚摸到媳妇房门外,耳朵贴着门墙听。媳妇说起梦话来:"人……我的……心孝敬……婆婆没觉得……"婆婆差点叫出声来:"做一块儿了!"婆婆摸来一根黄稻草,系在当院窗门上,再拿木棍捣媳妇的房门。睡熟了的媳妇惊醒了,惺忪着两眼开了门,一看婆婆怒气冲冲,惊慌地问:"婆婆,出事了?"婆婆见媳妇一脸惊慌相,更是拿定媳妇房里有男人,也不搭话,冲进去,喝叫:"出来!滚出来!"吓得饿猫更往床底钻,婆婆抄起木棍就往床底捅。媳妇这才明白怎么回事,哭了,找婆婆要野男人。婆婆这下脚踩浮云上不了天,也下不了地啦!可是婆婆想:在媳妇面前,婆婆没理也有三分理。婆婆急中生智推开窗门,断了那根黄稻草,然后指着窗户骂:"臭鸡拉的,你让野男人跑了,倒来问我要?"媳妇气得晕倒在地,口吐白沫。

老古话:"墙有缝,壁有耳。"王家婆媳深更半夜哭骂叫闹,隔壁连墙的人还能听不去?乡下快嘴婆娘多,第二天一早,王家媳妇偷汉子的事就一传十、十传百,村里无人不知没人不晓了。自那天起,王家媳妇挖菜园,洗衣裳,弄柴火,小促寿的绕道也要绕到她近旁,唱:"哎呀小娇娘,快别再挖园,留着力气让人好犁田……"王家媳妇气得跑回家,眼哭红肿了,可那有什么用?虽然有人骂,嚼蛆巴子造嘴孽,可是那歪曲儿就像影子一样跟着她。家里苦吞声,外面难抬头,她就是遍身长满嘴,跟谁说去?

王家媳妇照样一日三餐细米粥孝敬婆婆,自己吃树皮草根填肚子。饥饿加劳累加委屈加气苦,不多时人就瘦成一副骨架了。这时候,王家儿子回来了。他刚到村口,就听说媳妇在家偷汉子,气得火冒三千丈,一进家门,撂下生意担,二话没说,揪住媳妇就打。媳妇越分辩,他越打得凶,婆婆加杠子,一纸休书就休了她。媳妇噙着泪水回娘家,王家儿子后面押送她。

媳妇拖着两条铅重的腿,王家儿子瘟着一张铁青的脸。两人经过那口水塘边,媳妇不禁想着往后的日子,跪下了,说:"大哥,我还想你听我一句话,外人嚼我,婆婆冤我,你不能不信我,我真的没做那丑事儿。"王家儿子吼:"别废话!走!"媳妇见王家儿子没一点回心转意,就向着塘水哭叫:"塘水呀塘水,我只有求你了!我要是有那丑事儿,你就见我浑;我要是没那丑事儿,你就见我清!"接着扑通一声跳下去。王家儿子像根木桩一动也不动,心中只想着媳妇没脸回娘家才跳的塘。不多会儿,塘里的浑水变清了,王家儿子这才跳下塘去捞起人,可是,媳妇已经没有气息了。王家儿子抱头痛哭。

媳妇淹死了,塘水变清了,村子里轰动起来了,人们的嘴巴转了个大弯,说媳妇是个贤孝的好媳妇,干净人,婆婆冤死媳妇要坐罪,又说媳妇娘家要来人做姑娘会,要婆婆给媳妇披麻戴孝磕响头,再放血,血祭冤死的媳妇。众口如刀,婆婆吓得趁人不备也去跳了那口水塘。婆婆淹死了,变清的塘水又浑了,不过只浑了婆婆淹死的这边,媳妇淹死的那边仍然是清的。人们说,那是因为媳妇清白,婆婆肮脏。从此就有了一句口头禅:"做贼的紧关门,偷汉的勤讲人。"

从那时起,这口水塘里的水就半边清半边浑了,中间像刀切开的一样。因为王家婆媳都淹死在这口水塘里,所以人们把这口水塘叫作"婆媳塘"。后来,人们恐怕婆婆那边的浑水污进媳妇这边的清水,就在清、浑交界处筑起一道土埂,一口水塘被隔成两半边了。不过,人们还是合起来叫"婆媳塘"。

讲述人:吴跃先　吴章如
搜集地点:桐城城关

龙眠山的来历

传说很久以前,各路降雨龙王都有个贪杯恋色的恶习,三年两头,不是大雨过头就是无雨百日。那时有条小飞龙,见了这情景,就悄没声地漫天飞行,哪里雨够了,收云停雨,哪里起旱了,布云降雨。因此,天下四方风调雨顺,五谷丰登。

人间丰乐,传到了天庭,玉帝深感降雨龙王有功,应给予褒奖。这天,玉帝召集各路降雨龙王并龙子龙孙,到天庭受奖赏,小飞龙当然也在其中。仙乐三奏,金鼓十鸣,玉帝微睁两眼,眼光落在小飞龙身上,不禁又惊又疑,问:"众龙中杂立的那是什么龙啊?"众龙王凝神望去,原来是悄悄帮他们司职的小飞龙,因劳累过度,失了龙形。众龙王生怕小飞龙亮出他们失职的底细,就异口同声说:"玉帝明察,他是我们的异类。"玉帝大怒,喝道:"乱器打死,抛去凡间!"不由分说,小飞龙在金甲神们的锤、棒、斧、钺下,被打死抛落凡间了。

小飞龙的尸体落在桐城县境内。五谷神和土地老知道底细,拉呱叹息,弄得石头也伤心落泪了。石头们不忍心小飞龙抛尸露骨,就聚拢来掩盖住小飞龙的尸体。这样,这里就有了这座又长又高的大山。后来人们知道了这座山的来历,就把这座山叫作"龙眠山"。那是人们的愿望:小飞龙不是死了,是睡着了。

讲述人:何同

搜集地点:安庆市

石门飞瀑

桐城县五岭山中的"石门飞瀑",壮观得很。那石门紧闭莫辨,掩藏在直泻的飞瀑后面;飞瀑好像从天上垂下的帘子,遮护着紧闭的石门。石门那儿崖壁嶙峋,让飞瀑跌撞得喷珠吐玉,化成无数细龙,游蹿在飞瀑中间。游览者见此无不称奇叫绝。人们在寻找那石门而不可得的时候,就会想起流传久远的"石门飞瀑"的美丽传说。

传说很久以前,那时候崖壁上还没有这飞瀑,石门时有打开。石门里是金碧辉煌的宫殿,住着石门仙女。宫殿里有数不尽的宝贝,每当月黑的夜晚,宝贝就射出五彩霞光,把方圆十几里都照亮了。

有一年,离石门不远的石门冲山村里有个看牛伢,那天给老财主山霸王家去放牛,把牛拴在山脚下的树干上,上山找药草给他妈治病,又累又饿,就靠在那堵大石崖下歇息。不多会儿,看牛伢听到身后吱呀一声响,吓得跳起身来,回头一看,嗬,那堵大石崖像门扇一样打开了,五彩霞光中走出一位美丽的仙女。仙女笑嘻嘻地走近他,像大姐姐一样拉起他的手,说:"小兄弟,别害怕,我是这石门宫里的石门仙女。我知道你这会儿又累又饿,所以请你进去吃点东西。来吧!"看牛伢身不由己地跟着石门仙女进去了。

他们来到一座金光闪闪的大宫殿。石门仙女让看牛伢坐下,就去端出许多好吃的东西请他吃。看牛伢吃着吃着哭起来。石门仙女惊讶地问:"小兄弟,这些吃的你都不喜欢吗?"看牛伢摇摇头。石门仙女又问:"那你为什么哭呢?"看牛伢一边哭一边说:"仙女姐姐,我在这里吃东西,我妈在家里饿着、病着哩。"石门仙女明白了,叹口气说:"多好的孩子啊!可是,人间为什么总是好人受穷

石门飞瀑

呢?"等看牛伢吃饱了,石门仙女亮出所有的宝贝,说:"小兄弟,拿吧,拣大宝贝拿,回去给你妈治病,买吃的。"看牛伢站在许多宝贝中间,拿起这样放下,拿起那样又放下,末后抓了两衣袋大麦种。石门仙女笑了,问:"小兄弟,为什么不拿大宝贝呀?"看牛伢说:"仙女姐姐,这大麦种才是大宝贝哩。我回去挖块山旮旯地种了,明年收许多许多大麦,我妈就不会饿肚子了;不饿肚子,就不病了;不病,我就不要来这里找药草了。"石门仙女又叹了口气,就送看牛伢出石门宫下山去了。

看牛伢牵着牛,高高兴兴回家去。刚到村子口,就被老财主山霸王撞见了。山霸王揪住他的耳朵,恶瞪着两眼,吼:"又去找药草了?牛拴哪里了?你那病歪歪的老娘,早叫你背山里喂了狼,你偏留在家里,瘟了一村子!"看牛伢挣脱山霸王,虎起大眼睛,说:"你老娘才病歪歪喂狼呢!我妈是饿的!"山霸王更凶了:"嘀?会顶嘴了?我扒了你的皮!"一巴掌打过去,看牛伢一跟头栽倒了,两衣袋大麦种撒了一地。看牛伢爬起来,一边哭一边捡一边嚷:"你赔!你赔!你赔!仙女姐姐把我的大麦种,你赔!"捡起来,全是金粒子。

山霸王两眼都看直了,抢去那些金粒子,心里嘀咕着:"仙女姐姐,一定是石门仙女了,看来今天那石门宫的石门打开了。嘿嘿,那里的宝贝,那个石门仙女,这回都归我了!"山霸王立刻挑出二三十个身强力壮的家丁,担着箩筐,推着土车,带上锤凿,点起火把,连夜去石门宫弄宝贝。

山霸王一伙来到石门宫前,石门关闭了。山霸王先是烧香磕头,石门不开,然后就一起动手,锤子锤、凿子凿,噼里啪啦的响声震动了山谷。石门仙女听到这响声,掐指一算,一切都明白了,很是气愤,就深吸一口山泉喷出去,变成一股飞瀑从崖顶泻下,把山霸王一伙全冲下山去了。飞瀑在山脚下冲出一眼老深的潭,把他们全埋葬在潭底。

自那以后,那飞瀑一直没有涸断过,一直遮护着石门。石门紧闭着也一直没有再打开过。年深日久,那紧闭的石门连痕迹也没有了,人们就只能看到那高耸的崖壁矗立在飞瀑后面和那崖壁上的四个大字："石门真隐"（石门真正隐没的地方）。从此，这"石门飞瀑"就成了一道亮丽的景观。

讲述人：秦迎年　吴胜祥

搜集地点：桐城城关

冷 冷 谷

桐城龙眠山中有个山谷叫"冷冷谷"。这名字有个来历。

很久以前，那地方有一户农家，农夫半百得子，自然高兴得不得了，自己吃苦菜，另煮香的甜的给孩子吃。那孩子起名宝贵。宝贵十八岁了，还不让捏锄头柄。邻居们说："桑树苗子从小扳才直，农家孩子从小干活才勤快。"农夫笑笑说："我们下世了，我们的宝贵当家做主了，他能懒到哪里去？"

光阴似箭。农夫夫妇都下世了，宝贵也已成亲有了儿女，但他从小养成的馋懒习性，一丝儿也改不掉。好吃好喝的老婆孩子沾不着边，轻活重活全堆在老婆孩子身上。这样的日子谁过得下去啊？老婆带着孩子离开了。

宝贵单身只影更加懒。他的田地只长草，不长庄稼；他的屋顶开天窗，墙壁张大嘴。晴天他在屋里晒太阳，雨天他在屋里喝雨水。左邻右舍帮他修整屋子，提拎他一道下田下地，他蹬着两脚嚷："你们多管闲事多吃屁！我一人饱了全家都不饿，干吗去面朝黄土背朝天哪！"人们一松手，十八条黄牯也拉他不动了。邻居们不管他的事了。这年冬天，大雪纷飞，他锅里空空的，床上破破烂烂的一堆，又饿又冷，缩在屋角落里呻吟："冷啊——冷冷！"人们说，宝贵成一条懒虫了。老古话："破屋年年修，雨雪不犯忧。"可是宝贵，屋子破着就让它破着。又一年大雪纷飞的日子，宝贵正缩在屋角落里呻吟，忽然哗啦一声，他的破屋被大雪压倒了。人们看见从那些断砖碎瓦里飞出一只灰不溜秋的小鸟，叫唤着"冷啊——冷冷"，飞向山谷里去了。人们说，那小鸟是懒虫宝贵变的。从那时候起，每年大雪纷飞的日子，那山谷里就有了这种鸟儿的叫唤声："冷啊——冷冷！"人们便把那山谷叫作"冷冷谷"了。

讲述人：吴跃先　吴章如

搜集地点：桐城城关

吕　泉

很久以前,有一年,各处的地仙都去给玉皇大帝送贡品,唯独桐城的地仙没有去,玉皇大帝把他叫去责问。他把人间的贡品都私吞了,就撒谎说:"玉帝爷爷呀,桐城人恶,不敬神,所以没有贡品送给你,这叫我有什么办法呢?"玉皇大帝听他这么一说,又见他可怜的样子,就安慰他:"不罚你,罚桐城大旱三年!"这样,桐城就大旱了三年。

三年旱过,玉皇大帝派吕洞宾到桐城察看旱情,要是不够,再旱三年!吕洞宾到了桐城,从南到北,又从西到东,四面八方到处察看,只见山山洼洼,水田旱地,河湖塘堰,一片枯焦,连一丝儿水汽也不见。吕洞宾这天来到这里,已是渴得喉咙冒烟,两腿提挪不动。他想喝水,可是哪有水喝呢?正难忍耐,忽见一位大嫂挑着两只瓦罐,摇摇晃晃地走来。他见瓦罐里盛着清水,惊奇地问:

"大嫂,你这水从哪儿弄来的呀?"

"大江里。"

吕洞宾瞪大了两眼,又问:"大江离这里多少路呀?"

"七弯八拐,一百多里吧。"

"一往一返,要几天工夫呢?"

"先快后慢,七八天多点。"

"这么说来,这点水多金贵呀!"

大嫂叹了口气,说:"有什么办法呢?玉帝爷爷白长两只眼了,他看不见我们这里旱得多么苦。我家男人和儿女都被旱死了,只剩下瞎眼婆婆和我。"

吕洞宾这才留意到,大嫂的发髻上还扎着白布条哩。吕洞宾跟大嫂拉呱这一阵子,原想喝点水,却又不忍心了,只是吧唧吧唧舔着嘴唇。大嫂见他那干渴的样子,就卸下水罐递过去一罐水,说:"先生,你定是渴坏了。这水,你喝点吧。"

吕洞宾本想谦让,但无奈干渴得要命,也就接过瓦罐喝了一口。咦!好水,胜过蟠桃会上的琼浆玉液了!吕洞宾忍不住又喝了一口。

大嫂在一旁催促:"先生,你就把一罐水都喝了吧,我明天再去大江挑。"

吕洞宾水罐在手,放不下了,真就咕嘟咕嘟把一罐水喝光了。吕洞宾把空罐还给大嫂,心想:"桐城人不恶呀,哪像地仙说的呢?玉帝不该大旱这里三年啊!"谢过大嫂后,吕洞宾就急急要返回天庭奏知玉帝,哪知心里想事,一动脚把大嫂另一只水罐绊倒了,水都泼在了地上。

大嫂的两罐水全没了,不觉滴下两颗泪珠。吕洞宾见大嫂那样子,心中嘀咕起来:"玉帝呀玉帝,吕洞宾顾不得你的清规戒律了,我要给这里的旱民们掘泉取水!"吕洞宾向天空作了个大揖,拔出屠龙宝剑,往绊倒瓦罐的地方一插,跟大嫂说:"大嫂别难过,我替你把泼掉的水找回来。"说着,又将那宝剑划拉一下,地上就裂出一道大口子,冒出清澈的水。大嫂高兴了,就拿瓦罐去装,装满了,就敞开嗓门喊:

"哎——大伙儿都到这来舀水呀,这儿有水了!"

人们哄哄嚷嚷地跑过来,瓢舀的,罐装的,桶盛的;拎的、抬的、挑的……不知有多热闹。人们取走的水越多,那道大口子里冒出的水就越多。冒呀冒呀,那水成一道清泉啦!人们都纳罕:这里怎么出水了呢?问大嫂,大嫂这才想起吕洞宾,打眼去寻找,哪里还有他的影子?吕洞宾早在人声喧闹中悄没声地回天庭复命去了。大嫂讲了这里出水的头头尾尾,又讲了吕洞宾的样子,人们断定说:"这是吕洞宾搭救我们的泉水。"这样,人们就给这泉水起了名,叫"吕仙泉",后来简称为"吕泉"。

讲述人:秦迎年

搜集地点:桐城城关

溪湘淇桥

桐城龙眠山中有一条小溪,溪上有一座小桥,名"溪湘淇桥"。有个传说。

说是元朝末年,有一天,一个湘江武举和一个淇水秀才听说龙眠山中风景优美,就相邀前去游玩。时值新秋,野草未枯,山花又放,漫山遍野,香气扑鼻。二人游呀玩呀,不觉来到这条小溪边。小溪上一座木板小桥,小桥下清清流水,流水中游鱼嬉戏,二人看得呆了,就停在了桥头。不多时,一个挑着柴担的二八村姑来到他们身后,卸下柴担,用手中一块白老布汗巾扇着,不时擦擦额上的微汗,身上散发出比那山花野草还要醉人的清香。秀才、武举一回头,四只眼睛就滴溜溜地落在了村姑身上。那村姑柳眉杏眼,玉齿朱唇,满脸春风桃花,一根乌黑的大辫子搭在左肩上,那身段,凌波仙子也不过如此。秀才心里一阵躁动,就想挑逗村姑,扫一眼远近再无别人,就跟武举咬咬耳朵,蹭到村姑身旁,说:"大姐,家住哪里?"

"那——溪的那边。"

"也要过桥?"

"是。"

秀才见村姑搭话大大方方,就胆大起来,说:"想大姐难过吧?何不让小生负(俯)着呢?"

村姑听出那话里有话,就说:"怎好劳驾相公?"

秀才胆子更大了,说:"小生求之不得呢。"

村姑抿嘴一笑,指指两个柴捆,说:"那就有劳相公了。"

秀才转转眼珠,干咳两声,说:"先不忙,大姐。我,淇水秀才;这位,湘江武举。我们各以对方家乡第一字为题作首诗。大姐若也能作诗,秀才我只负柴;

若不能,秀才我只负(俯)人。"

村姑听出秀才不怀好意,又是抿嘴一笑,说:"行。那就相公先请。"

秀才巴不得能够"先请",他已准备好了,便指着小溪说:"大姐家乡是这溪,'溪'就归我了:溪,有水也是'溪',无水也是'奚',去掉三点水,加'鸟'(鳥)变成'鸡'(鷄)。——此鸡不是凡间鸟,她是天上凤凰鸡。"

秀才吟罢,示意武举。武举见秀才抢了第一,把个第二扔给他,心中愠怒,就硬着颈子说:"我用自己家乡第一字!我的家乡是湘江:湘,有水也是'湘',无水也是'相',去掉三点水,加雨变成'霜'。——我扫自己门前雪,不管他人瓦上霜!"

秀才傻了两眼,看那村姑,村姑银铃一样笑了,说:"秀才相公,家乡淇水,这个'淇'归小女子了:淇,有水也是'淇',无水也是'其',去掉三点水,加'欠'变成'欺'。——龙游浅水遭虾戏,虎落平阳被狗欺!"

秀才听了,脸红颈子粗,知道这村姑非比一般,不可得手,又见武举不给帮衬,窘得恨无地洞可钻。没法,只好驮起柴捆,过了两趟木板小桥。村姑空手走过桥去,笑着,系好柴担,"谢"字不说一个,就要挑起柴担走路。秀才既不甘心,更恋恋不舍,又怕武举日后笑话,突然想起一件事来,大叫:"大姐说过,过了这桥,请我们饱吃饱喝呢?"

村姑笑笑,说:"倒是忘了。"从柴捆里抽出一截树棍,指着秀才,"要吃,这个!"又一指溪水,"要喝,那个!"秀才像个大傻瓜了,干瞪着两眼,看着村姑挑起柴担,闪悠闪悠地去了。

这件事说开了,人们笑话一番,就把那木板小桥起名"溪湘淇桥"。

讲述人:谢冠群

搜集地点:安庆市

天 柱 山

  古时候，有个黑狮怪发狂，向天空喷去一口黑气，就把天空给毁坏了，天空一块一块往下掉。女娲娘娘急了，炼五彩石去补。可是，她补了这块，那块掉下来；补了那块，这块又掉下来。女娲娘娘累得快散架了，就捏了几个泥人做帮手。那几个泥人中，有个大个子一眨眼长成了怒目金刚，女娲娘娘给他起名"刚猛"。刚猛听说毁坏天空的是个黑狮怪，就吼出土地老问："你治下的黑狮怪在哪里？"土地老胆小怕事，送一颗失忆药丸给刚猛，想让刚猛吃了忘记黑狮怪。哪知道刚猛吃了，两眼喷火，两腿生风，两臂能摇撼山岳。刚猛一瞪眼看见黑狮怪藏在地底下，大吼一声，把黑狮怪连同地壳一把抓住，提拎起来，往上一甩，那里就有了一座像大柱子一样的山峰，擎住了那块还没有掉落下来的天空。黑狮怪被抓捏死了，女娲娘娘再炼五彩石补天，天空就整个儿补好了，慢慢升高了。那大柱子一样的山峰，兀立在许多山峦中间，人们叫它"天柱山"。

讲述人：张长青

搜集地点：天柱山景点

画龙墙和锡杖泉

传说梁武帝天监年间，白鹤道人和宝志禅师同时来到潜山，都看中了野人寨这块地方。这地方山清水秀，人善物美，是块宝地，他们就都想在这儿落基扎根——道人想在这儿建观布道，禅师想在这儿结茅安禅。这样，两人舌战之后就斗起法来。

白鹤道人把手中白鹤羽扇抛向天空，一道亮光，化作万千白鹤，遮天蔽日，唳唳叫着扑向宝志禅师。宝志禅师不慌不忙，把手中锡杖往天空抛去，一声巨响，化作万千银龙，横吞竖咬，眨眼间那些白鹤一只不剩。白鹤道人的宝贝没有了！宝志禅师一招手，万千银龙又化作那根锡杖，回到手中。

白鹤道人大怒，去跟梁武帝告状。梁武帝说："争什么争呢？不就是那点地皮吗？一家一半得啦。"梁武帝就派钦差大臣去监督划分地界。钦差大臣以祭坛山冈为界线，东道观，西禅院。白鹤道人和宝志禅师不敢违抗，只得遵旨行事。

道观建成后，白鹤道人给它取名"白鹤宫"。这白鹤宫建得辉煌高大，就是上千道徒住在里面也不见拥挤。可是，白鹤道人还是想把西边禅院吞并过去。他琢磨多时，就写了一封奏书，说要替梁武帝施法增寿，请梁武帝来白鹤宫礼祭上天。梁武帝当然乐意啦，就带了护卫、侍从，浩浩荡荡来到了白鹤宫。

梁武帝在白鹤宫祭过上天，白鹤道人为了让他相信自己的道行，就在墙上画一条龙，然后拿刀剖开龙肚，取出龙肝，金盘托着，献给梁武帝，说："贫道叩献龙肝，愿吾皇万岁万岁万万岁！"梁武帝正在惊奇，忽听门外一声哈哈大笑，接着宝志禅师走进来。宝志禅师稽首行礼，说："皇上恕罪，贫僧见驾来迟。听说白鹤道人献了龙肝，贫僧特来献天香玉液。二者相佐，更能益寿延年。"说着，宝志禅师走出白鹤宫,梁武帝、白鹤道人一行跟着来到山前,只见宝志禅师把锡杖往天空一抛,一声巨响,万道银光,那根锡杖插进了山岩。众人定睛看时,宝志禅师一招手,锡杖又回到他的手中,一股清泉涌了出来,清香四溢,扑鼻沁心。梁武帝直耸鼻头。宝志禅师说:"恭请皇上饮用天香玉液。"

梁武帝命侍从舀来那泉水喝了,第一口下肚,神清气爽;第二口下肚,全身舒畅;第三口下肚,满脸红光。梁武帝一连喝了三大碗,高兴得赞不绝口:"好个天香玉液!好个天香玉液啊!哈哈哈哈……"晚上,梁武帝叫人用那泉水烹了龙肝,吃了更是美不可言。

梁武帝被这一僧一道的法术弄得颠颠倒倒,想:"道人法术高,僧家更不矮,朕要万岁万万岁,得靠僧道两家。"于是命两家友善相处。

梁武帝去了,白鹤道人终究没能得到梁武帝的偏护,宝志禅师也没能让梁武帝另眼看待,梁武帝倒是得了好处,吃了龙肝,喝了天香玉液,神清气爽地活到了八十五岁。

后来,人们把白鹤道人画龙剖肝的那堵墙叫作"画龙墙",今天只剩一点残迹了;把宝志禅师用锡杖掘出的清泉叫作"锡杖泉",泉水如今还汩汩地冒着哩。

讲述人:虞绍龙

搜集地点:潜山余井

左慈与鲈溪鲈鱼

潜山境内有条小溪叫鲈溪,溪水清澈,鲈鱼肥美,有"鲈溪鲈鱼甲天下"的说法。相传以前这溪里没有这鱼,左慈戏曹操后才有。

东汉末年,左慈躲开了曹操,来在这里修道、炼丹。这年杨花柳絮飘飞时节,一天,左慈炼丹累了,在这溪边垂钓歇息。不多时,曹操率军路过这里,得知左慈在这溪边垂钓,就令全军停下,悄悄走到左慈身后,等待时机说话。哪知等了半天,左慈总不回头。曹操不耐烦了,瞄见左慈那钓竿上一根钓丝,却无钓钩,便取笑说:"君钓枝叶早,却钓花絮迟。何如随我去,钓个嬖医儿。"

左慈早就知道曹操站在身后,所以总不回头,听了那四句话,很是气愤,于是抓起一把落地的杨花柳絮和枯枝烂叶,使劲丢进溪水,就见溪水里大群的鱼儿游来游去。左慈口中念念有词:"去了去了,来了来了!去了无拘无束,来了下锅烹煮!"又在地上画个圈儿,圈儿离地升高,竟是一墩土灶,灶上一口铁锅。左慈抖动钓竿,那无钩的钓丝竟钓起一条活蹦乱跳的大鱼。左慈将鱼抖落锅里,对着灶洞扬起巴掌扇了几下,灶洞里冒出青烟火苗,不一会儿,锅里飘出鱼的香味;再在地上画只酒壶、酒盅,斟出美酒,自顾自大吃大喝起来。曹操先是看得呆了,再看左慈旁若无人,勃然大怒,拔出宝剑往左慈颈上砍去。剑过人头落地,落地的人头瞪大那只独眼,看定曹操,哈哈大笑,一眨眼没了踪影。曹操更是气恼,用宝剑乱砍乱剁那锅灶、酒壶、酒盅,左慈吃剩的鱼汤残酒溅了曹操一头满脸。此后曹操大病了一场,据说他的头疼病就是从这开始的。《三国演义》上说,建安二十一年的冬天,左慈到邺郡大大戏弄了曹操一番,那是这之后的事了,是左慈报这一剑之仇。

从此,这溪水里就有了这种鱼。这种鱼形状酷似松花江鲈鱼,所以人们叫它鲈鱼,这溪也就因此叫鲈溪了。

讲述人:黄祖根
搜集地点:潜山城关

胭脂井

潜山彰法山下广教寺里有一口古井，叫"胭脂井"，井水红如胭脂。这是什么缘故呢？

传说三国时候，那里是一所庄院，那井是庄院里的一口水井。庄主乔公有两个女儿，大女儿人唤大乔，小女儿人唤小乔，都长得像三月的桃花。大乔二十岁，小乔十九岁，不知有多少官家富户托媒说亲，都被拒之门外，姐妹俩只是醉心于刀枪剑戟。乔公早年丧妻，所以对姐妹俩特别娇宠，由着姐妹俩的性子。姐妹俩不时相对叹息："天下大乱，女儿家也该有匹夫之责呀！"她们暗地里投了几回军，都被挡了回来，心怀愤慨，因而把那刀枪剑戟舞练得更加勤奋了。

这天一早，姐妹俩又在山坡上舞剑，恰巧，孙策、周瑜为了埋伏抗击曹操，夜间出去察看地形，这时回营路过，见那山坡上两团霞光，翻飞流转，不禁呆了。驻马细看，原来是两个姑娘。孙策、周瑜下马，上前行礼询问一番，大喜，便去庄院拜见乔公。

孙策、周瑜回到军中，请鲁肃去乔家提亲，聘礼无非是金银珠宝首饰、锦缎胭脂水粉。乔公没说什么，大乔、小乔可就当着鲁肃的面发作："我姐妹以为是两大英雄，原来也是两大俗物！"还把那些胭脂水粉扔进了井里。鲁肃带着其余的聘礼回到军中，把提亲的事儿说了。孙策、周瑜先是气得哇啦大叫，过后，哈哈大笑，说："这聘礼下错了！下错了！"于是请鲁肃再走一趟。

鲁肃又去乔家庄院了。这回的聘礼不是金银珠宝首饰、锦缎胭脂水粉，而是两把鸳鸯宝剑，两匹铁甲战马。姐妹俩这回收下了，还微笑着应允了亲事。

出嫁那天，大乔、小乔骑着战马，腰挎鸳鸯宝剑，乔公坐着车轿，跟随前来迎亲的军旅，一同去了东吴。

乔家庄院空着了,若干年后改建成广教寺。那水井,因为大乔、小乔把胭脂水粉扔了进去,井水就变成了胭脂红色。自那时起,人们就把那井叫作"胭脂井"了。胭脂井现在还在广教寺呢。

讲述人:余双杰

搜集地点:潜山余井

银河抱月

司空山下有一条小河,河水好似泛着细碎的银子,闪闪发亮,环绕着司空山流淌,看去像个山囡儿不愿离去;河湾里涌起一摊平沙,形状好似一弯新月,被河水紧紧拥抱,看去像是情人蜜意缠绵——这便是岳西司空山八大奇景之一的"银河抱月"。说起这"银河抱月",有一段悲天悯人的故事。

传说隋朝大业年间,司空山下有两户人家:一家姓张,一家姓李。张家有个女伢名叫银姣,李家有个男伢名叫石头。俩伢同年同月同日生,从小一块儿玩耍,长大后感情笃深,两家就结了亲。这年九月一过,田地活儿上了架,两家便着手给两个伢儿忙婚事。喜日就定在腊月初八。

这可是一桩大好事呀!可是,大好事偏就遇上了搅屎棍。这时候,隋炀帝选美的圣旨下来了!

这天,小阳春晴暖日子,银姣牵头老牛在外面荡山坡,晒日头,这时,郡守、县丞陪伴着选美官闯进了司空山。选美官远远望见银姣,忙问郡守和县丞:"哎,那个牵牛的是天仙女还是凡间女呀?"郡守和县丞眯起细眼瞧了好一会,说:"大人,是个山阿穷。"选美官打鼻孔里哼了一声。三个糟老官走近了银姣,再细看,不禁异口同声夸赞起来。这个夸银姣眉眼似秋月,那个赞银姣小嘴像樱桃;这个夸银姣身段若霞彩,那个赞银姣气度赛霓虹……一身破衣啰嗦,不损体态轻盈。选美官让画师画下了银姣的影像,带回宫中去了。半个月后,圣旨下来了,银姣被选中了。郡守、县丞带着一大班衙役来到银姣家报喜。银姣一听,哭了,跪下哀求:"大人老爷,行行好哇,我已许配人家了。我没有兄弟姐妹,把我选走,我二老双亲哪个照应哪?"

郡守挂下了八字眉,阴阳怪气地说:

"哎,我说银姣姑娘,你做了皇上的美人儿,有的是福享,住皇宫,伴皇上,穿绫罗,吃香喝辣,动脚便是金车宝马,宫娥美女任你呼长喝短,你还愁什么二老双亲没有人照应呢?再说,你若是悦了皇上的心,说不定就是正宫娘娘,一个草贱民女成了正宫娘娘,这是你们家八百代坟山发热啦,有什么推三阻四的呢?"

银姣一边抹眼泪,一边哽咽着说:

"我在司空山长大,我离不开司空山。"

县丞瞪起老鼠眼,吼:

"司空山穷得叮当响,有什么离不开的,啊?"

郡守、县丞又是摇头,又是叹气,他们你帮我我帮你地说:

"真是没见过世面,不识好歹的山阿穷!这样光宗耀祖又享福的事,打着灯笼又哪里去找?好啦好啦,哭个什么!收拾收拾,将息几天,养得肉肉的、嫩嫩的,我们押喜轿来抬你。"

郡守、县丞去了,银姣哭得更伤心,爸妈也是哭哭啼啼,可是都哭不上辄儿。怎么办呢?逃走吧,哪个地方能安身活命呀?反抗吧,就这两户人家几个人,斗得过官家和皇上?没办法,最后一合计,只有让银姣、石头立刻成亲,即便被杀了,也好做个成双成对的鬼。

银姣和石头就这样在匆匆忙忙、忧愁啼哭中成了亲。

山里习俗,大红喜事总得吹吹喇叭放挂鞭炮的。这一来,比风吹云朵撑月亮还快。当差的知道了,赶紧报与官府;官府知道了,赶紧一级一级往上报。隋炀帝知道了,大发脾气,看着画上的银姣,直着喉咙喊:"成了亲朕也要!肚子大了朕也要!天下美人朕都要!"大臣们没办法,选美官只得押着金车宝马和大红喜轿去接银姣进宫。

这天,银姣又牵着那头老牛在阳光下荡山坡,忽然,远远望见跟上回一样一大班人,吹吹打打地过来了。她知道是怎么一回事,就撇下老牛往山崴子那边跑。还没跑出半里地,就被那些人追上了,银姣被逮住了。银姣又哭又叫又骂又咬,惊动了家里人。父母、公婆、全都跑过来,讲理,没理讲;厮打,全被放倒了。哭叫声、咒骂声震荡着山谷,正在山巅采石耳的石头听见了,撇下活儿跑过来,还没开口说句话,就被衙役们刀、剑、斧、槌一齐下,剁成了一堆肉泥和骨渣。

银姣像颠倒了天地一样,天旋地转,满眼漆黑。她猛地一用力,咬断了擒住她的衙役的手指,一头扑到石头的骨肉碎渣上。她哭啊哭啊,哭到哭不出声音了,只有泪水往外涌。不多会儿,银姣的泪水汇成了一条小河,小河环抱着石头的骨肉碎渣,环绕着司空山流去。

银姣不哭了,拔下髻上的铁簪,打闪一样给郡守、县丞一人一下,刺进喉咙。郡守和县丞死了,衙役们轰的一声上前抓人,银姣一纵身撞在司空山石岩上,鲜血溅到高耸的崖壁上,斑斑点点。据说,从此这崖壁上就有了赤红赤红的丹砂。

银姣泪水汇成的小河,明洁闪亮,像银子一样,人们叫它银河;银河环绕的那一湾平沙,形如新月,人们说它是石头的骨肉碎渣变的。"银河抱月"就是银姣在拥抱着石头。

讲述人:汪杏花
搜集地点:岳西车站

龙山夜雨

太湖县城北三里处有座山叫龙山，山下有个潭叫龙潭。每到夜间，特别是夏日晴天的夜间，龙潭里就有水汽喷出，附着在龙山周围的树叶上、庄稼上，凝成细小的水珠落下，滴答滴答响。这便是太湖县著名的十二景中的一景——"龙山夜雨"。这里边有个传说。

传说很久以前，有一回，太湖县接连三年大旱，别说庄稼田地，就连河床、湖底也干裂得张着大嘴。地面上草根刨光了，树皮剥尽了，活着的人就只有吃观音土了。

这天，东海龙王九太子受封去做黄湖龙君，半空中望见这里一片凄惨，又听到人痛苦的呻吟声，就想看个究竟。他摇身变作个老樵夫，落在太湖县境内，一问，原来是这里久旱不雨成了这个样子。龙王九太子立即升上天空，现了龙形，行云布雨，雨就哗哗啦啦落了下来。雨刚落下，玉皇大帝就知道了，派天兵天将把龙王九太子抓到天上去了。

玉皇大帝十分恼火，喝问："小孽龙，让你去做黄湖龙君，为什么途中私自降雨？"龙王九太子说："玉帝明鉴，太湖县境内接连三年大旱，地面一片枯焦，生灵那个苦啊，谁见了都会心上发疼。"玉皇大帝气得拍案大叫："没有朕的旨意，不得降雨，不知道吗？"龙王九太子说："知道。不过那地方太急要雨了，我来不及禀报。"玉皇大帝恫吓说："我看你是不想做黄湖龙君了！"龙王九太子没作声。玉皇大帝转用诱惑的口气说："自己做错的事自己去改正，把降落的雨水全都收回来，再旱它三年，让那里不敬神的人个个旱个够，你就可以照样去做你的黄湖龙君了。"龙王九太子想也没想，说："小龙想的只是赶紧解救苦旱中的生灵，做不做黄湖龙君倒没放在心上，至于那里的人不敬神，也不是所有的人都那样,一样大旱,不合情理啊!"开天辟地以来,小神、大神、老掉牙的神,哪个敢跟玉皇大帝这样说过话?玉皇大帝气得拍案又跺脚,大叫:"反了!反了!小孽龙,你不想做黄湖龙君,就去坐穿潭底!"龙王九太子偏就执拗着说:"坐穿潭底就坐穿潭底!"玉皇大帝气得鼻歪脸斜,派天兵天将将龙王九太子押送到太湖县城北三里处的龙山脚下,掘个深潭锁在里面。

  龙王九太子被锁在那个潭底,一点不能动弹。日里太阳神喷出火光烤他,夜间月亮仙放出寒辉冷他,日夜都有天眼监视。但是,龙王九太子一点也不后悔,他还在为自己不能行云布雨解救苦旱中的生灵焦急,想办法。他想啊想啊,想出了这么个办法:夜幕一降,天眼模糊,就用鼻孔使劲喷汽,把潭底那点水变成水汽喷出,滋润苦旱中的生灵,滋润那座龙山周围的树木和庄稼。后来,玉皇大帝把这事给忘了,龙王九太子就一直被锁在那潭底,他就一直在夜间向潭外喷出水汽。这就成了太湖县"龙山夜雨"的美丽景色了。

讲述人:王德勤
搜集地点:太湖老城

西 风 洞

太湖县城北十五里处有个山洞,人们叫它"西风洞"。西风洞常年出西风,这是怎么一回事呢?

传说很久以前,这地方有个老员外,老得头上没几根毛了,胡子都白开叉了,还在作狗怪。那天,他看到穷户老大的二姑娘兰花,就眼珠子吊出来,黄口水淌出来。兰花才一十六岁,长得确也如一朵刚开的兰花,白净净的,苗条条的,脸蛋儿又嫩又润。老员外闻她身后的风也香,嗅她走过的路也香,就托媒婆去说亲。媒婆去了,却是七吭八躺地跑回来,说:"不成不成!瞧我这一满脸唾沫星子,我是倒八辈子大霉了!"

老员外气歪了脸,拍桌子大骂:"真是块穷骨头!我倒要看看他穷户老大背心上有几根穷筋!"

老员外就去找道士爷帮忙。

"帮什么忙呢?"

"不是说'东风来了是春天,南风来了是夏天,西风来了是秋天,北风来了是冬天'吗?我要这里西风不来没秋天!"

"哎呀呀,这事儿难,难——风是老天爷的呀!"

老员外拿出五两金、十锭银。道士爷笑了,说:"试试看。"这道士爷还真有两下子,收了金银,就作起法来。他弄了一根柳条鞭子,画上符咒给老员外,让老员外漫山遍野跑,乱抽乱打,大喊大叫:"打西风喽!打西风喽……"他自己穿上道袍,拂动袍袖,张开大口,站在那里边蹦跳边叫:"西风免打入我口,西风免打进我肚……"还真怪,这年这里不来西风,没有秋天,没有收成。老员外高兴了,再托媒婆去说亲。媒婆仍是一满脸唾沫星子跑回来,七吭八躺地说:"不成不成,还是不成!他穷户老大说了,等他房梁穷成拨火棍,苇墙秆子穷成抹布筋,你去叫他老丈人。"老员外气得摔了个大马趴。这回,他拿十两金、百锭银去找道士爷,他要让这里永远不来西风,永远没有秋天,永远没有收成。道士爷真就这样做了。一连几年,穷户们哪能经受得起啊,逃荒又没个地方去,骂声载道了:"杀千刀的!剥皮抽筋的!点天灯的[1]!"这骂声冲上了灵霄宝殿,玉皇大帝听到了,派圣母娘娘下凡查办。圣母娘娘来到这里,正赶上道士爷张口拂袖作法,老员外扬鞭疯跑喊叫,一挥云帚把老员外化成一摊泥水,把道士爷变成一只癞蛤蟆。癞蛤蟆瞎逃窜,一头撞在山壁上,撞出一个洞,钻了进去。圣母娘娘又一挥云帚,一块大石飞进洞里,压在癞蛤蟆身上,要它把吞进肚里的西风吐出来,把秋天和收成还给穷户们。老古话:"吞进容易吐出难。"道士爷一时吐不完西风。圣母娘娘要回天宫了,怕他逃走,就把他变成蛤蟆石。直到今天,蛤蟆石风化成碎块了,还在往外吐西风,吐不完,总是吐,那洞里就一年四季往外出西风。从那时起,人们便把那个洞叫作"西风洞"。

【注释】

[1]点天灯:旧时一种酷刑,将人捆绑柱上,竖立,头顶钻洞浇油点火,燃烧至死。

讲述人:王家起
搜集地点:太湖茗北

法华方竹

太湖县法华寺外那几棵方竿竹子，本来是圆竿的。

传说南宋咸淳年间，金兵就要打到湖北襄樊，殿前都指挥副使范文虎受命率军援救，可是他没到那里，也没见到金兵的影子，就半道上掉头逃回。依律范文虎得砍脑袋瓜，可是奸相贾似道保住了他，改派到安庆做知府。

老古话："狗行千里还是要吃屎。"范文虎到了安庆，还是那个德行，为了保命，宁可卖国。他想："金兵就要来了，要是加固了城防，增修了兵械，广积了粮草，金兵来了不就要砍我脑袋瓜了吗？"范文虎就把守卫安庆的事儿踩脚底下啦！他的部下劝说不中用，只得联名直奏朝廷。事有凑巧，这个奏书直接到了度宗皇帝手里。度宗皇帝看了，十分恼火，就派钦差大臣带上尚方宝剑，前去安庆查斩范文虎。

范文虎见了钦差大臣，接了圣旨，又是鼻涕又是眼泪。他知道自己犯的是祸国大罪，不仅自己性命不保，而且还会连累全家，株连九族。他急昏了，说话就胡诌乱扯起来：

"大人，臣受皇上恩典，但知此次必死，只求大人宽限几日，容罪臣思谋良策，报效朝廷，也让罪臣多多款待大人几日，大人就恩德无量了。还请大人执罪臣去神佛面前明鉴，罪臣脸上并无'祸国'两个字啊！"

钦差大臣听了范文虎这一席话，凑到范文虎脸上看："是啊，范文虎脸上没有'祸国'两个字啊。"就说，"好吧，我们去迎江寺，求菩萨明鉴。"

范文虎心上一块石头落了地——今天不死，就有明天了。他一下子清醒过来，有了主意，说：

"大人，下官身在安庆，与迎江寺神佛毗邻，去迎江寺恐怕有庇护之嫌，不如去别处,如太湖法华寺、佛图寺、潜山三祖寺……"

钦差大臣没听范文虎说完,就已心驰神往了,因为他早就听说法华寺金碧辉煌,想去一游却无机缘。今日有了机会,虽然兵荒马乱,但办事兼小游玩有何不可?他就急说:"去法华寺,法华寺。"

当晚,范文虎备了一席好酒好菜,钦差大臣吃喝得嘴脸歪斜,入睡时,又有几个绝色女人伺候,第二天,就把查斩范文虎的皇命丢一边了。

到了法华寺,钦差大臣威风凛凛前面逛,范文虎低眉垂眼后边跟,部将们横眉怒目保护着。一行十多人,游遍了法华寺,然后就要出山门,返回安庆城。这时随行的安庆府通判夏椅急出了一身汗,想:就这样回去,他知府老爷不还是那一副驴肝肺?总得让他在神佛面前表表心迹,发下誓愿,有个悔改,往后或许能够为国事分点忧。他就说:

"钦差大人,知府老爷,我们不是来神佛面前表心迹、求明鉴的吗?怎么就这样回去了呢?"

钦差大臣这时满脑子是好酒好菜和绝色女人,哪还有心思听夏椅说话?就一边走一边哼儿哈地应着:"唔,是啊,是啊!"这下范文虎又急了,神佛面前说不得假啊!范文虎忽然看到面前几棵竹子,就在竹子身上打起了主意,说:

"大人,罪臣真是该死,竟把大事儿忘了,再回法华寺,恐怕累了大人贵脚,罪臣吃罪不起。法华寺一土一石、一木一草,无不神灵,我就对这几棵竹子表表心迹,求神佛明鉴吧。"

钦差大臣还是那样一边走一边哼儿哈地应着:"是啊,是啊!"

范文虎这就掸掸衣冠跪下,向那几棵竹子磕头作揖,说:

"小竹小竹,乃神乃佛,今求明鉴,范文虎若有贰臣之心,你就圆竿变方竿吧。"

说也奇怪,范文虎话音刚落,就见那几棵圆溜溜的竹竿都变成四方方的了。

范文虎吓出一身冷汗,半晌才透过气来,睁开眼:妈呀,幸好钦差大臣已走远了!范文虎赶紧追上去,一遍接一遍恭维,叫夏椅和随从们插不进嘴。钦差大臣骨头都被恭维酥了。

返回安庆城,范文虎又是好酒好菜和绝色女人伺候,钦差大臣差点化成一摊脓水。过了几天,钦差大臣回皇帝身边复命去了。范文虎又躲过了砍脑袋一关。

这以后不久,范文虎就降了金兵,帮着金兵灭了南宋,做了元朝的大官。法华寺外那几棵方竿竹子,也就因为他出了名。

讲述人:国红忠
搜集地点:太湖县城

香 茗 山

传说,太湖、望江交界处的香茗山,原先叫两界山,山上没有茶树。有一年,王母娘娘开蟠桃会,各路神仙先在香茗宫饮香茗。那香茗,喝一盏增寿千年,喝两盏成仙上仙。神仙们饮过香茗,去聚仙楼赴蟠桃会了。香茗宫中,茗仙姐妹忙着收拾香茗残席。

茗仙姐妹发现席上一只玉盏里香茗一丝儿没动,嘀咕起来。大姐说:"这香茗五百年一摘,三百年一焙,二百年玉苑珠露冲泡一百年才好饮用,就这样三横不知二竖地扔下,唉,这位神仙爷也忒糟蹋神物了!"俩妹妹说:"大姐,喝了它吧,弃了太可惜。"大姐说:"凡间没有,姐想把它送到凡间去。"俩妹妹赞同说:"这主意好。"姐妹三人就悄悄出了南天门,一个拨云雾,一个捧玉盏,一个撒香茗。忽然一颗小流星飞来,撞翻了盛香茗的玉盏,泼喇一声,香茗、玉盏掉落在两界山上了,眨眼间,两界山上长出许多绿葱葱的香茗树。

茗仙姐妹看到凡间有了香茗树,高兴啊,一边舞一边唱,把天规戒律忘得一干二净,直到关天门的钟声响了,她们才回去。阳光照耀,雨露滋润,第二年春天,香茗树长出新枝嫩叶,放牛伢见了折一枝做赶牛棍,砍柴爹见了砍一捆回家做柴火。

一天,茗仙姐妹又溜出南天门,看凡间那些香茗树长得怎么样了。一看,大姐哭了,说:"妹妹呀,人间拿香茗树做棍耍,当柴火!"俩妹妹说:"大姐呀,我们去凡间说给人知道,这是天上的神物,是香茗。"茗仙姐妹就来到两界山,变成小村姑。小村姑臂挎小竹篮,头搭花头巾,脚穿老布鞋,胸前黑围裙,两手忙摘香茗叶。一个老爹上山砍柴,见了,问:"伢妹子,摘这树叶做什么用啊?""唔,这是香茗,泡水好喝哩。"姐妹们住到老爹家,把摘叶、炒、焙、饮用全都说了,老爹又告知了山前山后的人。人们喝了那香茗水,果然神:不闹肚子能吃饭,不打瞌睡有精神。人们问姐妹三人的名和姓,要感谢。姐妹三人笑着说:"我们全都叫茗仙,家在天宫没有姓,为了天上人间都一样,化作村姑送香茗。"说着,化作一阵清风回天宫去了。

这里的人们不忘茗仙姐妹的好,就把种树、摘叶、炒、焙、饮用的方法传了出去。一传十,十传百,不长时日,普天下都有香茗树,都饮用香茗了。人们怀念茗仙姐妹,就把两界山改名"香茗山",那最高的叫"大香茗山",二高的叫"二香茗山",最矮的叫"小香茗山"。

不多久,这事让王母娘娘知道了,大怒:"天上神物,宁喂天狗,不与凡人!"她要茗仙姐妹去收回香茗。茗仙姐妹抗命,王母娘娘就命金瓜神将她们打死,抛尸凡间。可怜茗仙姐妹,死了还手挽着手落在香茗山上,如今二香茗山上还可以看到她们化成的"姊妹石"。王母娘娘还不解气,放出一狮六狼去咬"姊妹石",咬不动,就让狮和狼也化成了石头。那狮,就是如今大香茗山上的"狮子口"(狮身陷进山岩里了);狼,就是如今二香茗山上的"六狼石"。茗仙姐妹的血洒在山岩上,变成闪烁的万千灯柱,每在秋冬季节的阴晦日子里,傍晚时分,远近都能看见闪烁的红光,成了一大奇景——香茗神灯。

香茗,后来叫作"茶"。

讲述人:龙时杰
搜集地点:望江

哭 竹 台

旧时,望江城里有座"哭竹台",传说是由孟宗哭竹得笋而来的。

孟宗,三国时吴人,因嫌弃老母,让老母独居吴地陵阳,自己带着娘子到望江雷港做鱼盐监。

孟宗的娘子十分贤惠,想到婆婆一人在家,日子一定很苦,就把孟宗弄回家的咸鱼托人捎些给婆婆。可是婆婆一片鱼鳞也没动,原封托人捎回,附上一信,大意是:望媳妇早晚提醒孟宗,身为鱼盐监,须远避鱼嫌,做到一日三餐不沾鱼腥。孟宗以为是娘子的意思,照办了,居然一年到头没喝过一口鱼汤。

这年鱼盐大清点,杨湾鱼盐监因私吞官鱼太多,就地斩首示众了;泊湖鱼盐监私吞官鱼也不少,发往边关充军了;别的鱼盐监私吞官鱼多少不等,都受到相应的惩处;只有孟宗,多年来没沾一点鱼腥,受到奖掖,升任望江鱼盐大司马。

孟宗升官后,常常夸谢娘子。这天晚上,孟宗喝了几盅老酒,酒话一上来,就又夸谢娘子了:"要不是娘子贤惠,孟宗或许也成了刀下之鬼了。"这时,孟宗娘子趁机把捎鱼给老母,老母又把鱼捎回,并附信嘱咐等全都说了,还把信拿给孟宗看。孟宗看了信,又是悔恨又是痛心,就派人把老母接来任上一块过日子。

老母来到孟宗任上,不久患了重病。时当深冬,大雪纷飞,孟宗请来郎中给老母看病,郎中看过只是摇头。孟宗一再央求,郎中才开了药方,但说须有刚出土的鲜竹笋做药引,否则此药毫无效用。郎中走了,孟宗把药买齐,就漫山遍野去找鲜竹笋。他跑遍望江各地,人们都说:"从团古到扁古①,哪个见过雪地上长出鲜竹笋呀?"

孟宗找不到鲜竹笋,回到望江城,见到一竿枯竹,抓住枯竹痛哭起来:"娘啊娘,你就要像这竿枯竹了,儿子对不住你啊!"孟宗直哭得两眼滴血,鲜血滴在雪地上。这时奇事发生了,只听得吱吱嘎嘎一阵响,那竿枯竹旁边,一棵鲜竹笋顶破冰雪长了出来。孟宗连忙收住眼泪,也顾不得谢天谢地、拜谢枯竹,掰了竹笋跑回家去。

孟宗用这鲜竹笋做药引,煎药给老母吃了。灵验呢!老母吃了药,不几天病就好了。孟宗哭竹得笋,医好了老母的病,为了补谢天地和那竿枯竹,就在哭竹得笋的地方筑了个土台祭拜。人们叫那土台"哭竹台"。

【注释】

①从团古到扁古:从盘古开天地到如今。"团",方言是"圆",盘子是圆的,所以把"盘古"说成"团古";"扁古",与"团古"相反。这是民间诙谐、戏谑的说法。

讲述人:朱家银

搜集地点:望江华阳

卧 冰 池

望江城南门外不远处有个小村子,叫"王祥村"。村旁有一口池塘,叫"卧冰池"。每在大雪纷飞的时候,塘水结冰不管多厚,总有一块冰面浑如薄纸,看上去像一个人仰卧在那里。传说那就是当年王祥卧冰求鱼得鲤的地方。

王祥,晋朝人,家住山东沂州,十岁那年,亲妈死了,亲爸娶了个晚娘。晚娘生了个弟弟王览后,就对王祥不好啦。晚娘常想:"有园有地有房子,有床有被有粮食,少个王祥该多好。"就想把王祥折磨死。从这时起,王祥没好日子过了。家里重活脏活堆在他身上;吃的呢,馊粥馊饭和臭菜,还总是半饥不饱的。老古话:"娘晚爷也晚。"王祥的亲爸也嫌恶他,一点小事就往死里打。不几年,王祥枯瘦得像根芦柴秆了。这时,他那个同父异母的弟弟王览长大了,同情他。王览常常暗地帮他做些脏活、重活,把自己一份好吃的偷偷跟他调换。这样,王祥不但没被折磨死,身上还一天天又长肉了。晚娘见折磨不死王祥,就想把王祥毒死。这天晚饭,晚娘在王祥的碗里下了砒霜,谁知,被王览调换去吃了,没半个时辰,王览肚肠疼断,七窍流血,死了。晚娘又哭又骂,这就惊动了官府。官府要拿她治罪,她吓得连夜逃跑了。王祥也不记恨,陪伴晚娘逃跑,逃到望江这个小村子里住下了。

晚娘想念亲生儿子王览,在逃跑的路上又受尽惊吓,加上挨饿挨冻又受累,到了这儿不久就病倒了。那时正值隆冬,大雪纷飞。这天,晚娘昏昏沉沉中大叫:"疼死我了!疼死我了!快给我鲜鱼汤啊!快给我鲜鱼汤!"王祥听了,心中不忍。进城买,鱼鳞也不见;自己弄,水面冰冻三尺,砸也砸不开。怎么办呢?他就去那口池塘里,脱掉棉衣,仰卧冰上,他要用身体暖开冰面,下水为晚娘弄鲜鱼。一天,两天,三天,王祥冻得全身青紫,身下的冰冻薄了许多。这时,他感到身下有个东西在撞,一翻身,一条金色大鲤鱼撞破冰面蹦了上来,落在他身旁扑达扑达跳。王祥高兴得全身暖起来。他捧起大鲤鱼,却又舍不得拿回家杀了,便拔下一些鱼鳞,把鲤鱼放回水里,自己穿上衣服回家了。王祥用鱼鳞煮了一碗鲜汤,恭恭敬敬捧给晚娘喝了。晚娘喝了鱼鳞汤,病痛没有了。

  这事传了开去,都说王祥是个大孝子,千秋万代都应该受敬仰,就把他卧冰求鱼得鲤的那个池塘叫作"卧冰池"。

讲述人:汤学舟

搜集地点:望江宝塔

太 阳 山

望江太阳山,原先叫"值雪山",因李白来游时正值大雪而得名;后来叫太阳山,是朱元璋封的。朱元璋为什么封值雪山为太阳山呢?

传说元朝灭亡,朱元璋和陈友谅争天下。陈友谅先一步称了大义皇帝。朱元璋大怒,率军前去攻打。两军在泊湖交锋,杀了七天七夜。陈友谅见大事不妙,就想撤逃,可是,朱元璋的军队把他死死咬住了。这天夜里,天气突变,风起云涌,天地间一片漆黑,两军相对看不见你我。陈友谅大喜,下令全军从水上撤去江西。陈友谅的军队刚一挪脚,值雪山上啪的一声冲出一片红光,像太阳,把泊湖上下四方照耀得跟白天一样。陈友谅撤逃的企图暴露了。朱元璋指挥大军掩杀过去,陈友谅被杀得丢盔卸甲,只身逃到九江口,朱元璋追到九江口,射杀了陈友谅。

朱元璋灭了陈友谅,做了皇帝,不忘值雪山的好处,就封值雪山为"太阳山"。

讲述人:徐的苟

搜集地点:望江白林

严恭山与石道峰

宿松城北严恭山上直立着一块大石头,形似道人,人们叫它"石道峰"。传说,石道峰原来还真是个道人呢!

那时候,人们笃信道教,说是只要苦修行,就可以得道成仙。有个忠厚老实的穷道人,跟道长学道,每日五更天起床,三更后歇息,除了化缘,还要挖地种菜,打柴挑水,烧火做饭,掸尘扫地,清洁厕院,为道长洗衣洗袜,端茶送饭,打水倒尿。道观内外,大事小事窝囊事全都是他做,就差没给道长擦屁股。

这天,忠厚老实的穷道人问:

"师父,您说我这样苦修行三十年就可以得道成仙,而今我已经修行四十年了,怎么还不能得道成仙呢?"

道长闭起两眼,唱歌一样说:

"徒儿徒儿细琢磨,地里菜叶虫还多,三餐茶饭欠热乎,你说你修行够了吗?"

忠厚老实的穷道人听了,往后更加以"勤"和"苦"磨炼自己。他不只让道长吃鲜的,穿新的,自己吃白水煮菜叶,穿道长穿破的衣衫和鞋袜,而且真的给道长擦屁股了。

又过了十年。这天,忠厚老实的穷道人又问:

"师父,我已经修行五十年啦,您看我修行还不够吗?"

道长没话回答,想了想说:

"好吧,徒儿,你可以得道成仙了。来,我这就去引渡你。"

忠厚老实的穷道人高兴得不得了,跟着道长往那山上去。他们爬上山顶,停下来。道长说:

"徒儿,我去天上跟玉皇大帝禀报一声,随后就来度你。你在这里好好等着,严肃、恭顺地站着,一丝一毫也不能挪动,否则,你再修行五十年也不能得道成仙。"

道长叮嘱过后就走了,但他哪里是去天上禀报什么玉皇大帝呢?他转过几座山,见忠厚老实的穷道人看不见他了,就溜回了道观。

道长溜回了道观,忠厚老实的穷道人还是站在那里一动也不动。为了虔诚,那只钵盂放得远远的,他看也不看一眼。

忠厚老实的穷道人就那样严肃地、恭顺地站着等。等啊,等啊,他等了一天又一天,等了一年又一年,一直等到变成了那块大石头,他的钵盂变成了钵盂石。

人们把那块大石头叫作"石道峰",远处那块钵盂石叫作"钵盂峰",这座山当然就叫作"严恭山"了。

讲述人:江晓东
搜集地点:宿松二郎

虎 踏 石

宿松境内有座山叫"凿山",山下有块巨石,石上有一只虎的脚印,传说是很久以前有只虎成神升天时踏在上面留下的。那么,虎怎么也成神了呢?

传说那时候,凿山上有一群恶虎,大大小小,样子凶恶,性情凶残,见人吃人,见畜吃畜,一张张嘴巴上终日挂搭着鲜血。因此,畜见了畜奔,人见了人逃,慢了,就是那群恶虎的口中食了。

有一年,又一只虎出生了。这只虎跟那群恶虎不一样,它是一只善虎。善虎长大了,通人性,明事理,见了那些恶虎大吃人和畜,就想:"要是人和畜跟虎换个过儿呢?"它就劝说那些恶虎别再吃人吃畜了。那群恶虎不但不听,还一齐吼它咬它。善虎被孤立了。但是,善虎还是不吃人和畜,专吃害人的虫、蛇和田鼠,填不饱肚子就吃野草,并且一直那样劝说着恶虎。

老古话:"抬头三尺有神灵。"一天,善虎的所作所为让值日功曹看见,禀报了玉皇大帝。玉皇大帝想让那只善虎做虎神,就派金甲大力神再去察看,见机引渡上天。

那一天,一个回娘家的女人因为眷恋母亲,返回就晚了时辰,路过凿山已近黄昏,那群恶虎见了,一吼而上。女人颤抖着逃跑,没逃几步摔倒了。眼看那群恶虎就要扑上去,说时慢,那时快,善虎脑海里闪过一个念头:不吃人和畜还不够,还要保护人和畜!善虎就大吼一声:"不得吃人!"它一纵身跃上前去。说也奇怪,它的四只脚爪风驰电掣,几蹬腿就到了那群恶虎的前面,阻挡那群恶虎。恶虎们怒了,一齐扑咬善虎。善虎虽然勇健,但是一虎怎敌百虎?没几招式,善虎便被扑咬得遍体鳞伤了,虎血染红了山石。

善虎招架不住了,眼看就要被那群恶虎咬死。就在这时,天空中一声巨响,

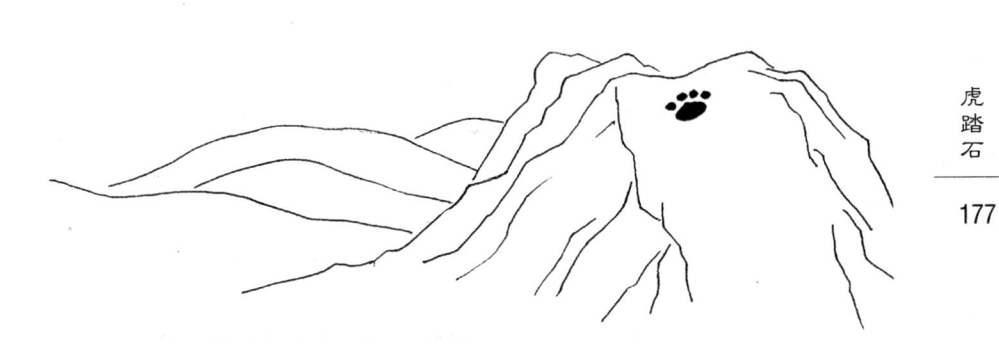

虎踏石

亮光里出现了金甲大力神。金甲大力神大喊:"玉皇大帝有旨:'虎性本凶残,残害众生灵。而今有一虎,与众虎不同。从善斗恶虎,不让虎吃人。此虎虎中少,理应为虎神。'虎神快快接过神力!"金甲大力神说着推出两掌,两道金光射在善虎身上。眨眼间,善虎身上的血迹没有了,斑斓的虎毛变成了一色金黄。金光闪闪中,善虎见风长,长得像座小山丘,随着金甲大力神的掌力,两只前脚爪举向天空,一只后脚爪踏在那块巨石上,使劲一蹬,一纵身跃上天空,跟随金甲大力神上天去了,那块巨石上就留下了善虎的那只脚印。那群恶虎吓趴了,一动也不能动。

得了性命的女人,将这一切看在眼里,回家说了,人们便把那块巨石叫作"虎踏石"。

讲述人:黎承刚
搜集地点:安庆市

钓雨台

宿松钓鱼台,原名"钓雨台",传说是张果老坐在上面钓雨的一块巨石。

那时候,张果老喜欢骑着毛驴到人间溜达。一天,他溜达到宿松地界,见那里遍地枯焦,地土冒烟,人们跪在烈日下求雨,腿都跪破了,地土上血迹斑斑,却没有一滴雨点,想:我得去找玉皇大帝!张果老骑着毛驴上了天。他来到凌霄宝殿,一见玉皇大帝就嚷:"玉帝爷爷呀,赶快降雨啊,宿松那里旱得好苦啊!"玉皇大帝正在跟太白金星刮白[①],被嚷烦了,就吼他:"降雨降雨,多大芝麻粒儿的事,去找龙君不就得啦!"

张果老讨了个没趣,就去找龙君。可是,五湖四海的龙宫跑遍了,龙君们不是在饮酒作乐,就是在和彩女们打闹戏耍,还有的在眯着两眼享受龙女揉胸搓背哩。饮酒的说:"这小酒总得喝完吧?"和彩女们打闹戏耍的说:"来来来,这味儿不错,你也来一回?"揉胸搓背的侧着身子爱理不理。张果老气得肚脐眼冒火,想:找谁都没用,还是靠自己!

张果老离开了龙宫,一边催赶着毛驴一边想办法,几眨眼工夫又来到了宿松地界。他看中那块巨石,一拍毛驴屁股跃了上去。

毛驴立稳,张果老坐定,求雨的人们忽然看见这么个老头儿,都围上前去。只见张果老伸出一根手指,喝声"变",变成几丈长的大钓竿,钓丝不是向下垂着,却是向上竖着,钓钩好像钩住了天空。张果老大声说:"钓雨钓雨,钓一漫天大雨!钓雨钓雨,钓一漫天大雨!……"忽然,张果老一挥钓竿,漫天大雨哗啦哗啦落了下来。人们惊呆了,好一会儿才欢呼起来:"下雨啦!下雨啦!"人们仰着脸,张大嘴巴接雨水,喝够了,再来看张果老,张果老已经升在了天空。毛驴往天上走,张果老倒骑着毛驴向人间看(据说,张果老倒骑毛驴就是从这儿开始的），还不停地大喊："雨啊雨啊,下吧下吧,把人间干旱浇灭个干干净净吧!"

　　张果老渐去渐远了,人们忽然想起:那是八仙中的张果老呀!于是就把张果老坐在上面钓雨的那块巨石起名"钓雨台",后来叫白了,叫成"钓鱼台",再后来,"钓鱼台"这名字让那里的大水库取代了。

【注释】

　　①刮白:方言。说话,谈心。

讲述人:樊金宏

搜集地点:宿松黄湖

小孤山、澎浪矶、大孤山

安庆宿松境内的江流中有座小山,名"小孤山",民间叫它"小姑山"。它对面,江西彭泽境内的江流中有片石矶,名"澎浪矶",民间叫它"彭郎矶"。它俩的西边,江西鄱阳湖口有座小山,名"大孤山",民间叫它"大姑山"。传说它们原来都是人——小姑、彭郎和大姑。

那是很久以前了,宿松套口大江边有户半农半渔的人家,就姐妹二人。姐姐人唤大姑,妹妹人唤小姑,都长得跟出水的荷花一样。小姑早已过了婚配年龄,大姑还没有嫁。那时有个旧风俗,才郎俊郎姐先挑,妹在后头压船艄。姐不出嫁,妹不择婿。左邻右舍劝说大姑,别箩里拣花越拣越差。大姑只好答应嫁给一个打鱼郎。

那打鱼郎姓彭,人唤彭郎,住在大姑、小姑家对面的大江南岸,江西彭泽。彭郎长相不怎么俊,家里又穷,又是孤单一人。大姑虽答应了这门亲事,但心里总是闷闷不乐。大喜那天,彭郎划着渔船来迎娶,大姑竟然柳叶眉一竖,杏核眼一瞪,把彭郎送来的喜衣彩礼一股脑儿扔到了门外,还操起笤帚一顿扫,把彭郎撵回到渔船上。左邻右舍好言相劝,小姑讲情说理,都没用。大姑说:"我一朵鲜花就这样插牛屎巴上了?"彭郎又羞又气又伤心,正要划船离开,小姑赶到了,说:"姐不嫁,妹嫁!"彭郎怔住了。小姑说:"小姑爱忠厚,不爱俊;爱勤劳,不嫌贫。彭郎啊,你跟小姑说句心里话。"彭郎哭了,说:"彭郎能有这福气,还有什么话说呢?"就这样,旧风俗灭了,小姑先嫁了。成亲后,彭郎打鱼小姑划桨,彭郎卖鱼小姑掌秤,彭郎织网小姑穿梭,小夫妻俩你恩我爱,日子过得比蜜还甜。

再说大姑,临到喜衣上身还变卦,这事不长脚跑遍了九里十八村,再没有媒婆上门了。日子像流水,一转眼,大姑成半老大嫂了,这时她急了。大姑过了一回江,见小姑的日子那样美满,就万分懊悔。她想,彭郎应该是她的,美满的日子应该是她的,心中好不气闷。大姑回到家里,坐不安,睡不着,半夜里到江边坐着哭,哭一回咒一回,咒小姑,咒彭郎。

这天夜里,大姑又坐在江边哭着咒小姑,忽然江水里钻出个白面书生来。大姑吓得爬起身就跑。那书生一伸手抓住了她,说:"别怕,我是东海龙王小太子啸天龙。"大姑问:"你想干什么?"啸天龙说:"我想帮你嫁彭郎。"大姑问:"你怎么知道我的事?"啸天龙说:"哪个凡人的事神仙不知道?"原来,那天小姑和彭郎在江里打鱼,啸天龙在江水里游荡,经过他们的船边,被小姑倒映在水中的身影迷住了,就跟定小姑、彭郎的渔船。天快黑了,小姑、彭郎收网回家,啸天龙变个白面书生跟到小姑、彭郎家里,要小姑做他的妃子,享神仙清福。小姑给了他一顿鱼叉。旱地上啸天龙斗不过彭郎,就隐身在江水里等待时机。这时他听见大姑咒骂小姑和彭郎,心中欢喜,就又变作白面书生钻出水面,把一个毒主意跟大姑说了。大姑高兴极了,第二天就捎口信给小姑,说照看她们姐妹的邻居妈病得快咽气了。小姑赶紧收拾收拾过江。

小姑进了姐家门,被锁在一间小屋里。不多会儿,啸天龙变的白面书生出来了。小姑一怔,接着厉声问:"你又要做什么?"啸天龙嬉皮笑脸地说:"迎娶小姑呀!"小姑给了他一耳光。啸天龙还是嬉皮笑脸地说:"这一巴掌好亲热啊!美人儿,打吧,打够了,我们就成亲。其实呢,论人品,论家当,就不说我是龙子神仙了,我哪一样不胜过那彭郎?"说着就往小姑身边贴。小姑往后退,退到墙壁根,喝叫:"站住!啸天龙,你敢再往前一步,我就拼你一块死!"啸天龙站住了。小姑说:"啸天龙,你听好,小姑凡间女,爱的凡间郎,你那龙宫日子再美好,小姑不稀罕!你快滚!"但是,啸天龙怎么会滚呢?他们就那样僵持着。小姑虽然没有被糟蹋,却被死死缠住不得脱身了。

这时候,大姑哪里去了呢?大姑带着啸天龙给的扇坠儿,急急忙忙过江去了。大姑到了江南岸,一见正在织网的彭郎,就扭扭捏捏说:"彭郎啊,我俩进屋说话去。"彭郎见大姑来了,小姑没有来,问:"姐,小姑呢?"大姑嗲声嗲气说:

"彭郎啊,怎么还是叫姐呀?当初是姐不嫁妹嫁,今天是妹不来姐来。"彭郎听了大吃一惊,忙问:"这话怎么讲?"大姑怪模怪样地笑,进了屋,就拿那扇坠儿给彭郎看。彭郎看了,两眼发黑。原来,那扇坠儿是啸天龙的一件宝贝,啸天龙做了一番手脚,彭郎就看到扇坠儿里面小姑紧搂着啸天龙亲热呢!大姑乘机说:"彭郎啊,你就别再想那烂货了!我们俩成亲。"彭郎不说话,径直走出门,织他的渔网去了。这一夜,彭郎就在网场上,没有回屋。

大江北岸,那间小屋里,小姑和啸天龙仍然那样僵持着。啸天龙忍耐不住了,就用对付彭郎那样的办法对付小姑。他一扬手张开巴掌,小姑就看到,彭郎正搂着大姑睡觉哩。小姑冷哼一声,转过脸去。啸天龙说:"不信,我送你过江当面看。"啸天龙想把小姑骗到江中,再逼她去龙宫。小姑呢,巴不得一眨眼能见到彭郎,就问:"怎样送?""驮。""你我衣裳相隔,不得肌肤挨碰,不然,我抠你眼珠子!"啸天龙答应了。小姑又说:"你赌个恶咒!"啸天龙想:"头顶马桶盖,赌咒当小菜。"就说:"说话不算数,变石头,沉江底,压在山脚下。"

啸天龙驮着小姑过江了。没走多远,啸天龙腾出一只手来摸小姑。小姑一边捶打一边喊叫:"啸天龙,你王八蛋!你变石头,沉江底,压在山脚下!"骂着抠啸天龙的眼珠。啸天龙疼得大叫:"坏女人!快松手!不松手,变成山!"小姑抠得更狠了。啸天龙发怒了,现出龙形,大吼:"变!这个女人变成山!"啸天龙原想吓唬吓唬小姑,哪知道小姑真的变成一座小山了。同时,啸天龙也变成了骨凸嶙峋的石头,沉落江底,被压在小姑变成的山脚下。现在,那山脚下还能看见龙耳洞和龙角石呢。

大姑在屋里待不住了,走出屋来纠缠彭郎,彭郎一甩手来到大江边,大姑追到大江边。江风吹来,彭郎听见小姑的喊声:"彭郎——彭郎——"彭郎逼问大姑,大姑只得说出实情。彭郎要过江去救小姑,来不及套桨划船,就跳进江中,向北岸泅去。他没泅多远,被啸天龙变成的石头看见了,吼叫说:"变!变石矶!"彭郎变成石矶了,只能隔江远远望着小姑变成的小山。

站在彭郎身边的大姑,一见这情景,吓得撒腿就跑。她沿着江边跑到鄱阳湖口,疯了,掉进水里,只一只破鞋浮出水面。说来也怪,那只破鞋也变成了一座山。

　　这件事传开了,人们都尊敬小姑,羡慕彭郎,鄙视大姑,憎恶啸天龙,就把小姑变成的小山叫"小姑山",露出水面的部分像小姑的发髻,所以又叫"髻山";彭郎变成的石矶叫"彭郎矶";大姑破鞋变成的小山叫"大姑山",形状像只鞋,所以又叫"鞋山"。年代久远了,人们根据它们处在水中的特点,分别叫它们小孤山、澎浪矶、大孤山。

讲述人:樊四子

搜集地点:宿松黄湖

尧渡河、尧渡、尧渡桥

古时候,中国有一位贤明的君主,百姓亲热地叫他"尧"。尧和他的一名虎贲、一名健卒南巡北往,有一天,经过一个渡口,要从那渡口过河。当时那里是一片荒野,河宽渡小,却是行人必经之地,渡人过河的只是一段圆木,又危险又迟缓,所以岸上等渡的人总也没个完。人们往前挤,尧就往后让。尧等了三天三夜还没有过河,虎贲和健卒都急了,说:

"尧帝,我们不能往后让了,再让,怕是三年也过不了河。我们也往前挤吧!"

尧摇了摇头,轻声说:

"不行。我是百姓的首领,你们都是替百姓办事的,所以我们只能让在百姓的后面,要不我就不是百姓的首领了,你们也就不是替百姓办事的了。"

"可是,"虎贲和健卒又说,"尧帝,您这回南巡北往,事关紧急呀!"

尧点了点头,严肃地说:

"那也不是往前挤的理由啊!我这回南巡北往,事是紧急,但也得紧百姓所急啊!"

虎贲和健卒不作声了。旁边有个胡子爹听见了他们的话,便把尧从头到脚看了几遍,这就看出尧的与众不同了:他头大脸大嘴巴大,八锦彩色眉,红胡须,胸背宽厚,腿脚粗壮。胡子爹常听人说尧的这个长相,兴奋得叫出声来:"啊,尧帝!"尧赶紧捂住他的嘴巴,悄声说:"老人家,别叫喊,让大伙儿好好过河吧!"可是,哪里捂得住?胡子爹挡开尧,更大声叫喊:

"哎——过河的都听着,尧帝也来过河啦!我们让一让,让我们的尧帝先过河。他替我们办事,事比我们多,比我们急呀!"

过河的人听说尧也在这里过河,就纷纷往两边让开,让出一条宽宽的道儿,众口一致大声喊:

"尧帝先过!尧帝先过!尧帝先过!"

可是,尧不肯。让来让去,尧随着众百姓依次过了河。

尧过了河,一边走,一边想,想那些过河百姓的艰难。经过历山,尧见山上有高入云天的大树,心里就有了主意。他跟虎贲、健卒三人,扳倒六棵大树,抬到那河上架着。他跟过河的百姓说,从树身上走过河去,比坐在树身上浮水过河便捷。尧看着百姓们从那六棵大树身上走过河去,才笑着离开。

尧离开了,但他在这里过河留下了感人肺腑的事迹。百姓们尊敬他,就把这河叫"尧渡河",渡口叫"尧渡",那横在河上的六棵大树叫"尧渡桥"。尧渡桥今天已经是宽宽的大石桥了,但名字还叫"尧渡桥"。

讲述人:唐根旺
搜集地点:东至城关

舜耕山

传说,舜接了尧的帝位,立即出巡全国。他这天来到东至地界,经过这座山,见山腰上耕种五谷的农夫,老人背绳拉犁,儿子扶着犁梢,心里很不是滋味。那时的犁,可不是今天的犁啊!那时的犁,只是一根削尖了的粗木棍插在土里,绳子系住木棍,人背着绳子拉。舜走了过去,夺过老人肩上的绳子,背在肩上,代那老人拉。

舜一气拉了三十三圈,那个儿子深受感动,就问:"你为什么代我老父拉犁?"舜说:"我比你老父年轻啊!""可是,你又不是我老父的儿子!"舜说:"我要是你老父的儿子,我就不让老人背绳拉犁了。"那个儿子盯住舜的脸看,忽然发现舜的两眼里有四个自己的头脸,知道面前这人就是舜,又是羞愧,又是害怕,跪在地上一边磕头一边说:"舜帝爷,处置我吧!"舜却一句话也没说,走了。

那以后,那个儿子不再让老人背绳拉犁了,老人安度了晚年。人们敬仰舜,就把那山叫作"舜耕山"。

讲述人:夏金来

搜集地点:东至大渡口

振风塔的传说

舜耕山

菊山、菊江、菊江亭

东至县东流镇旧县署后面有一座小山,叫菊山,相传是陶渊明种菊的地方。陶渊明为什么在那里种菊呢?说起来话长。

东晋义熙元年秋天,陶渊明出任彭泽令。一到任,他就被秩老、师爷、班头、衙役等人的作揖打拱、低头哈腰弄得吃不下饭、睡不好觉。他实在受不了,就想了个办法——尽量少跟这些人打照面。他每天五更起床,高挑烛火批阅公文,等到大天四亮,僚仆齐集大堂时,他早把公事处理完毕,交代下去,离开县衙,带个贴身小童,架一条小船,泛舟长江去了。

这天,陶渊明带着小童泛舟来到东流。当时东流属彭泽县,叫黄花乡。陶渊明一上岸,就被满眼金黄的菊花吸引了。那些菊花,枝叶昂立,不媚不阿,傲霜盛开,香气裹地冲天。他想:人要是有这菊的品格,多好!又见洼地的菊遭受积水浸泡,路边的菊挂着蹄脚痕印,一阵激愤,不禁大声疾呼起来:

菊之清兮人何不敬?
菊之高兮人何不仰?
菊之孤兮人何不惜?
菊之傲兮人何不爱?
浊扬清抑兮我将奈何?

一阵疾呼,发泄了愤懑,陶渊明心境平和下来,就吩咐小童到近旁农家借来挖锄、提桶,亲自将那洼地和路边的菊挖起,移种到山顶上。忙活了一天,回到县衙已是掌灯时分。陶渊明吩咐属下散了,然后问小童:"你说老爷为何爱菊?"小童说:"老爷清高孤傲,跟菊一样。"陶渊明笑了,于是喜欢这个小童,给他起名菊童。有了菊童跟随,陶渊明就天天起早忙完公事,去东流移种菊花。说也奇怪,开花的菊,竟能移种成活,而且花朵更大更艳更多,更加清香扑鼻。这之后,陶渊明总是去那里种菊,时间长了,县衙里就有人告到了郡守那里。郡守大发雷霆:"反了! 不事公务,却去侍弄菊花!"就让督邮前往彭泽县训斥陶渊明,责令陶渊明当众毁掉那些菊花。

这天,那位督邮耀武扬威来到彭泽县,陶渊明和菊童正在东流那座小山上种菊哩。督邮大怒,派一名衙役快马加鞭传唤陶渊明,陶渊明却是理也不理。衙役去不多时又来了,说:"督邮大人命老爷立即回衙,衣冠束带叩见!"陶渊明仰天大笑:"陶渊明啊陶渊明,你岂是为五斗米折腰之辈?"便吩咐衙役:"去回复那个督邮老儿,陶渊明即刻就到!"

陶渊明回到县衙,已是二更将尽。他解下印绶,脱去袍靴,将靴子吊在大堂之上,击响堂鼓,然后和菊童飞快离开,坐上小船去了。

再说督邮,正在后堂饮酒作乐,忽然听到堂鼓击响,知道是陶渊明回衙了,就整整衣冠,迈开方步,来到彭泽县大堂。督邮想让陶渊明站在堂下受辱,就急急走向堂上,重重撞在陶渊明吊在大堂的靴子上。督邮抬头一看,气得大叫:"拿下反官! 拿下反官!"可是,哪儿也找不到陶渊明了。第二天,督邮恨恨地离开了那里。

陶渊明去了,人们仰慕他的清高孤傲,更喜爱他种的那些菊花,就把他移种菊花的那座小山叫"菊山";菊山脚下那一段长江叫"菊江";鳌石矶上建个纪念他的亭子,叫"菊江亭"。

讲述人:徐基安

搜集地点:安庆市

德 政 碑

明朝立国不久,皇宫里逐渐奢侈起来,小宴大宴,尿尿拉屎,都讲究用景德镇瓷器。每次用过,又不洗刷再用,毁弃了换新的。这样,只提运新瓷器也似那流星追月啦。

有个提运使,叫刘高,招儿绝了,今日在这里辟条驿道,明日在那里辟条驿道,借口提运瓷器搜刮老百姓钱财。他是一只装不满的大口袋,手下那些多如狗脚的小官小吏是一只只装不满的小口袋。驿道辟经哪里,哪里就天高八尺,地矮一丈。这回,驿道辟经建德(后为东至)境内了。建德是个小县,精壮汉子运送瓷器去了,剩下老弱病残耕种田地。夫马不够数,还得钱粮上追加。不多时,这里就田地一片荒芜,鸡犬之声不闻了。这时,景德镇的瓷器更是供不上皇宫里的滥用了。

隆庆皇帝大发脾气,就派应天巡抚海瑞前去巡查、督办。

海瑞到了那里,目不忍睹了。地上看不到一棵草,树上看不到一片叶,黄土挖翻了几个跟头。村村落落,不见炊烟;家家户户,门前萧疏。他来到建德永丰镇,好不容易找到一个饿得爬行的人,一问,原来是被皇宫提运瓷器所害。海瑞叫人贴出告示,告知江南各府州县,立即停止提运瓷器,夫马返回,钱粮和驿道所需尽免。百姓们感动得哭声震天动地。这一来,就气坏了一个人。谁?刘高。他借提运瓷器搜刮百姓的财路被堵塞了!

刘高说:"海大人,这提运瓷器的圣命,你也违抗吗?"

海瑞说:"百姓活成这个样子,这提运瓷器的圣命该收回了。"

二人争争论论就回到了朝廷。皇帝看了二人的奏折,听完二人的争辩,把恼怒一股脑儿都推在海瑞身上。海瑞被罢官了,刘高却连升了三级。

海瑞被罢官的消息传到建德，百姓们就用饭碗盛着泪水，祭告天地，求神灵保佑海瑞，还为海瑞建了一个亭子，亭前立一块碑，碑上刻着："巡抚都御史海公德政碑"。

这碑，今天还在东至县永丰镇呢。

讲述人：徐基安
搜集地点：贵池

升 金 湖

东至县升金湖盛产麦鱼。有首民谣:"升金湖,升金湖,升金湖里出麦鱼,只因鲜美无鱼比,一升金子一升鱼。"老辈人说,升金湖的名字就是因此而来的。

传说很久以前,升金湖叫"荒湖""害湖",因为常常在麦子要黄没黄时节,湖水往上漫,淹毁麦田,庄稼人不仅一个午季没有收成,还要拿钱买麦种等候来年。庄稼人受了湖害,就咒骂。

这一年,湖水漫得更厉害,哪家也没收获几笸箩瘪麦。住在湖边的一户人家,母亲唐刘氏,儿子唐牛儿,十一岁,他们家收获的瘪麦比哪家都少。为了度过这个艰难的午季,唐刘氏不得不把那点瘪麦藏着。儿子吵着要吃麦粉粑粑,她只能煮野菜糊糊哄儿子。

有一天,唐刘氏从那湖边经过,看见一个老叫花子坐在湖边叫唤肚子饿,就送去一碗野菜糊糊。老叫花子吃了,一迭连声说好吃,此后唐刘氏就每天送一碗。可是送到第五天,老叫花子吃了,说:"这野菜糊糊真难吃,又苦又涩!你们家都吃这个吗?"

站在唐刘氏身边的唐牛儿恼了,正要骂老叫花子不知好歹,唐刘氏扯开了儿子,说:"老人家,我们这里今年遭的湖害更凄惨,瘪麦子没收获几笸箩,秋粮又没了,只好吃这种野菜糊糊度荒季。来年年成如果好一些,你老人家来,我做麦粉粑粑给你老人家吃。"

老叫花子两眼一瞪,说:"我能活到来年这个时节吗?"

唐牛儿忍不住了,说:"真不是个东西!"

唐刘氏打了儿子一巴掌,骂:"没家教!"

老叫花子哈哈大笑,说:"我就知道你们的好心是假的。你们家现放在笸箩里的瘪麦子,舍不得拿出来,倒说来年做麦粉粑粑给我吃!"

唐刘氏看老叫花子那个样子,想,他真的不一定能活到明年这个时节了,就说:"老人家,你等着,我这就去磨麦做麦粉粑粑给你吃。"

老叫花子又两眼一瞪,说:"我能活到你把瘪麦子磨成粉,粉做成粑粑吗?你们要是真的好心,就把瘪麦子全拿来!"

唐牛儿问:"你吃生麦子?"

老叫花子说:"我就要死了!我吃!"

唐刘氏不顾儿子的反对,回家量了一升瘪麦子,搁在笸箩里,连同笸箩一块儿拿来了。她跟儿子说:"救人眼前急,自有后来福。"这时候,只见老叫花子接过笸箩,气呼呼地说:"就这么一点点?嘿!"

老叫花子一使劲,把那瘪麦子连同笸箩一齐扔到湖水里。唐刘氏母子惊得目瞪口呆,等到回过神来,老叫花子不见了。唐牛儿一边骂一边下水捞他们的笸箩。笸箩捞上来了,里面有许多欢蹦乱跳的小鱼儿,就像一颗颗麦粒。再看湖水,湖水落下去了,麦粒一样的小鱼儿一大群一大群地游。唐牛儿下水去捞,不多会儿捞了一笸箩,拿回家煮了吃,才鲜美哩。一下子吃不了,就晒干,晒干的味道更鲜美。

唐刘氏把湖里出小鱼儿的事说了,大伙儿都去捞。因为这小鱼儿形状像麦粒,所以叫它"麦鱼"。据说有一年,有个皇帝吃了这麦鱼,赞不绝口,说:"此鱼无他鱼可比。"这话一传开,四面八方的人都来买麦鱼,这里家家户户都去捞麦鱼晒鱼干卖。说也奇怪,别家晒干的麦鱼都整笸箩、整笸箩了,唐刘氏家晒干的麦鱼总只有一升,恰好和当年送给老叫花子的瘪麦一样多。唐刘氏叹了口气。忽然,她的眼前一亮,惊叫起来:"金子!一升金子!"大伙儿知道了,于是就有了故事开头的那首民谣,"荒湖""害湖"改叫"升金湖"了。

讲述人:夏金来

搜集地点:安庆大渡口

齐山的传说

贵池齐山,为什么叫"齐山"?

说是东汉末年,皇帝昏庸,官吏奸酷,天灾人祸,百姓活不下去了。这时河北地界出了个人物叫张角,他创立太平道,发展道徒,准备农民大起义。他自己在北方忙活,就派二老弟张宝到大江以南张罗。

张宝来到贵池,没多久就发展了好几千人。他要去另一个地方开坛布道,就让一个叫黄定标的道徒做这里的坛主。

那天夜晚,张宝离开这里,黄定标送他。月光下面,他们在山坳间一边行走一边谈论起义宗旨,忽然,黄定标停住脚步,望着一排高高低低的山峰,叹口气说:

"二祖师,那山峰都是高低不齐的,我们起义,这人心能齐吗?要是不能齐,我们起义怎么能成功呢?"

张宝听了一皱眉头,想:黄定标心志不坚,按道规应该立即除掉。他手握剑柄,好几次要抽出宝剑,但一转念:还没起义,便杀道徒,别的道徒见了会怎么样呢?于是自作主张,为坚定黄定标意志,让他成为一份力量,就笑笑说:

"道友,你这话有几分道理,也有几分不对。我们起义,为的是天公、地公、人公,只要'公'了,人心怎会不齐?"

黄定标又叹口气,说:

"要是我们不能做到天公、地公、人公呢?就是能做到,也只能包管自己做到,包管不了别的那么多人哪。"

张宝没话说服黄定标了,想了想,就拔出宝剑,向天默默祷告:"苍天在上,明月当空,请求明鉴我等一片'公'心,襄助一臂之力吧!"祷告后,一剑挥去,剑光一闪,轰隆一声,刚才黄定标指说的那一排高高低低的山峰,高的拦腰断去,低的平头削齐,变成一斩齐了。

黄定标吓得伸出舌头,瞪大眼睛,好半天才说出话来:

"二祖师好大的法力啊!我信我们都能做到天公、地公、人公了;我信我们起义,人心都能齐了!"

张宝去了,黄定标把贵池一带的太平道定名为"江南第一坛"。后来太平道河北大起义,黄定标带去上万人马,头裹黄巾,浩浩荡荡加入了黄巾军。

那一排一斩齐的山峰,后来被叫作了"齐山"。

讲述人:徐基安

搜集地点:望江茶庵

杜坞渔歌

从前,池州城西边的杜湖,每到秋天,枫叶红了,湖面上渔船就像穿梭一样,渔歌四起,岸边那个村庄杜坞,也就响应起来,唱起了渔歌。传说这渔歌跟杜牧有关。

杜牧在池州做刺史,非常喜欢这个地方。他常在公余之暇,邀上几个知己,到这里饮酒赋诗,击节高歌,也趁机了解民情,减轻百姓赋税,公正裁处大小讼事,因此赞扬声不绝于路。

古人说:"事修谤兴,德高毁来。"杜牧的好名声一扬开,毁谤他的事儿就来了。池州当地有个大户杜筠,拥有十万庄园,财大气粗,心狠手辣。他想笼络杜牧,就跟杜牧拉宗亲。一天,杜筠修书一封,赠银三百两,命家仆送去,并请杜牧来赴家宴。可是,杜牧生性讨厌这种交往,就将书信和银子原封不动退了回去。过了几天,杜筠派人前去索诗,并在书信中对杜牧的政绩大加吹捧。可是,杜牧偏偏连白眼也不给一个。又过了几天,杜筠亲自登门造访了。杜牧一听杜筠来了,便命衙役引他公堂坐等,从早到晚,也不出来见上一面。杜筠坐了一天冷板凳,气得回家拍桌子大骂:"小小一个池州刺史,竟敢如此轻慢我杜筠!我要让他扒光裤子翻跟头爬出我池州!"说到做到,他让小妾娉娘出马了。

这天,杜牧和往常一样,公余之暇邀了几个知己,携酒到杜坞来了。正当饮酒赋诗,击节高歌时,突然,一个年轻美貌的大肚子女人哭着扑向杜牧。杜牧吃了一惊,赶紧让开,问:"小娘子姓甚名谁?哪家眷属?所为何事?"那女人揪住杜牧,一边抹鼻涕眼泪一边数落:"郎君真好狠心哪!想当初奴家与郎君为妾,郎君待奴家何等情深!如今妾身有了身孕,郎君就赶了出门,还装作不识,真是狼心狗肺呀!娉娘命苦,没脸见人,不想活了,只是这肚里的孩子,是郎君的骨血呀——我苦命的孩子！呜呜呜……"女人就要跳湖，众人劝住了。

杜牧和几个知己都目瞪口呆，酒不喝了，诗也不赋了，怏怏不乐地回去了。

三天之后，池州各处，人们都在谈论杜牧驱逐孕妾的事情。不到一个月，京城宰相也有所耳闻，派人暗察一番，虽然不能确信，但是谤言好像黑云压城，也只好让杜牧改任睦州刺史了。杜牧就是遍身长满嘴巴，也没法跟每个人说清这件事情，所以后来有的书上就记载了他这一桩逸事。

杜牧离开了池州，杜筠还不解恨，花银子买了几个无聊文人，拼凑出几首毁谤杜牧的歪诗，在池州四处弹唱。杜湖的渔民，杜坞的百姓，十分义愤，就编出许多渔歌，打鱼的时候唱，耕作的时候也唱，此唱彼和，用渔歌淹没毁谤杜牧的歪诗。这样时间一长，"杜坞渔歌"就出了名，并且成了贵池的一大胜景。

讲述人：江晓东

搜集地点：安庆市

绣 春 台

贵池齐山上的绣春台,有个美丽的传说。

传说很久以前,有一年,天上窜来个恶魔,一口吞吃了人间的春天。恶魔后来虽然被杀死了,可是人间的春天没有了!

人间没有了春天,不说没有了菜黄麦绿、万紫千红,那田地里的五谷庄稼,哪能都在夏天烈日下播种呢?不能播种,哪有收获呢?人们急啊,可是谁也急不出个办法来。

早些年,这山坳里有个庄户人家,夫妻俩四十开外生了个女孩儿。这女孩儿长大后,特别爱绣花。她绣出的花,比开在露水里、霞光里的还好看。她的绣布上,一绣出花来就散发清香,蜜蜂嗡嗡地飞,蝴蝶翩翩地舞,鸟儿啾啾地鸣叫——神吧?这样,人们都叫她绣姑。

绣姑这时十八岁了,人间没有了春天,她也急呀!她就不只是绣花了,还绣草,绣树,绣太阳,绣春风和暖、万木生辉,绣百兽起舞、云彩飘飞,绣地里菜黄麦绿、田里秧苗青翠……她没日没夜地绣呀绣,绣满春色的绣布挂满了一屋子。

这天,邻家老奶奶听说绣姑的绣房里活脱脱是一屋子春天,就串门到绣姑家去看。一进门,迎面就是一阵阵花香,还有各种鸟儿的鸣叫,老奶奶眼都看花了。她手搭凉棚四壁望,逗得绣布上的山桃笑红了脸,河柳笑弯了腰。"哎呀,人间没有了春天,绣姑这儿有哇!绣姑,你绣的春天,放到外边去多好呀?"绣姑说:"老奶奶,我就是为的这个呀!只是还没有绣齐全……"绣姑的话没说完,她绣好的那些绣布就呼呼啦啦飞了出去,外边立刻就有了美丽的春天了。老奶奶跑到屋场上大叫:"春天有啦!春天有啦!绣姑绣的春天……"

老奶奶这么一叫嚷,老远的人们都知道了,都跑来找绣姑绣春天了。绣姑不分远和近、熟识和陌生,凡是找她的,她都给绣。她说,天底下处处有春天才好呢。她就不分日夜地绣啊绣啊,终于有一天,给最后一个找她的人绣好了春天,她累得再也不能动弹了。

绣姑坐在那里一动也不动,昂着头,一手拿着绣针,一手拿着绣布,满脸含笑地望着远方。爸妈喊她吃饭,没有应声,上前去摇撼,才知道绣姑永远站不起来了!爸妈呼天抢地地大哭。左邻右舍都来看绣姑,看见绣姑的手指都肿得没有指缝了,破了,还滴着血。人们好心疼啊!

人们把绣姑安葬在高高的齐山上。这个垒石,那个培土,把个坟墓垒成一个高高的土石台子。每当人们看到这座土石台子,就想到绣姑为人间绣出的春天,就觉得绣姑是坐在那台子里面,还在手拿绣针绣布绣着春天。这样,人们就把那座土石台子叫作"绣春台"了。

讲述人:游国珍

搜集地点:池州

丑公鸡和蜈蚣蛟

传说贵池龙舒河里有一只丑公鸡和一条蜈蚣蛟。

那是很久以前的时候,贵池石城里有一户人家,养了一群鸡,其中一只公鸡特别丑,翻毛秃腚,叫起来一身疙瘩皮红赤赤的,还只有一只脚,走起路来颠颠颠地跳。主人嫌它丑,说它白吃糠皮白蹲坿,杀了吃会把人吃丑,于是就把它撵出了门。

丑公鸡到处找栖身的地方,不仅没有人收留,还你撵他也撵,最后被撵到石城里的城子山山顶上。丑公鸡在城子山山顶上啄吃虫子草叶活了下来。

那时候,贵池县名叫秋浦县,县城就是这石城。石城外边西南不远,有座大山叫秀山。秀山里隐藏着一条修炼成精的蜈蚣蛟。这条蜈蚣蛟能变化为人形后,就想发一场蛟水,出山入海成龙。但是,蜈蚣蛟要入海,须下龙舒河,经石城,过池口,入长江。首先,石城这一卡子它就难过去,因为石城里的居民,家家户户养着鸡。这蜈蚣蛟不怕刀,不怕箭,就怕公鸡顶头见,因为公鸡和蜈蚣是死对头啊!怎么办呢?蜈蚣蛟坐在洞里想主意,想呀想呀,过石城的主意就有了。它在地上打个滚,一抹脸,变作一个慈眉善目的老和尚。

老和尚颈挂佛珠,手敲木鱼,来到石城,大声喊:"日头偏西,杀掉公鸡;公鸡不杀,山崩地塌。小心灾难来临,居民们切记啊!切记!"石城里的居民,陡地看见这么个老和尚,又听见那样怪声怪气的叫唤,想想山崩地塌的情景,就都不禁遍身起寒疙瘩。追赶老和尚问根由,可是紧追赶离那样远,慢追赶离那样远,总也追赶不上。人们把"老和尚"当作神仙了,于是家家户户杀公鸡。不到半个时辰,石城里的公鸡就被杀光了!

蜈蚣蛟笑了。它一口咬破秀山地皮,猛劲吸地汁,立刻,秀山就矮了半截。

蜈蚣蛟把地汁吸进肚,变成蛟水,趁着春夏之交的雨季,那天天刚亮,把肚里的蛟水全吐了出去。蛟水劈山而下,冲进龙舒河。龙舒河咆哮了。早起的人见了,大叫:"起蛟了！起蛟了！"话音没落,就被蛟水卷走了。蛟水一路上轰轰隆隆,恶浪翻滚,眨眼间冲到石城边,恶浪直往石城上撞。就在这时,城子山山顶的丑公鸡看见了,大吃一惊:"不好！要是让蜈蚣蛟过了石城,石城到池口这一路上的人家,就都变成水晶宫了！"丑公鸡不顾一切,张开翅膀,大叫一声,翻毛倒竖,怒目圆睁,独脚爪一蹬山石,扑棱棱跃上前去,落在蜈蚣蛟的头顶上,紧紧抓住蜈蚣蛟头皮,狠狠一口,啄掉了蜈蚣蛟的一只眼珠。蜈蚣蛟疼得翻身打滚,摇头甩尾,激起了冲天水柱。丑公鸡又狠狠一口,啄掉了蜈蚣蛟的另一只眼珠。蜈蚣蛟没了眼珠,疯狂地翻滚甩尾巴,它想甩死丑公鸡,猛一下甩在城子山山腰上,把一座城子山劈去了半截,现在只能看到城子山的下半截了。蜈蚣蛟那一尾巴甩得太猛,受了大伤,慢慢地沉到了水底。浪息了,水落下去了,丑公鸡怕蜈蚣蛟不死,再害人,就死死啄住蜈蚣蛟的头顶,独脚把蜈蚣蛟踩进了河泥里。

就这样,那只被人撵走的丑公鸡和那条修炼成精的蜈蚣蛟双双困在龙舒河里,一直没出来。如今,人们说起丑公鸡,还深感歉意呢。

讲述人:徐基安
搜集地点:池州

石门仓

从前,安庆大龙山上有个石头洞,石头洞像个大仓房,洞口有扇石头门,所以它被称为"石门仓"。

石门仓里有许多宝贝。吐金子的牛、屙银子的马、出宝贝的驴,数也数不尽,说也说不完。谁家要是有个没法过坎的艰难,就去石门仓借宝贝出来一用,用过就还。大龙山下的人忠厚老实,谁也不轻易去借用宝贝。因此,那时石门仓的石门敞开着。

有一年,大龙山下出了个没出息的小伙子。小伙子娶了个漂亮老婆,老婆见一屋子金元宝、银元宝,问:"当家的,今天你得说实话,你那傻了吧唧的样子,压根儿挣不来这些元宝,这些元宝都是从哪儿弄来的呢?"小伙子就把去石门仓借用宝驴的事说了。原来,他借用的那头宝驴,只要拍一下驴屁股说"出元宝",宝驴就一锭一锭屙出金元宝、银元宝,直到说"够了,不要了",才停止。老婆是个外乡人,从来没见过世上有这样的宝贝,说:"当家的,再去借宝驴来家,让我看一看。"小伙子先是不答应,后来经不住老婆的撒娇,就乜斜着眼说:"好吧,只要你喜欢,我就再去借。"

小伙子把宝驴又借来家了。老婆亲眼看了个实在,笑眯着眼说:"别送还了,就搁家里屙元宝吧,我还想要别的宝贝哩。"小伙子说:"石门仓的宝贝是大伙儿的,不能一家有。"老婆又撒娇了,还不让恩爱。小伙子就不送还宝驴了,还答应把石门仓的宝贝全都借来家。

这天,小伙子推着小土车,带着几条大布袋,又上了大龙山。他一进石门仓,就大抱大抱地往大布袋里装宝贝。装着装着,忽然听到一阵踢踏踢踏的蹄脚声,回头一看,是他借回家的宝驴跑来了。宝驴站在石门仓外大叫了三声。

小伙子还以为宝驴来帮他驮宝贝哩,就拼命往大布袋里装宝贝。宝驴又大叫了三声,小伙子装宝贝装得更快了。他一心想让老婆多一些欢喜。宝驴愤怒了,一头扎进石门仓,咬他,踢他,他还是那样装宝贝。就在这时,石门仓的石门嘎嘎响着关起来。小伙子这才慌了,从石门缝中往外挤,可是哪能挤得出去呢?石门关严实了,小伙子被关在石门仓里面了!

　　据说,那以后石门仓的石门就没有再开过,现在是连痕迹也看不到了。有时候,偶尔听见大龙山那里有嗵嗵嗵的响声,那是那个没出息的小伙子在石门仓里撞石门哩。

讲述人:占和贵
搜集地点:安庆杨桥

金盘银筷

石门湖里有一只金盘、一双银筷,往日常常出来解救穷苦人的急难,后来就一直不见了。这里面有个缘故。

老辈人说,那时候,曹家小屋有个伢伙子叫金根,王家高屋有个伢妹子叫银莲,两屋相隔几条田埂。两家要好,十月怀胎时就指腹订了"胎里婚"。俩伢出生了,还真是一男一女哩。俩伢自小打柴放牛在一起,长大就相爱了。四两配千金嘛,本来正相当,可是银莲的亲妈早下世了,晚娘有个内侄儿盯上了她,死皮赖脸地求姑妈,把银莲给他做老婆。姑妈为内侄,那叫肥水不流外人田,只是奈何不得金根和银莲相爱得绳捆胶粘一样。这天,晚娘想了个毒主意,她找来金根,当着银莲的面说:"银莲十八岁了,该出嫁了。我们知道你家穷得叮当响,彩礼就不要你金不要你银,只要你一匹驮嫁妆的黄泥马,两个抬喜轿的石头人。两年内,黄泥马驮了嫁妆去,石头人抬轿娶银莲。两年一过,银莲就得改嫁别人了。"金根回家说了,父母都只有摇头叹气:"这样的彩礼哪个见过?这不是癞痢头上的虱子明摆着?这桩亲事没指望了。"

父母劝金根别想这门亲事了,可是金根就是放不下银莲,他要到外面去找那样的彩礼。金根偷偷去跟银莲说,那彩礼,一年找不到就十年,十年找不到就百年,找不到那样的彩礼不来见,然后一顶斗笠几件破衣到外面找彩礼去了。

第一年,金根翻过了九十九座山;第二年,金根涉过了九十九道水;第三年,金根漂洋过海,走遍了天涯海角。可是,那样的彩礼一样也没有找到。一转眼十年过去了,金根想:银莲二十八岁了,又有晚娘逼迫着,还能在等吗?他灰心丧气地回家了。这天,他经过石门湖边,又想:两手空空怎样去见银莲呢?再想想曾经跟银莲说过的话,心一横:死掉算了!他站到湖岸边,两眼紧闭,一纵身跳了下去。可是,他的两脚还没沾到湖水,就被一根拐杖钩了回来。

金根回头一看,是个白胡子老头。老头拿拐杖敲敲他的脑门,笑着说:"伢伙子,活路千千万,干吗要走死路呢?"金根把寻死的原因说了。白胡子老头哈哈大笑,说:"没出息呀没出息!就算找不到那样刁钻古怪的彩礼,也没道理去死吧?来,伢伙子,对着湖水叫三声,'金盘子,银筷子,出来帮帮穷汉子'。"金根就对着湖水那样叫了三声。三声叫过,就见湖面上一阵翻花冒泡,接着一缕红光托出一只金盘,盘里一双银筷。老头一招手,金盘银筷就飞到老头的手上。老头把金盘银筷交给了金根,说:"伢伙子,回家拿银筷敲金盘,要什么说什么,记住不要贪,要到了就送还。"说着,一阵清风老头不见了。

金根收好金盘银筷,回到家里就照白胡子老头说的做,果然,黄泥马和石头人都出来了,还在屋里走动呢!金根高兴地给金盘银筷磕了十八个响头,然后赶紧把金盘银筷送还了石门湖。金根把黄泥马和石头人送到银莲家。银莲一直反抗着晚娘,等金根,这时一见金根,也顾不上大姑娘家的羞涩了,抱住金根猛亲大哭。晚娘见了黄泥马和石头人,先是笑眯了眼,接着老脸一沉,大喊大叫:"不得了啦!曹金根偷盗宝贝啦!"人们跑来看,不明事理的人帮着把金根扭送去了官府。官府得了银莲晚娘的好处,就定了金根死罪。

金根被杀了,那两样宝贝——黄泥马和石头人,就不翼而飞了;银莲去跳了石门湖,那金盘银筷就再没有出来过了。

讲述人:曹正坤

搜集地点:石门湖畔客车上

大龙山桔梗

传说很久以前,有一年,药王菩萨巡察各地,这天经过大龙山,见山上青石嶙峋,绿草丛生,雾气蒸腾,是个生长人参的好地方,就命布药童子:"在这儿撒下人参种子。"布药童子正向远方眺望大江哩,走了神,把"人参"听成了"桔梗",便撒下了桔梗种子。这样,大龙山上就没有人参,只有桔梗了。

据说,大龙山上的桔梗比别处的好,那是因为它是在长人参的地上长的桔梗,而且稀少。稀少就金贵嘛!

讲述人:胡传美

搜集地点:安庆市

胡玉美蚕豆酱

说起胡玉美蚕豆酱,就有一段创业人胡元彬老爹挑担卖酱货的故事了。

传说是清朝道光年间,胡老爹那时年富力强,携家从歙县来到安庆城里谋生。初来乍到,人生地不熟,本钱又小,只得贩卖酱货,挑担沿街叫卖。那可是烧香买、磕头卖的生意啊!不过,这样的生意虽然艰难,却也能勉强糊口。

过了些年,道光皇帝下世了,咸丰皇帝登基,安庆抚台大人换了,那世道也就变了。不说大官小官,就连府、县衙门前守门的衙门狗,你也得给他银子,不然你就别走衙门前面过。胡老爹挑担叫卖酱货,卖到老了,却赶上了这赖世道。

一天,胡老爹挑着酱货担,叫卖到中晌,酱货卖完了,人也累乏了,就抄近路往回走。走上司下坡,猛抬头看见藩署衙门,大吃一惊,想回转已经来不及了,藩署门洞两边的衙门狗早已瞄见了。"嗨!站住!"胡老爹站住了。"过来过来。"胡老爹蹭过去。两个衙门狗伸出手,阴阳怪气说:"规矩呢?"胡老爹装作不懂,两个衙门狗就凶起来:"不懂?靠山吃山,靠水吃水,靠阎王吃小鬼。懂了吧?"胡老爹翻开褡裢,说:"二位爷,一个子儿也没有,赊欠着哩。"两个看衙门狗一人一脚,把胡老爹的两只酱桶踢飞了。酱桶摔碎了,藏在里面的小钱散落一地。钱,被抢了;人,挨了打。胡老爹回到家里唉声叹气,一气之下弃了扁担生意,在北门外租间小铺子,做门面生意,还渐渐地自制酱货。

自制比贩卖,当然多赚钱。没一年,胡老爹一身债务还清了,还能不受衙门狗的欺负,算是过上好日子了。谁知,这样的好日子也没过多久,就有几个衙门狗找上门来。"嘿嘿,老捎夫变大老板了!发大财了,我们也沾点光了!"胡老爹没搭理,几个衙门狗就伸出手来:"哎,银子!"胡老爹还是没搭理。"好,你不理,我们理!"一个衙门狗就要砸店,别的几个劝住了。"我们走,明天再来!"果然,第二天又来了,这回是送来传票,传胡老爹送两桶豆瓣酱去藩署衙门;第三天又是传票,臬台衙门要十桶豆瓣酱;第五天又是传票,抚台衙门要二十桶豆瓣酱。这不是串通一气整治人吗?胡老爹哪有那么多豆瓣酱啊!胡老爹全身冒汗了。

胡老爹夜里睡不着觉,躺在床上想:眼下五月天,正是霉豆子晒酱的好季节,可是,黄豆缺货了,市面上买不到便宜的了;又想,蚕豆正上市,可不可以用蚕豆替代黄豆呢?试试看。第二天,胡老爹就买进一批蚕豆替代了黄豆。蚕豆晒出的酱比黄豆酱味道鲜美多了。各衙门限定交货的日子到了,胡老爹又急了,晒出的蚕豆酱还缺几桶呢。胡老爹这回这一急呀,竟然急出了一个好办法:家里还有几桶辣椒酱,管他三七二十一,掺进去凑个数。这一来,不只数量凑足了,货交清了,而且味道咸中微甜微辣,更可口了。胡老爹长长吁了一口气。

再说各衙门,上至老爷下到小厮,吃了胡老爹的蚕豆酱,没有一个不说好吃的。各衙门计议一番,就把胡老爹的蚕豆酱作为贡品进贡朝廷。咸丰皇帝吃了,胃口大开,要了还要。不久,胡老爹的蚕豆酱就名扬天下了,小店铺也变成了大店面,迁到四牌楼,店号叫"胡玉美"。

这以后,衙门狗再也不敢上门吵吵闹闹,勒索银子了,因为胡玉美蚕豆酱出了名,"胡玉美"三个字更是出了名。

讲述人:胡婉兰
搜集地点:安庆市

余良卿鲫鱼膏药

安庆余良卿鲫鱼膏药,当初名为"余良卿膏药"。它的改名,有个故事。

相传余良卿祖上世代行医,专制膏药,无名肿毒,臁疮烂腿,贴几次就好了。传到了余良卿,他更是医术高明,医德高尚。他一边行医,一边行善,有钱的来治病合理收钱,没钱的来治病不收钱还给点钱,远道来的穷苦人不但不收钱还供他吃喝住,因此,美名传遍了大江南北,天上的神仙也知道了。

一天,八仙中的铁拐李说:"人间哪有这样的好人呢?给人治病,不收钱还给钱,还管吃喝住。不相信,不相信!"张果老说:"不相信就去察访察访呗!"铁拐李就变个臁疮烂腿的老叫花,一瘸一拐地来到余良卿家门口,坐在地上嚷嚷着痒啊疼啊,疼啊痒啊。余良卿出来一看,见老叫花两腿溃烂,脓水腥臭,绿头苍蝇嗡嗡嗡地绕着飞,就赶紧扶进家里,问:"老人家,臁疮患有几年了?""唉!大概有好多年了吧?"余良卿笑了笑,就拿药煎水给老叫花洗了腿,贴了膏药,然后扶他坐到桌旁吃饭。吃着吃着,老叫花哼唧起来:"好饭无好菜,不如做我老乞丐!"余良卿让人买了一大碗熟肉来。老叫花大口大口吃着,吃着吃着又哼唧起来:"有肉没有酒,不如做我乞丐头!"余良卿让人买来一坛好酒。老叫花子开坛喝酒,几大口就喝干了。余良卿忙问:"老人家,还要吗?"老叫花子抹抹嘴,摇摇头:"酒味太薄,不喝也罢!"起身要走,余良卿一把拽住,说:"老人家,请留下,你的臁疮才治开头呢,余家给人治病,还没有过不愈就去的呢。"老叫花甩开余良卿的手,十分无理地说:"在你家治臁疮,一百年也好不了!"余良卿并不生气,仍然和蔼地说:"老人家,不妨在鄙处住一宿,明天再上一回药,真是不行,再走不迟。你看,天色已经晚了。"好说歹说,老叫花留下了。

第二天早上,余良卿去喊老叫花吃早饭,换膏药,先是轻轻敲门,没有动静,再推推房门,门开了,卧房里却没有了老叫花。余良卿诧异着,忽见桌上一张字条,拿来一看,写着:你家膏药好,可惜少了一味药——活鲫鱼。余良卿恍然大悟:这老叫花,多像八仙中的铁拐李呀! 从此,他熬膏药,就加进了活鲫鱼。这膏药,果然有特效,不管怎样的臁疮,不用贴几次,贴一次就好了。这就非常出了名,余良卿膏药就改名"余良卿鲫鱼膏药"了。

讲述人:胡传美
搜集地点:安庆市

江毛水饺

安庆江毛水饺，皮薄如纸，馅似珍珠，形同猫耳，又嫩又鲜，美名远扬。安庆人说，它是小吃珍品；外地人说，它是"水饺大王"。那么，它的美名是怎样得来的呢？

传说清朝光绪年间，桐城罗岭有个生意人江庆福，诨号江毛，来安庆城里做水饺生意。当初，每日里他一早出去买面粉、买肉、买作料，回到住处，忙着擀饺皮、剁肉馅，天黑后，挑起水饺担子走街串巷现做现卖，卖到三更半夜，还得洗呀抹呀收拾水饺担子，劳作中打个瞌睡算是睡一觉。那辛苦，不用说啦。可是，赚钱呢，一天几十个子儿，养家糊口，一子儿得掰成几瓣用。即便这样，他的水饺肉馅还是那样饱满。吃过他家水饺的人，议论起来总是说：安庆出产哪样好？胡玉美蚕豆酱、余良卿鲫鱼膏药、江毛水饺。从这时起，江毛水饺担子不管往哪儿一搁，一担水饺几眨眼工夫就卖完了。从这时候起，他不用忙到三更半夜了。

过了一阵子，一天早上，江庆福买了面粉、猪肉和作料，刚回到住处，早日里一个吃水饺的主顾找上门来，一把抓住江庆福的手，说："江师傅，这阵子吃不到你家水饺了，是怎么回事呀？"江庆福笑了笑，说："一个人，一双手哇。""怎不找几个帮手呢？"真是"一石击破水底天"了。江庆福做了一碗水饺给那主顾吃了，那主顾走了，江庆福脑海里就翻腾起来："是啊，为什么不找几个帮手多做呢？'生意做把千家客，不应只为一方忙'啊！"他把三个儿子带到身边来，就在三步两桥赁一间小店面，开起了水饺店，店名"江万春"。

"江万春"生意越做越大，越做越红火，赚钱当然就越来越多了。为这，三个儿子没有少挨骂。江庆福给儿子们规定，一斤面粉三斤肉。晚上一盘点，赚钱比头一天又多了。江庆福吼了："做生意哪能一本万利啊？一本万利，张妈子老鬼都不上门[①]！"江庆福为了少赚钱，又规定儿子们一斤面粉四斤肉、五斤肉。三个儿子不管怎样做，肉也用不了，便在一起凑主意，将用不了的肉炖汤下水饺。这样一来，到"江万春"家吃水饺的人更多了，排队的，站着等的，店堂里挤满了人。

有一天，一个行脚商人经过安庆，听说江毛水饺最好吃，就找到"江万春"家吃水饺。吃着吃着，跷起了大拇指，说："在下跑川藏，到沪杭，北去南往，没吃过这样好的水饺。这水饺，堪称'水饺大王'了！"行脚商人一席话，评得江毛水饺美名远扬啦。那以后，江毛水饺就成了安庆一大名吃了。

【注释】
①张妈子老鬼都不上门：没有人来。方言。

讲述人：马爹爹
搜集地点：安庆市

捉鳖妙技的传说

怀宁育儿村,民间有个独特的捉鳖方法,称为"打水雷"。这方法早已传到四面八方,但是,那发明人和发明经过有谁知道呢?

传说三国时候,有一回,曹操率军去攻打东吴,路过这里,随军夫人生了个儿子,据说就是曹丕,那地方还有个太子墩哩。曹操当然高兴,就让大军扎营歇息。第二天,夫人患了产后热,军医说除了吃药,还得用鳖汤清凉进补。曹操一声令下,三十万大军中就有人充当捉鳖的役夫了。北方军士不会这个行当,好容易看到一只鳖浮出水面,放箭射去,鳖又没了。一连几十人,都是这样。曹操不得不下死命令了。他命令一偏将三天内捉到鳖,捉不到,就砍脑袋。偏将把这差事扣到伍长头上,伍长又转派给了小卒,小卒莫奈何,派给了老百姓。

当地有个庄稼汉叫普旺,这天该他去捉鳖。他来到一口水塘边,不一会儿,看到一只鳖浮出了水面。他跳下塘去,还没游近它,那只鳖便沉入水底去了。一连好几回,都是这样。他气得踩水直立,窝起手掌击打水面出气。轰隆!轰隆!水面被击打得闷雷一样响。这时,他看见那只鳖出水又沉没的地方,咕嘟嘟冒上一串气泡。他想:是不是那只鳖钻进了塘泥,吸气吐气冒出水泡呢?再试试,轰隆!轰隆!他把水面击打得越响,那里的气泡冒得越多。是不是响声越大,那鳖吓得越发往泥里钻呢?他就一个猛子扎到水底,伸手探入塘泥,一摸,哈,一个圆溜溜、肉球球的东西捉在手里了。浮出水面一看,一只马蹄大小的鳖!他把那只鳖缠在裤腰里,再击打几下水面,又见水面冒着气泡。沉到水底一摸,又是一只。接连几回,都是这样。普旺上得岸来,交了差,高兴得见人就说:"打水雷捉鳖,妙啊!"人们试过,果然那样。

那以后,这种"打水雷"捉鳖的方法传开了,人们说这方法是"捉鳖妙技",还一代一代传到了今天。

讲述人:洪从元

搜集地点:怀宁高河

青花被面的来历

　　往日安庆民间,特别是农家,作兴用青花老布被面。这种被面素雅好看,结实耐用,传说出自北宋大画家李公麟之手。

　　李公麟一生酷爱画画。为了画画,五十岁那年他辞去了京官,隐居桐城龙眠山中。他起早画,点灯画,睡梦中也划动着一根手指。他见了山水画山水,见了行人画行人,见了村落草树花鸟虫鱼走兽都要画下来。人家问他为什么这样苦画画,不做官?他说,画画舒爽,做官憋闷。夫人怕他画画画出病来,劝他歇着点儿;朋友们怕他累坏身子,邀他去游玩,可是他一概谢绝,一个人躲在小屋里,一个劲地画。没两年,他还真的累得病倒了。

　　郎中给他吃了药,要他卧床歇息,可是还不到半个时辰,他就挣起身,靠在床背上,要夫人把笔墨纸砚拿给他——他要坐在床上画画。当然,怎么说夫人也不答应。缠不过,夫人锁上屋门,下菜园地去了。李公麟坐在床上生闷气。忽然,他看见床脚边放着半碗蓝染料,那是夫人早上染棉线用剩的,一想,用它来画画!笔墨纸砚夫人收了,他就翻过盖被,拿起染料碗,用手指蘸着染料,在白被里子上画起来。花草啦,鸟兽啦,云朵啦,星月啦,看见的,想象的,一齐画上去。不多会儿,一床白被里子就被画得"百花齐放"了。夫人回家,一见那被子,先是气得说不出话,仔细看了,咳,还越看越好看呢!晚上,白被里子上的蓝染料晾干了,白底子衬托出蓝靛色图案,比原来的红被面好看多了。他们家那床被,被面就做了被里子,被里子做了被面。

　　李公麟病中在白被里子上作画的事,传到了友人耳里,都来看,都说好看。这就一传十、十传百传开了。那以后,安庆民间就印染那种青花老布被面用。

讲述人:吴胜兰

搜集地点:桐城城关

解 放 鞋

　　传说解放大军渡江,那天夜里从杨家花屋过军队①。天上下着蒙蒙雨,人们早早就睡了。第二天起来,村民们发现稻床②上有人睡过觉,看几处草堆,大屋门前的一丝儿没动,脚屋③旁边的翻了个跟头,却又还原成好好的一堆。草堆旁边留有一双新布鞋,鞋下压一张字条:

老乡:
　　借了这堆稻草铺地睡觉,留下一双布鞋作酬谢。

解放军

　　"哎呀,应该让解放军穿着这双鞋打仗啊!"
　　"看这鞋襻儿,鞋扣儿,大方口,还是女战士穿的呢!"
　　看着这双鞋,人们不禁想起:
　　日本鬼子过军队,刺刀挑人:"刺啦刺啦的有!"
　　白军④过军队,开枪打鸡狗:"吊你老母孩⑤!"
　　眼下,这解放军过军队,一丁点儿惊扰都没有,露天下面睡稻草,还留下一双新布鞋!
　　人们感动得流泪,想追上这支队伍送还这双鞋,可是,到哪里去追呢?这双鞋,只好给最穷苦的杨大嫂穿了。
　　杨大嫂穿上这双鞋,特好看,人们就照样子做着穿,叫它"解放鞋",原来的尖口鞋就随着消失了。

【注释】

①过军队:行军路过。

②稻床:晒稻子、谷物的场地。

③脚屋:依靠大屋外山墙的小矮屋。

④白军:白崇禧的军队。

⑤吊你老母孩:骂人话。

讲述人:赵熙康

搜集地点:怀宁黄马

火烧四牌楼

民国时期,有一天,胡玉美店屋南边起了大火,正好大南风,火借风势,眼看就要烧到胡玉美家店屋,突然风向一转,南风转西风,大火向东烧去,离开了胡玉美家店屋。烧了一会儿,西风又转南风,南风又转东风,四牌楼街道不宽,大火一跳跳到街对面去了。这时东风又转北风,大火向南烧到国货街十字路口。风息了,火才停下来。

火场上冒着青烟,吐着热气,被烧坏的梁柱歪倒一地。四牌楼半截街烧了个精光,只有中间胡玉美一家店屋完好无损。来看火场的人们七嘴八舌地议论开了:

"大火烧得好啊,烧得好!黑心钱赚多了的,这就报应了!"

"可不是嘛!这风转轱辘吹,火转轱辘烧,奇呀!"

"老天爷长眼呢!善家、恶家,看得清清楚楚呢!"

……

说起人们称道的那个"善",安庆城里,倒是非胡玉美家莫属。远的不说,就说解放军围城的日子里,市民拿金圆券、法币买粮食,哪家粮行都不收,都知道这种币马上就是废纸一张了。这不要人命吗?这时候,胡玉美家店门上贴出了启事:市面用不掉的货币,本店可用,并且有少许粮食出售。酱坊出售粮食,这可是件新鲜事儿!这事儿一爆开,胡玉美家的善名,连同火烧四牌楼的事儿,一齐传扬得更远了。

讲述人:江晓东

搜集地点:安庆市

桐城不唱《乌金记》

清朝到民国,桐城不唱《乌金记》。这是为什么呢?

说是清朝乾隆年间,那年正月初八,桐城卅铺王大户女儿王桂英出嫁,为了显示富有,在"一条龙"嫁妆中加上一锭乌金,将女儿嫁到桐城大关李大户家。

新婚夜,烛光下,新娘拿出乌金让新郎赏玩。新郎哪有心思赏玩乌金?随手把乌金放在枕边,就与新娘急急钻进了被窝。

新郎新娘恩爱着,却不知道床底下藏了一个人。这人姓雷名光,也是桐城大关人氏,四十来岁,不务正业,专事偷盗。刚才人们闹洞房,他乘人不备藏进了床底,打算趁新郎新娘熟睡后偷些金银首饰,这一见了乌金,改主意了:"乌金金中之王,偷乌金!"

雷光在床底等待时机,可恨新郎新娘恩爱个没完没了。雷光等得急了,学鼠叫,摸去新娘一只花鞋,撕咬拉扯。新郎听到响声,下床去看床底,雷光猛地一把掐住新郎的脖子,可怜新郎没发出半点声息,就呜呼哀哉了。新娘沉沉睡去,雷光偷走了乌金。

李家喜事变丧事啦,一张状纸呈到桐城县。知县大老爷陈琳发签捉拿案犯,王桂英被捉拿了去,因在箱笼里搜出一把折扇,上有题诗赠王桂英,落款"周明月",周明月就也被捉拿去了。这里面原因何在?原来那周明月也是桐城大关人,坐馆秀才,王桂英授业恩师。王桂英聪慧贤淑,周秀才十分器重。王桂英辞学出嫁,周秀才给折扇题诗纪念,落了那款,这就招来弥天大祸啦!知县大老爷认定那把折扇就是罪证,也不审问,也不要口供,就定了个"师生通奸谋财害命"的死罪,两人都被关进了死囚大牢。

话分两头。再说周明月的糟糠之妻周陈氏,心想,丈夫日日坐馆,夜夜在家,如何跟王桂英通奸呢?杀人偷盗乌金,乌金在哪里呢?她越想越不对茬,去桐城县喊冤,没用;去安庆府叫屈,没门。她就一路乞讨去南京。南京有个吴天寿,是丈夫旧时好友——找吴天寿搭救丈夫!

周陈氏找到吴天寿,已是临近大辟时日了。吴天寿急如火燎,给南京总督衙门一连递了十张状纸,张张被挡了回来,无可奈何,只得说:"夫人不得不舍生赴死了!"周陈氏说:"只要救得丈夫,真相大白碎尸万段也情愿。"吴天寿又写了十张状纸,交代一番后,周陈氏藏好状纸,暮色中混进总督府大堂,把那些状纸发间夹了,身上贴了,嘴里衔着,腿上绑着,脚上挂着,在大堂上悬梁自尽。第二天一早,衙役们见了,急忙悄悄移尸,这时,吴天寿猛然冲了上去,拦尸大叫:"总督大堂缢死人了!这还了得?"这一闹呢,总督张伯龄不得不过问了。他立即派人快马兼程,责令桐城知县彻查重审这桩命案。

张伯龄派出的快马还在路上奔跑,桐城知县接到了刑部斩决的批文,忽然想起还没有囚犯口供。这天五鼓,王桂英、周明月披枷戴锁,被押到大堂之上。陈知县一拍惊堂木,大喝:"奸夫淫妇,谋财害命,还不从实招来!"王桂英、周明月同声大喊:"冤枉啊冤枉!草民不是奸夫淫妇,没有谋财害命啊!"陈知县大怒,又一拍惊堂木,斥骂:"尔等不是奸夫淫妇,难道本大老爷是奸夫淫妇?尔等没有谋财害命,难道本大老爷谋财害命了?双双扒光衣裳,衙前示众,再押赴刑场斩讫!"衙役们如狼似虎,正在动手,张伯龄派出的快马赶到了。陈知县畏惧南京总督官大势大,只得彻查重审。陈知县按师爷提出的办法,照里正提供的线索,微服私访,终于拿获了真凶雷光!乌金一案真相大白了!王桂英、周明月无罪释放;雷光砍头示众;周陈氏尸体迎回家乡盛殓,陈知县为她披麻戴孝;那锭乌金归还了原主。

乌金一案了结了,但它在民间影响大啦,当时就被编成黄梅戏演唱。因为戏文演唱的是桐城县境内的真人真事,唱词多是斥骂桐城知县大老爷的,所以当时也罢,后来也好,知县大老爷们都十分忌讳,桐城就不唱《乌金记》了。

讲述人:吴胜祥　程晓莉

搜集地点:桐城城关

打猪草的传说

　　传说严凤英十五岁那年,春荒三月,戏班子歇了,她随师傅严云高回桐城罗岭走老家。

　　那天,人们嚷嚷着要严凤英唱台戏,都说锣鼓叮当有的是,龙套搭档也不缺,行头、本子更是袖筒里的画眉。就这样,太阳偏西,罗岭岭头上搭起了一座土戏台。

　　晚饭后,锣鼓一响,戏台前面就黑压压一大片人。人们说说笑笑,踮起脚来望着戏台,可是,有个唤作罗四爹的人却蹲在那里,闷声不响地吸旱烟。他这是怎么了呢?猪没糠,心发愁。他本不想来看戏,小孙子吵不过。儿子、儿媳没了,就这么个宝贝疙瘩,不来不行哪!

　　戏开演了,严凤英上台了,严四爹还是那么蹲着。忽然,他听到唱词"小女子本姓陶(呀子咿子呀),天天打猪草(咿子儿呀),昨天起晏了喂(嘀舍),今天要赶早(呀子咿子呀)……"霍地一下站起来,还伸长颈子望戏台。怎么回事?"打猪草"三个字像拧了他一下。罗四爹一边看戏一边琢磨:猪草是个什么样的草呢?能喂猪吗?猪吃吗?一大串问题在脑子里跳。好容易等到本子戏前面这出小戏唱完,罗四爹拉着小孙子急急来到后台,问严凤英:

　　"鸿六,猪草是个什么样的草呢?能喂猪吗?"

　　前台锣鼓敲得急响,本子戏就要开场了,严凤英急急回答:"您老人家常见的地儿菜、老鹰肠,还有就是春天的黄花菜、野小蒜、痢痢头、马蒿、马兰,夏天的猪耳禾、海银根、竹节草,秋天的红萍、绿萍,还有……"

　　"哎呀鸿六哇,"严老爹一拍大腿,"我怎么就没想到呢?"

　　"我也是去湖北黄梅唱戏看见人家……"

严凤英话没说完,严四爹拉着小孙子急匆匆走了。他回到家里,哄小孙子睡了,就提起竹篮,拿把铲刀,掩上屋门,趁着月光,照严凤英说的样儿去找猪草。

夜深了,罗四爹还在田畈里东找西找,这时他隐约看见一个人朝他走来,近了,才看出是严凤英。原来,严凤英唱完戏,卸了装,琢磨起严四爹问的话,又见严四爹走得那么急匆,猜想定有什么难处,就连忙到他家看看,不料严四爹人不在家,门虚掩着,小孙子睡着了。"这时候了,四爹会去哪儿呢?刚才问猪草,莫不是去找猪草了?"严凤英顾不上更深夜静,就去田畈里转了一大圈,没想到在这里遇见了。严凤英帮着严四爹找猪草,严四爹跟着严凤英打猪草。很快,猪草满了一竹篮,严凤英才离去。

严四爹连夜煮猪草喂猪,猪吃得又晃脑袋又咂嘴。严四爹一激动,就编出一段戏文:"猪糠没有了(呀子咿子呀),不晓得么样搞(咿子儿呀),昨晚看了戏吔(嗬舍),今天去打猪草(呀子咿子呀)……"

这以后,打猪草喂猪就在安庆农村传开了,就是家有猪糠的,也要打些猪草掺和着喂猪。据说,这样喂的猪,肉味鲜美得多呢。

讲述人:严奶奶

搜集地点:桐城罗岭

大年初一吃炆蛋

安庆风俗,大年初一吃炆蛋。每家每户,招待拜年客总少不了它。这风俗是怎样形成的呢?

传说有一年,大年三十那天,安庆北门外小街那里(那时是一片田地),一清早,一家蛋铺子门前聚集着十几个卖鸡蛋的人,等候蛋铺子开门卖了鸡蛋去买过年米。等呀等呀,半上午了,蛋铺子门才拉开一条缝,门缝里探出一颗圆不溜秋的脑袋,说:"过年了,不收鸡蛋了!"十几个卖鸡蛋的人一齐嚷起来:"老爷行行好,老爷行行好呀!"圆不溜秋的脑袋又说了:"要卖,就一文钱三个!"

"昨天不还是三文钱一个吗?"

"那就拿到昨天去卖吧!"

砰的一声,铺门关严实了。

这时候,体察民情的怀宁知县张大老爷正巧从这里经过,听到这里一片嚷嚷声,就过来看看。张知县知道了卖鸡蛋的人的苦处,就说:"蛋铺不收,我收。跟我来,兑银子。"

十几个卖鸡蛋的人跟着张知县来到怀宁县衙大门口。张知县进去了,卖鸡蛋的人在门外等,议论说:"这人到底是个怎样的人呢?看他穿着,是个实实在在的平常人;看他言谈举止,又是一位堂堂正正的大老爷。"正说着,张知县出来了,说:"你们一人拿一个鸡蛋来,我买了,剩下的带回家过年。""啊?"卖鸡蛋的人同时惊叫一声,傻眼了。这时候,一个师爷模样的人端来一漆盘白花花的银子,一个卖鸡蛋的人给一锭。张知县说:"都去吧,买米回家过年吧。"卖鸡蛋的人这才知道是知县大老爷,千恩万谢,去买了白米回家。

那些人回到家里,各自的家人既高兴又惊惧。"一个鸡蛋,怎么说也不值一锭银子啊!"于是大家商定了,约好了,鸡蛋全煮熟,大年初一去拜年,做礼物。

吃过年夜饭,煮鸡蛋。有家老奶奶,煮鸡蛋时高兴得手忙脚乱,碰翻了盐罐,盐罐砸开了煮蛋的锅盖,盐泼到煮蛋锅里了。老奶奶怕咸着,抓起茶舀子舀水往蛋锅里添,哪知道茶舀子里的剩茶叶也倒进煮蛋锅里了。大火煮呀,茶汁染得蛋壳酱红鲜亮,又好看。一家乐得连夜去串门,十几家就都这样煮鸡蛋。

大年初一,张知县一起床就出去了,见到墙破壁歪的人家就往屋里去。说来也巧,第一家就是个卖鸡蛋的人家。卖鸡蛋的人正要去拜年哩,一见张知县,赶紧请坐,沏茶;没好的吃食,就拿那煮鸡蛋招待。张知县推让不掉,吃了一个,味道还真不错。张知县又去其他各家走了走,都一样。谈谈讲讲,热热闹闹地散去。

第二年,那十几家又煮了这样的鸡蛋,大年初一去给张知县拜年,谁知张知县被上司查办了,回老家了。据说是一锭银子买一个鸡蛋,是收买人心;到穷家破屋里去吃喝,是图谋不轨。十几个卖鸡蛋的人家,都觉得对不住张知县,就每年过年都煮这样的鸡蛋,大年初一摆在桌上,表示对张知县的思念。日子一久,传了开去,年年这样,就形成大年初一吃炆蛋的风俗啦。这风俗一直流传到现在,有时人们还把吃炆蛋说成"吃元宝"呢。

讲述人:江志道

搜集地点:怀宁高河

吃小蒜粑的来由

从前,怀宁农村人家,每年春二三月,不管粮仓空无还是满实,都作兴扯来野小蒜,掺些米粉做粑吃。这种粑,人们叫它"小蒜粑"。小蒜粑辛辣苦涩。那么,为什么还作兴吃小蒜粑呢?

传说那时候,怀宁有户人家,因为勤劳,稻麦茬尾盖茬头,小坛芝麻大坛豆,棉花絮子堆满楼——吃也不愁,穿也不愁。常言道:"嘴头宽裕手头松。"渐渐地,这户人家抓了"勤"字,丢了"俭"字。这年又是大丰年,当家的说:"米吃不完,面吃不完,为什么不拿点粮食兑鱼肉吃呢?"老婆也这样想,就叫伢今日拎一角箩米去兑肉,明日拎一角箩麦去兑鱼,后来,就拿粮食去兑烟酒麻糖了。老古话:喉咙深似海,吃掉斗量金。再满实的粮仓,这样吃还有吃不空的?这年年关一过,粮仓、米桶都空了。怎么办呢?借。可是,借到这家借不到那家呀!碰一鼻子灰,急得团团转。第二年灾荒,第三年春上只得剜野菜充饥了。剜野菜可不是一家两家,剜到后来就只有野小蒜了。野小蒜又苦又涩又辛辣,伢不吃,哭,弄点碎米粉,掺着做粑哄伢吃。就这样,艰难地度过灾年后的春荒月。这以后,这户人家再也不敢拿粮食去兑鱼肉烟酒麻糖了,丰年收成再好,也要囤积着防灾年,防春荒,还每年春二三月剜来野小蒜做粑吃,提醒自己,教育伢们。

年月久了,别家也学样,这就形成了风俗。

讲述人:洪二妈

搜集地点:怀宁高河

知县俸禄五斗米

老辈人说,刘邦做了皇帝,没多久,天下又不太平了。什么原因呢?地方官儿坏起来了,安庆潜、岳一带便是这样。县官逼民逼得太厉害,老百姓收获三石粮,他要索取五石;老百姓五家娶不上一个媳妇,他一人占几个。老百姓活不成,就有人造反啦。造反吗?抓!抓一个牵扯几十个,统统杀!可是,杀了这一拨,又有那一拨,而且一拨比一拨多。

那时候杀人,得上报廷尉。开先,廷尉也不经意,后来越杀越多了,就惊吓了。那地方怎么有那么多反贼呢?于是奏与刘邦。

刘邦派钦差大臣去察访,一察访,明白了,原来是"有的不知无的苦,饱人不知饿人饥",县官们俸禄多,就不顾老百姓的死活。刘邦非常生气,说:"那里的知县每月俸禄五斗米!"圣旨一下,普天下都实行了。到了晋朝,知县俸禄五斗米就成了铁定的法规了。

讲述人:江汝言

搜集地点:安庆市

给小儿"打包"睡觉的传说

传说东汉末年,神医华佗走南闯北,寻找草药,替人治病。这天,他来到宜城渡(安庆城前身),在一家小客栈住下。客栈里有个小二正害瘟病,只一丝丝气息。华佗见他很是可怜,就把一路上采集的药草配了一帖药,煎给小二吃了。三天后小二病好了,见人就说:"我遇着神仙!神仙三天治好了我的瘟病。"这一说,四面八方的人都来找华佗了,问医的,求药的,一个接一个。华佗在这里耽搁下来了。

华佗在宜城渡一连住了五十多天,各样怪病被治好的不知多少,这可气坏了那个刁员外。刁员外的小孙子一夜总要尿湿几床被,百医无效,这回硬要华佗给医治,华佗说:"这孩子没有病。"刁员外就生气了。刁员外跟郡守要好,就去找郡守说:"我们这里来了个华佗,人称他神医。可是,他只给穷鬼们看病,不给富人家看病。这是跟富人作对嘛!大人,您得治一治他呀!"郡守就发签去捉华佗。华佗被捉来了,郡守说:"先打五十大板!"衙役们吼一声堂威,就要动手。华佗两手一挡,说:"慢着!老古话:'理在前,法在后。'请问这先打五十大板的理在哪呢?"

郡守无言可答。

刁员外说:"不给富人治病,先打五十大板的理就在这!"

华佗说:"医家治病救人,从来不分贫富。刁员外的小孙子尿床,本来不是病,是习惯,哪里去找治习惯的药呢?"

"此话怎讲?"郡守听糊涂了。

"这个小儿呱呱坠地,刁家生怕床被尿湿,日夜没次数地给小儿把尿,小儿就失去了憋尿功能,只要有一点尿就要撒出。"

"这就没办法了?"郡守问。

"有,"华佗说,"小布袋装上草木灰,塞在小儿腿裆里,任其拉撒,草木灰吸尿,床既不湿,小儿又能养成憋尿习惯,慢慢地自然就不尿床了。这话早已跟刁员外说过。"

公堂上,人们同时啊了一声,只有刁员外像根木桩,郡守有气没力。

郡守问:"员外,回家试试看,如何?"

刁员外说:"那得具个结,取个保!"

华佗大笑,说:"好,具结。一月无效,板子三百;两月无效,银子八千——罚!反过来一样。不过,请郡守老爷作保,还得派个嬷嬷照看小儿。"

郡守一听罚银子,来劲了——二者必有其一。他站起身,让二人具了结,画了押,退去。

刁员外家按华佗说的那样做了,不到一个月,那小儿果然不尿床了。没话说,刁员外花三百两银子,买替身挨了三百大板,外加罚银八千,损失八千三百两银子,脸都气肿了。华佗的名字,传遍了大江南北。

从此,哪家有了新生小儿,就那样给小儿"打包"睡觉。这就成了一方风俗习惯。

讲述人:马俊卿

搜集地点:安庆市

"狗咬吕洞宾,不识好人心"

"狗咬吕洞宾,不识好人心",是安庆民间常说的一句俗语。这句俗语是怎么来的呢?

传说很久以前,怀宁县境内有座山,像磨一样转,转出来的是雪白雪白的面粉,人们叫它"磨山"。当时,住在磨山脚下有户姓万的人家,就吃这面粉过日子。不用耕田,不用种地,灾荒年景也不怕,日子过得好舒坦。

人呢,往往是粮食多了,吃不了,就糟蹋。那户姓万的人家,哪能吃得了那么多面粉呢?他们家养了一只大黄狗,就蒸馍做粑喂黄狗。下雨天,他们家屋场泥泞了,就用面粉铺场地。

有一天,磨山忽然不转了。磨山不转就没面粉了。没面粉了,万家的人就饿饭了。万家老爹听人说,去安庆城请纯阳道院吕洞宾来作法,就能让磨山再转动,再磨出面粉。万老爹就去安庆城请吕洞宾。

万老爹见了吕洞宾,就哭诉,承认了罪过。吕洞宾先是很生气,后来可怜这户人家了,说:"我先去磨山,让磨山转起来。"吕洞宾就先走了。

吕洞宾身背屠龙宝剑,手拿净世拂尘,一阵呼呼大风,眨眼间就到了磨山脚下,面对磨山念动真言。这时候,万家老奶奶牵着小孙子出门盼望万老爹,却见吕洞宾站在那里作法,怒火直冲,骂:"我们的磨山不转了,原来是你这个妖道人在捣鬼!"就跟小孙子说:"二虎,去把大黄狗呼来,咬那妖道人!"二虎呼来了大黄狗,手一指,大黄狗就狂吠着扑向吕洞宾,咬起来。一扑一咬,吕洞宾念动真言被打断,叹了口气,回安庆纯阳道院去了。

万老爹回来了,问:"有人来过吗?"

万家老奶奶说:"有哇,是个妖道人。我们的磨山不转了,没面粉了,他还站在那里捣鬼。我叫二虎唆大黄狗把他咬跑了。"

万家老奶奶很得意,可是万老爹听了,脑袋嗡的一声大了,一屁股跌坐在地上,摇头叹气,半晌才说:"这真是'狗咬吕洞宾,不识好人心'哪!"

那以后,磨山就一直不转了,而"狗咬吕洞宾,不识好人心"却成了民间一句俗语。

讲述人:李曼曼
搜集地点:怀宁县

"升米养恩人,斗米养仇人"

从前,桐城范岗有户姓范的人家,就老两口过日子。日子过得紧紧巴巴,但老两口还是常常周济别人,因此,人们都称他们家为善户。

一个大雪纷飞的早晨,范老爹开门看天气,却见一个人坐在屋檐下,冻得全身筛糠,脸色青紫。范老爹把他扶进屋里,烧姜汤给他喝了,煮热粥给他吃了,那人暖了身子,才说:"昨日外出借粮,粮没借到,天色晚了,大雪迷了路,只好在这里坐一夜。"范老爹听了十分同情,就拿几升米给了那人。那人千恩万谢地去了。

不多会儿,一个叫花子上门讨饭,赤脚冻得通红。范老爹见了,心上发疼,就拿一斗米给了叫花子,说:"我家没有衣裳鞋袜,只有这点米给你,度过雪天再出来吧。"

叫花子走了,范大妈说:"家里没几升米了,我们怎样度过雪天呢?"

范老爹说:"揭不开锅了,我俩也出去讨饭。"

有一年的一天夜里,范老爹家失火了,烟把他们呛醒,老两口才没葬身火海。但是,家烧没了,他俩真的出去讨饭了。

这天,老两口讨饭讨到一户人家的门口。屋里走出一个人来,见了老两口,一把把他们拽进屋里,说:"恩人,怎么成了这个样子?"

"唉!火烧精光了——咦,我们怎么是你的恩人?"

那人说:"那天大雪,我冻僵在你们家屋檐下,你们救了我,还给我几升米,救了我的孩子,怎么不是我的恩人呢?我家没老人,你们二老就住我们家吧。"

从此,这人把老两口当作亲父母。老两口开玩笑说:"如今,你是我们的恩人了。"

一天,县里斩一名惯窃犯,那惯窃犯供出,在一个大雪纷飞的日子,他讨饭讨到范老爹家门口,范老爹只给了他一斗米,衣裳鞋袜没一样,忍心看他赤脚挨冻,所以后来放火烧了他们家屋子。这话传到范老爹耳里,范老爹叹口气说:"升米养恩人,斗米养仇人啊!"

这话一传开,"升米养恩人,斗米养仇人"就成了一句民间俗语了。

讲述人:李曼曼

搜集地点:安庆市

"响鼓不用重槌敲"

"响鼓不用重槌敲"这句俗语,相传出自方苞、戴名世身上。

那年,方苞、戴名世一道考秀才。考试中,八股文做完还要对对子。那文卷后面就附着上联:

宝塔六七层,层层设门,门对东南西北。

方苞一时对不上来,那里又在紧催交卷,急得他满头大汗。戴名世交了卷,从他面前过,瞥见了,脑子里一闪念:我们是表兄弟,要中一起中,不中都不中,就轻声撂了一句:"皇历!"方苞灵机一动,对出了下联:

皇历十二月,月月置节,节分春夏秋冬。

这一考,方苞、戴名世都中了秀才。方苞见人就说,这回得中秀才,多亏戴名世相助。戴名世说:"方苞是面响鼓,响鼓不用重槌敲,要不,我就撂给他'皇历'二字,他怎能飞快地对出那对子的下联呢?"

这以后,"响鼓不用重槌敲"就传开了,成了一句民间俗语。

讲述人:汪浩然

搜集地点:桐城罗岭

"文字跟人转,粪土是黄金"

清朝嘉庆年间,安庆太湖县出了个状元赵文楷,那可是火得不得了哇!但是,你知道他中状元的头一年,是个什么样子吗?

那天,赵文楷游学到了望江慈湖。人都说那里的私塾先生是个饱学儒子,以前不知多少游学的人发难,他都给轻轻巧巧打发了,如今当然更是胆豪气壮啦。私塾先生一见赵文楷,先就七八分不入目,三言两语后,更觉得赵文楷肚里没几滴墨水,就说:

"先生既敢出来游学,想必是才高八斗,学富五车。先生若能用我望江地方山水作副对子,还能融入名人典故,老朽就将这师座拱手相让;若否,那就请恕老朽水米皆无了。"

赵文楷没说二话,磨墨展纸,提笔蘸墨,袋把烟工夫就写好了:

高山连值雪;
秀水出慈湖。

字体龙飞凤舞,私塾先生无可挑剔,可是对子中的地方山水和名人典故,自己身在其中却一无所知,只一味摇头叹气:"唉,粪土,一抔粪土!"

其实呢,对子中的"高山",李白当年游览时正值大雪,所以又叫"值雪山",就在那私塾对面;慈湖,朱元璋曾经驻过大军,对百姓十分慈爱,所以起的这名,就在那私塾旁边。

私塾先生一边说着挖苦话,一边将那副对子揉作一团,丢在屋子角落里。赵文楷饭没吃到一口,水没喝到一滴,走了。

第二年,赵文楷进京赶考,中了头名状元。这时,有人四处奔走,收买赵文楷墨宝,这天来到这所私塾。私塾先生想起赵文楷写的那副对子,幸好还在屋子角落的废纸堆里,捡起来抹平,竟然卖了一锭金元宝。私塾先生想去巴结赵文楷,就带上金元宝进京。见了赵文楷,私塾先生呈上金元宝,说明情由。赵文楷不禁感慨万千:

"唉,真是'文字跟人转,粪土是黄金'了。"

那以后,安庆民间就有了这句口头上的俗语了。

讲述人:徐的苟

搜集地点:望江白林

包公泼墨"写""齐山"

传说,包公知端州任满,进京述职,一路上各府州县接风饯行,邀游山水,索求墨宝,就像天罗地网一样。原来,包公为官清正,铁面无私,比京官名气还大。听说这回要留在皇帝身边,一些皇亲国戚就慌了,他们串通各府州县,用这种方法一路拖住包公,让包公延误进京时限,违逆圣旨,不但皇帝身边留不成,还得治他一个欺君大罪。

这天,包公行至贵池齐山脚下,老远就见山路上执事林立,衣冠耀眼,行近一看,原来是州官、县令、地方巨富豪绅们当道迎接。接风筵席已经摆好,州官老爷笑脸相迎:"卑职久仰大名,又深知大人圣命在身,不可耽搁,故于此处备下水酒以表敬意,请大人一定赏脸。"

包公知道又是一道罗网,便一边马背上还礼,一边婉言谢绝,叫包兴赶路。

州官、县令、巨富豪绅们急了:如何向国舅爷交代呢?便嗡的一声拥上去,顾不得体面了,抱马腿的抱马腿,拽马尾的拽马尾,一片声哀求:"大人再紧再急,也得饮杯水酒去哇,要不,邑人将责骂千秋啊!"

包公没法,只得驻马回答:"诸公盛情难却,但包某有言在先,只立马镫上饮一杯以谢诸公,便去。"

州官、县令、巨富豪绅们像得到大赦一样,欢呼雀跃起来:"敬酒!给包大人敬酒哇!"包公就那样立在马镫上饮了一杯。

那些人又说:"敝邑齐山,风景秀美,大人不可不一游啊!"

包公焦躁起来,厉声说:"包某酷爱山水,但是皇命在身,期限又紧,此时此刻,难得闲情!"

倒是州官老爷水滑,又装出笑脸,说:"包大人光阴如金,我等岂能耽搁得起？只求包大人留个墨宝,也是一桩风流韵事。不过举手之劳,包大人不会拒之千里吧?"这时仆役已将文房四宝捧了上去。

包公问:"书写什么?"

州官磨蹭了好一会,说:"书写'齐山'二字,只这二字,如何?"

"寸径还是尺径?"

"想……想来丈径为宜吧?"

包公拿过那笔,羊毫小楷,扔了;拿过那纸,尺径尚且不足,扔了;再拿过磨好墨汁的墨海,没笔没纸,就也扔了。奇怪！墨海落地,墨汁却化作一团霞锦,向齐山石隐岩飘去,一闪亮,溅出"齐山"两个大字,光彩耀眼。那些人惊得泥捏木雕一样。包公、包兴打马扬尘而去。

那些人回过神来,见齐山石隐岩上有了"齐山"两个大字,咂嘴咋舌:"这炭头,真的是天上文曲星吗?"

州官、县令、巨富豪绅们害怕自己的劣迹贻笑世人,就令工匠凿掉包公泼墨"写"的"齐山"二字,但没有凿掉,成了现在的这个样子。

讲述人:徐基安
搜集地点:安庆市

史可法宿松书联

明朝末年,农民大起义震动全国,史可法奉命镇守安庆。

这天探子来报,张献忠部下攻占了宿松县城。史可法大怒,立即挥师前往。这天大军来到距宿松县城六十里地的白云山下,只见这里青峰高举,幽涧深藏,草木枯焦,大旱一片,百姓们在挖观音土充饥,路边到处都有饿死的尸体,但是官家小吏、差役们却仍在向老百姓催逼钱粮,交不出,就鞭抽棍打,拆屋杀人。

史可法亲眼所见,感慨叹息:"想不到民间这样苦,官家却这样凶狠,怪不得老百姓反了啊!"胸中怒火顿时消尽,他不忍心去剿杀起义军了。史可法让官兵就地驻守不动。一个月明天高的夜里,史可法心情沉重,睡不着觉,便踱到帐外看山间夜景。忽然,他热血来潮,转回帐中,提笔写下一副对联:

听涧底泉声呼天地,是歌是哭?
看阶前月色问英雄,还死还生!

于是,史可法命士卒只是呐喊,虚张声势,并不进攻。

不久,张献忠大军到了,史可法便率军撤回安庆城。史可法书写的那副对联,现在还被人们传诵哩。

讲述人:江晓东
搜集地点:安庆市

刘若宰状元及第

刘若宰，明朝最末一个状元。

那年崇祯皇帝重整朝纲，要振作一番，就开科取士啦。刘若宰前去应试，考了个一甲头名，按例，皇帝在金銮殿召见，只要朱笔在刘若宰名字上一点，刘若宰就是状元了。可是，崇祯皇帝一见刘若宰，手拿朱笔动不得啦。为何？刘若宰长相丑哇。你看他：高高耸起大驼背，一长一短两条腿，瘸手拐弯弯，蒜头小脑落在两块肩胛骨下面。

崇祯皇帝拉长了脸，想：朝廷要人才，御妹也得招驸马呀！怎能点这号人为状元呢？就想了个主意，问："刘若宰，你是哪里人氏啊？"

刘若宰答："启禀皇上，举子是安庆人氏。"

"唔？"崇祯皇帝故意停了一会儿，说，"安庆，朕从未听说过，是个小地方吧？今科状元，朕要点大地方的呢！"

刘若宰一听急了，十年寒窗，吃多少苦哇，好容易考了个一甲头名，就让皇帝爷这么一句话废了？不照！刘若宰灵机一动，说：

"启禀皇上，安庆这地方呀，东、西扼着吴、楚，南、北制住江、淮；长江挨点边儿，万山只占一角；上有七里长亭，下有五里大庙；白日千人作揖，夜里万盏明灯——安庆，不小啊！"

乖乖隆的咚！崇祯皇帝差点吐出了舌头。其实呢，刘若宰说的不过安庆地理位置和几处名胜景观，崇祯皇帝却被吓坏了。崇祯皇帝把"长江挨点边儿"理解成安庆之大了；把城西名叫"万山"的小山理解成万座高山了；把离安庆城七里处的长亭、五里处的大庙理解成七里大的亭子、五里大的庙宇了；"千人作揖"描绘江面船夫划桨姿态，崇祯皇帝理解成礼佛的香客之多了；"万盏明灯"

赞美满天星斗的夜景,崇祯皇帝理解成民户之众了。哈哈！这一来,安庆还不大吗？

崇祯皇帝没话说了,可还是不点刘若宰状元。这时,崇祯皇帝手上的朱笔滴下一滴红朱,偏巧就滴在皇榜上刘若宰的名字上。崇祯皇帝一惊:不点不点,却是点了！如何是好？崇祯皇帝想呀想呀想出了个毒主意,就问:

"刘若宰,自古以来都是'点'状元,今日朕偏要'滴'状元。你倒说说,今科状元是点为大,还是滴为大？"

这真是个怪问题呀！

开先,刘若宰丈二和尚摸不着头脑,一琢磨,就吓了一跳:"滴"者"帝"也,二字谐音哪！虽说自古以来只有"点"状元,无有"滴"状元,但是皇帝爷意思不在字脸上,而在字肚里。若说"今科状元'点'为大",那不就"'滴'（帝）为小"了？帝为小——那不就是欺君之罪,不就要砍脑袋瓜了？哎呀,这字肚里藏杀机呀！皇帝爷呀皇帝爷,你好狠毒啊！刘若宰急中生智,回答说:

"启禀皇上,举子以为,滴（帝）为大,今科状元点点小。"

崇祯皇帝心头一惊,想:机关被他识破啦！这个刘若宰,了得！崇祯皇帝窘得脸上红一阵白一阵,正没开交处,站在一旁的东阁大学士看在了眼里,忙给皇帝解围,扭头歪脖地跟刘若宰说:

"刘若宰,你夸安庆那样大,安庆定是地灵人杰啰？既是地灵人杰,老夫就来跟你对个对子,如何？"

刘若宰还没说个"请赐教",大学士就念出了他的上联:

驼背桃树倒开花,蜜蜂仰采。

刘若宰想:好你个歪脖大学士,挖苦我呢！我不好回敬你吗？立即对出下联:

刘若宰状元及第

歪脖莲蓬斜结籽,鹭鸟旁观!

大学士羞了个油爆大麻虾。金銮殿上,咂嘴咋舌的嘲笑声没有了。皇帝、大臣都哑巴了。正闹僵劲儿,司礼太监捧一只黄龙朱漆盘,盘里一套新科状元穿戴,走上金銮殿,大声宣读太后懿旨:

"赐新科状元穿戴!"

崇祯皇帝拧紧了眉头:难道太后老娘看上这个状元了?这当儿,只见刘若宰领了懿旨,捧着下去穿戴,不多会儿穿戴齐整,走上殿来。这一回可是仪表堂堂喽!皇帝、大臣们都傻眼了。刘若宰这回是:状元帽帽插金花,蒜头小脑不显得那么小了;状元袍腰系玉带,大驼背不显得那么驼了;状元靴靴底生辉,一长一短两条腿显得一扎齐了。哈!这是为何?原来,那太后不是崇祯皇帝亲老娘,总想废了崇祯让亲生儿子做皇帝,这就害怕崇祯皇帝得一状元添一臂膀,就令人特别缝制了这套怪穿戴:状元帽小小的、高高的,状元袍前襟短、后背长,状元靴一底厚一底薄,让新科状元穿戴得不成模样,借口杀掉。哪知道,放屁掉磨榫里了!

崇祯皇帝叹了口气,自顾自说:"天意,天意呀!"

崇祯皇帝只好让传胪官唱旨:

"刘若宰状元及第!"

讲述人:江晓东　苏传胜

搜集地点:安庆市

张英题诗扬师道

　　传说张英辞去宰相权位,回到桐城故里,见乡人轻贱塾师,忧心忡忡。他想改变这种状况,就扮作个落魄老儒,在桐城一家富户家里充当塾师,等待时机一扬师道。

　　这天,时机终于来了。这家富户大儿中了举人,大宴宾客,其中当然有县大老爷和大小官员。张英原是那富户大儿的恩师,眼下小儿正拜张英授业,所以张英也被请入宴席。入席时,不说县大老爷,其他官员和贵客也都不把张英放在眼里。张英被冷落一旁。众人你谦我让,正客套,张英不声不响,一屁股坐到首桌首席上。满堂谦让声戛然而止。众人敛起笑容,愠怒地看着张英。张英若无其事,摆出当之无愧的样子。富户急得搓手,但也没法,只好赔上笑脸,说:"大人们赏脸,请入席,入席。"众人怏怏不乐地落了座。

　　菜上齐了,酒筛遍了,县大老爷板着脸孔,众人都没兴趣划拳行令。一席丰盛的酒宴,就这样冷冰冰地吃着。

　　县大老爷身边的师爷,为了巴结讨好,瞟见墙上挂着一幅画图,对张英说:"老塾师,看你老人家这把年纪,想必是满腹经纶了?"张英捋捋胡须,微笑着说:"应是应是。不过,一个小小塾师,满腹经纶又怎比得上一个草包小吏呢?"县大老爷听了,心头起了个大疙瘩,想:"这老东西越发放肆了!"正要发作,师爷指着墙上那幅画图,对张英说:"老塾师,能给那幅画图题首诗吗?"张英看了一眼那幅画图,是《雪夜垂钓图》,就说:"怎么不能?"富户急得心里直埋怨:"这老先生今日怎么啦?"可是张英高声大叫:"学东家,请出文房四宝!"文房四宝来了,张英提笔蘸墨,走到那幅画图前,在画图的空白处唰唰就写:

一年三百六十日,多少晴天大日头。

众人一片声大笑,县大老爷更是出言污秽。张英也不在乎,再往下写:

试问江中一老翁,为何雪夜钓孤舟?

众人一片声嚷嚷:"分明是钓雪,怎么是钓孤舟呢?浅乏!淡乏!"
师爷想进一步奚落,就说:"老塾师,诗虽不好,也得落个款吧?"
张英淡淡一笑,就在诗后落款:桐城张英。
"啊?"众人见了,一个个满头大汗,扑通扑通跪倒磕头,"小的们浅乏!小的们浅乏!老相爷题的好诗!好诗!小的们有眼无珠,老相爷肚里撑船……"
张英回到座位,呷一口酒,吃一口菜,说:"好诗也罢,孬诗也罢,且不论,先说说诸位此刻,跪拜的是老相爷呢,还是老塾师呢?"
众人嗯哈哦哈,一时说不上来。还是师爷乖巧,凑上县大老爷耳朵,悄声说:"塾师,塾师。"县大老爷这就说了:"塾师!塾师!"众人一片声附和。
张英哈哈大笑:"这就对了!"又指着桌上文房四宝吟诗一首:

文房四宝孰为尊?
清水汪汪紫砚陈。
不是于渠宗白黑,
吾侪焉得奉王孙!

众人一片声答应:"是!是!是!"
张英又说:"莫说小官小吏,就是皇帝、大臣,哪个没有过从塾师授业呢?轻贱塾师,师道不扬;师道不扬,文风不兴;文风不兴,人风不正;人风不正,国运不昌;国运不昌,尔等官俸何来?诸位深思啊!"

"老相爷教训的是,小的们不敢了。"

宴席就这样结束。众人去后,张英也离开了这家富户。

据说,县大老爷回衙得了一种怪病,一见塾师就跪地磕头,生怕又是张英。别的人呢,也不敢轻贱塾师了。桐城师道得以大扬,文风渐渐大兴,不久就出了个名播中外的桐城文派。

讲述人:吴胜祥　程晓莉

搜集地点:桐城城关

张英举贤

张英辞官在家，一天，安庆抚台坐轿专程造访。寒暄一通后，抚台说："皇上有旨，着有司提准乡贤，以为地方表率。学生思来想去，桐城乡贤非老相爷莫属，所以特来拜见。"

张英想了想，抬手一指轩窗外边，说："桐城乡贤在吴家。"

"吴家？该不是跟老相爷争占场地的那个吴香姑吧？"

张英点点头，说："正是。"

"那怎么行呢？一个老民妇敢跟宰相府争占场地，已是胆大包天了，若是提准了乡贤，那还了得？况且，她又是个女流之辈，门第又非缙绅。桐城乡贤，还是非老相爷莫属啊！"

张英一个劲摇头："不，不不不。吴香姑与宰相府争占场地，倒让张英免了一大过错，要不，张英就该落个千夫指骂了。至于女流、缙绅之论，最好没有。"

张英说着，又抬手指了指轩窗外边。抚台看去，外边一条小巷，人来人往。那是一条进出县城的要道啊！但是，抚台不信这回马屁就拍马腿上了，想了想又说："吴香姑让出那三尺场地，是在老相爷之后呀！"张英说："吴香姑争占那块场地，也是在老相爷之后呀！"

抚台没话说了，告辞而去。

那以后，张英举贤的美名就在民间传开了。

讲述人：吴胜兰

搜集地点：桐城城关

张廷玉巧说"摇手对"

古往今来,有过摇摇手就是对了对子的事儿吗?据说,清朝康熙年间有过一回,是世称小宰相的张廷玉回击一位御史大人而流传下来的故事。

张廷玉接过他父亲老宰相张英的相位,遭到朝中好多大臣嫉妒,说:"宰相种子就落在他张家了?"

有个御史,这天早朝在朝房见到张廷玉,就把谋划已久、认为是个极好的难题抖搂出来,说:"小相爷,听说台辅大人的故乡安徽桐城文风淳厚,人人能诗能文,个个会对对子,可是,皇上差本官巡视安庆,得一上联,日前路经桐城,询求下联,百十人中竟无一人能对。扒田弄地的倒也罢了,官绅士子、秀才先生,竟也都是一个个摇手。请问这是怎么一回事呀?"

张廷玉啊了一声,故作惊讶,问:"御史大人,可否示知那句上联?"

御史心中大喜,想:你张廷玉就是有八斗之才、五车之学,这回也得当众出出丑了,就说出那句上联:

宝塔尖尖,七层四方八面。

张廷玉哈哈大笑,说:"那句下联,摇手人都对上了啊,大人怎么不知道呢?"

御史大人以为张廷玉讹他,就说:"愿闻其详。"

张廷玉不慌不忙,说出下联:

玉手摇摇,五指二短三长。

"那又为何不说出来呢?"

"哎呀,御史大人哪,我们桐城,确实无论官绅士子、秀才先生,或是扒田弄地的农夫农妇,人人能诗能文,个个会对对子。只是大人出的上联太浅乏无味,人家不屑嘴上说出啊,所以都是摇摇手对的下联。"

御史大人捞了个脸红颈子粗。这以后,所有忌妒张廷玉的大臣都不敢再轻视他了。

讲述人:吴胜祥

搜集地点:桐城城关

张廷玑七岁赚宰相

张廷玑,老宰相张英收妾之子。传说他七岁时,为了丧母出殡不受歧视,竟在一眨眼间想出一条妙计,赚过了宰相哥哥张廷玉,这事在桐城传为美谈。

据说张英丧偶后,一直没有续弦,多少名门闺秀都被拒之门外。侍奉他的众多丫鬟使女中,有个心灵手巧、性情温柔的丫鬟,一次替他洗脚,发现他脚心有个红点,好像凝结的血滴,吓得惊叫一声:"老相爷,脚心……"张英勾头一看,笑了,说:"傻丫头!这是朱砂痣呀。因为有了它,我才有宰相权位哩。"丫鬟嫣然一笑,说:"老相爷,我的脚心有两颗朱砂痣哩,怎么没有宰相权位呀?"一句不经意的话,张英听了却心头一震。原来,张英已逝的诰命夫人,脚心也有两颗朱砂痣。张英发过誓,找不到脚心有两颗朱砂痣的女人,自己宁愿鳏居终老。眼前听丫鬟这么一说,这岂不是天作之合?验看不虚,张英便将丫鬟收为妾室了。

过不多久,丫鬟身怀六甲,很是沾沾自喜,而老宰相张英却一病不起。丫鬟忧急起来,哭着问张英:"老相爷若是百年了,我母子依靠何人?"张英将枕头下面一把折扇拿出,给了丫鬟,如此这般交代了一番。个把月后,张英溘然仙逝了。

按照封建礼俗,丫鬟没有明媒正娶,算不得老宰相的眷属。张英遗容,不让丫鬟瞻仰;张英灵堂,不许丫鬟进入;拈香礼拜,丫鬟更是沾不着边儿。丫鬟又悲又愤,想起老宰相临终前的交代,便趁悼客们齐集吊唁之际,一身素服,闯入灵堂,号啕大哭夫君。这时满堂大小官员和亲友们都愕然了,小宰相张廷玉更是惊诧、恼怒。丫鬟却不慌不忙,一边哭一边从怀里拿出那把折扇,交与众人传看。折扇上有张英亲笔题诗:

是妾原非妾，非妻却是妻。

生女廷玉嫁，养儿号廷玑。

众人这才明白，这丫鬟原来已是老相爷的妾夫人了。张廷玉只得遵照先父遗命，依礼排辈，让丫鬟进入灵堂，加入祭吊中的眷属行列。

张英丧事完毕，丫鬟分娩了，是个男孩，于是便叫张廷玑。

光阴似箭，一转眼，张廷玑已是七岁，眉清目秀，聪慧过人，落落大方，可是张廷玉总不把他当弟弟看待。这年，丫鬟一病去世，张廷玑年方七岁，自是哭得天昏地暗。出殡那天，张廷玉要行偏房之礼，边门出棺。亲友、邻人们不免议论纷纷："这就是小妾呀，死后还得受歧视。"小小年纪的张廷玑，这话听在耳里，愤在心上。出棺时辰到了，边门打开了，棺木起抬在肩了，小廷玑眨巴眨巴两眼，忽然拽住棺木上的绳索，问："宰相哥哥，送母归山，我也得走边门吗？"张廷玉万没料到小小年纪的张廷玑会提出这么个问题，愣了愣，只得遵循礼数，说："你是张府后裔，当然应走中门。"张廷玉吩咐打开中门。张廷玑纵身一跃，坐到棺木上面，手指中门大叫："出棺！"扛抬棺木的人见张廷玑坐在棺木上面，不敢走边门，棺木起抬又不许落下，时辰已到又不能延宕，只得抬着棺木和张廷玑从中门出去了。

丧事完毕，张廷玉深感小廷玑聪慧过人，机敏非凡，不可轻视，叹息说："想不到我赫赫一品宰相，竟被七岁的孩子赚了！"从此，张廷玉另眼看待张廷玑，延请名师教诲，自己也常与他讲学论文。后来，张廷玑一举中了进士。

讲述人：吴宗皓

搜集地点：安庆师范学院

戴名世夜过桐溪桥

传说,戴名世在桐城南演坐馆,一天放了晚学,进城为学生买办笔墨纸张,在酒肆里喝了几盅,不觉就已入夜。有星没月,戴名世急急出城往回赶路。他走在桐溪桥上,远远响起了鸣锣开道声,知道是官儿来了,就加快脚步。谁知只差两三步就下桥了,那官儿的灯笼火把却冲上了桥头。衙役们堵住喝问:"什么人?""南演坐馆先生戴名世。""退回去!县大老爷先过桥!"戴名世昂起脸,看着天空,说:"先生我就下桥了,你们才上桥,倒要我退回去?真是岂有此理!"

双方就那样对峙着。

县大老爷怒了,想:世上竟有这等不敬父母官的人!喝令衙役们重打戴名世。师爷劝阻了。师爷跟县大老爷咬了一阵耳朵,县大老爷强忍怒气,说:"戴名世,你轻慢父母官,本当重责,念你功名在身,本大老爷饶你这回。不过你得对个对子,对上了,你过桥;对不上,本大老爷先过桥。"

戴名世哈哈大笑,说:"小玩意。请出上联。"

县大老爷把多日来准备随时要用的上联,摇头晃脑地念出:"红灯笼,插红烛,点,红光照地。"

戴名世想也没想,对出下联:"黑铁铳,装黑硝,放,黑气冲天。"

县大老爷没话说了,只好吩咐衙役们退下桥头,让戴名世过了桥。

讲述人:谢冠群

搜集地点:安庆市

戴名世之死

戴名世，桐城派文人，史书说他死于康熙文字狱，民间说他死于妒才嫉能者的毒手。起始，当然是那天的赏荷啦。

赏荷得翰林

六月盛夏，天气炎热，康熙皇帝想起去御花园赏荷，就打定主意，让几个大臣伴驾，也叫上戴名世。戴名世为新科进士，康熙皇帝早听人夸说他的文才，想顺便一试，结束他的"留京候补"。

这天，身无一官半职的戴名世居然置身在皇帝、大臣中间，那几个大臣心里老大不乐，脸上却笑嘻嘻闪着油光。君臣一行来到绿荷池畔，正在谈谈讲讲，说说笑笑，忽然，康熙皇帝看见一片荷叶上趴着一只大乌龟，风吹荷叶摇摇晃晃，大乌龟却不掉下。康熙皇帝好奇，就问："薄薄荷叶，怎托得起偌大乌龟呢？"几个大臣认定溜须机会又来了，便进献美言。这个说："皇家荷叶与民间的不同，皇家荷叶有皇家的气运啊！"那个说："皇上洪福齐天，所以，荷叶托起了偌大的乌龟啊！"康熙皇帝见戴名世没吱声，就问："新科进士有何说法？"戴名世不得不说了："启禀皇上，民间有个说法，'千年龟，轻如灰，水托荷叶叶托龟'。举子以为或是这样。"康熙皇帝哈哈大笑："好个'千年龟，轻如灰，水托荷叶叶托龟'啊！"

那几个大臣中，有六部尚书，有都察御史，有翰林院掌院学士，有左右侍郎，都脸上红一阵白一阵，一个个低着头，垂着手，像一颗颗瘟豆。康熙皇帝说："朕钦定戴名世为翰林，着任翰林院编修。"

这样,戴名世就得了个翰林,做了翰林院编修。

扇面题诗

戴名世在翰林院做编修,才华日益压众,翰林院掌院学士恐慌起来,就去找都察御史,说:"皇上器重戴名世,我等将要成为敝屣了!"他们合谋一通,决定除掉戴名世。

这天,戴名世正在家中翻看典籍,忽然家人来报,有两位大人造访。戴名世出去迎接,却是这么两位大人。这两位大人,谁挨着他,不烂一块肉也得掉一层皮,所以戴名世心中很不是滋味。但出于礼节,戴名世还是将他们迎进屋里,坐定,吃茶。

御史大人说:"老夫久闻翰林文名盖世,赏识翰林才气,特来一求翰林墨宝。这里有两把折扇,绢丝细白,请翰林各题一首小诗,闲暇时展玩展玩,想来当有无穷乐趣。万望翰林笑与。"说着递过折扇。

戴名世接了,看看两位大人尊容:一位麻脸黑着,一位鸡头蔫着,恰巧窗外一阵雨点,砸得芭蕉叶子嘣咚嘣咚响,又看看尘埃地上,斑斑点点,两首小诗就有了。

其一:

雨洒炭灰地,钉靴蹚烂泥,
虫吃萝卜菜,反剥石榴皮。

其二:

扇子有风凉,鸡冠花无香,
芭蕉不结子,头顶状元郎。

戴名世分别题写在两把折扇上,交还御史。两位大人说了许多感谢的话,告辞去了。

御史家里,两位大人细看两把折扇上的小诗,高兴得失声叫起来:"好哇!里面有个'反'字!反,杀头的罪名啊!"

正在高兴,婢女给他们送茶,瞥见两首小诗,扑哧笑出声来。

两位大人吃了一惊。御史呵斥:"笑什么?说!"

"奴才不敢。"

"不敢也得说!"

婢女只得说了:"两首小诗,骂两位大人哩。"

"怎样骂?"

"第一首:黑脸大麻子,一脸坏点子;第二首:每句第一字连着念……"

两位大人再细琢磨,越琢磨越像婢女所说,原想把两首小诗呈给皇上,特别奏明那个"反"字,到这里也就作罢了。

砸御桶

伴驾赏荷,扇面题诗,很快传为笑料。不说那几个大臣,他们的同伙,也深感坐立不安。这个戴名世啊,一天不除掉,一天威胁人!苦思冥想,买通御膳房,设计让戴名世砸一回御膳房的东西,治他一个欺君之罪。

也是冤家路窄,康熙皇帝召戴名世进宫谈诗论文,竟让御膳房总管先一天知道了。这天,戴名世一进宫苑,就被一个水夫太监顶面挡住。戴名世左行,水夫太监右行;戴名世右行,水夫太监左行;戴名世站住,水夫太监也站住。延误进宫时刻,也是欺君之罪呀!戴名世硬闯过去,水夫太监乘机一撂水桶,一只水桶摔破了。水夫太监大声叫喊:"有人砸御桶啦!有人砸御桶啦!"

御膳房总管冲了过来,扭住戴名世,一同去见康熙皇帝。

康熙皇帝问:"戴名世,你砸了御桶吗?"

"是,砸了。"

"是何道理?"康熙皇帝问戴名世。

"皇上明鉴:臣以为'桶'和'统'谐音,二桶(统)很不吉祥。大清江山应是一统(桶)江山,所以臣就砸了一只,留下一只。"

康熙皇帝想了想,说:"大清江山,当然是一统江山,岂可二统(桶)!往后担水,只准一桶,不准二桶。"

御膳房总管有苦说不出来。

翰林监斩斩翰林

发誓要除掉戴名世的那些大臣,合谋"近无所得,则向远谋",于是各自派出心腹,到戴名世家乡桐城搜罗罪证。

这天,御史大人一个书办归来,呈上一大摞书。御史翻开一看,高兴得一掌击在桌上,说:"戴名世啊戴名世,看你这回死是不死!"当即串通同伙,赶写奏本,第二天早朝,呈了上去。康熙皇帝看了奏本,不觉心头一震:"杀了戴名世,朝中不复有此才矣!"但是,大清律例是祖宗制定的,文字狱是皇家所兴,只得准奏,将戴名世交刑部审问定罪。

戴名世被关进刑部大狱,康熙皇帝身边再无人那样痛快淋漓地谈诗论文、讲史辨事了,总想找个理由赦免戴名世。想了多日,想出一个办法:去巡视刑部大狱,给刑部一个从轻发落的暗示。

这天,刑部大狱的囚犯一律披枷戴锁。枷锁一时不够,就令囚犯中出身木匠的人赶做。康熙皇帝经过一道监门,见一名囚犯慌慌张张将一副还没有做好的木枷枷到项上,就问:"此人所犯何罪?羁狱前操何生业?"狱官回答:"启奏皇上,此人所犯拒纳工赋罪,还聚众闹事;羁狱前操木匠生业。"康熙皇帝哦了一声,随口吟出"木匠做枷枷木匠……"下边吟不出来了,就问身边大臣,大臣们一个个全都成了哑巴了。

来到戴名世监房外,那几个大臣见戴名世披枷戴锁,蓬头垢面,这才高兴说出话来:"启奏皇上,常言道,人有罪而才华无罪。皇上方才得一佳句,何不令罪臣戴名世续出下句,让其死前再显露一回才华呢?"

康熙皇帝想了想,有主意了,就说:"准奏。"便转向戴名世,"戴名世,朕方才偶得一句,'木匠做枷枷木匠',你若续出下句,朕便开脱于你。"

戴名世入狱以来,天天挨打,日日受饿,头脑昏沉,竟一时续不出来。

大辟日,临刑时,康熙皇帝命太监口谕监斩官:"只要戴名世开口说句话,就押回监房。"也是翰林出身的监斩官受了翰林院掌院学士的重托,做了戴名世的对头。监斩官耀武扬威,戴名世万分气恨,骂:"翰林监斩斩翰林,岂有此理!"监斩官生怕戴名世再说出什么,时辰没到,赶紧喝令:"斩!"

戴名世被腰斩了,监斩官复命,不敢隐瞒。康熙皇帝拍案跺脚,一怒之下,命侍卫将那个监斩官推出斩了。为什么?戴名世续出了"木匠做枷枷木匠"的下句:翰林监斩斩翰林!

讲述人:江志道　吴胜祥

搜集地点:怀宁、桐城

方苞自救

戴名世《南山集》案发,方苞急了,因为他曾为《南山集》作序,并收藏着《南山集》印版,又与戴名世是老乡老表,加上身居桐城派文人之首,树大招风,众口磨牙,这回岂能被放过?但是方苞心下盘算,总得想个法子,不能坐等杀头。

方苞想呀、想呀,想到康熙皇帝,皇帝手握生杀大权,拿上《南山集》印版,跪在皇帝面前认罪求赦?呸!猪狗不如。方苞又想呀、想呀,想到亲王、贝勒、文武大臣,这些人翻云覆雨,权重炙手,只要在皇帝面前说句开脱的话,死罪也可变成无罪,但是,从此便被牵着鼻子。呸!没了人格。夫人问:"那——怎么办呢?"方苞忽然想起家乡一句俚语,"吹牛皮不犯死罪",心里咯噔一声,说:"有了——吹牛皮,自救!"

第二天,方苞让夫人把家里能典当的典当了,能变卖的变卖了,外边借得到的都借了,凑成一堆白花花的银子,再在纸扎店定制了十万红纸灯笼,灯笼四周贴上大白"方"字。灯笼定制齐了,每只搭上一支蜡烛,外加一两银子,近皇城各家各户送上一份,关照正月十五元宵之夜,点亮灯笼,高挑门楣之上。那些人家,你就想象一下吧,灯笼烛火照亮门楣,喜气洋洋,又有一两银子,何乐而不为呢?

到了正月十五那夜,康熙皇帝端坐城楼,观看元宵灯火,身边大臣伴驾,方苞也在。康熙皇帝这回让方苞伴驾观看元宵灯火是假,窥测戴名世羁狱后他的心里有无恐惧是真。但是,方苞神情自若,谈笑风生,跟往常没有两样。就在这时,皇城四周忽然大放光明,只见挨家挨户,门楣上高挑起大红灯笼,灯笼四面都有一个大白"方"字,十分耀眼。康熙皇帝奇怪,问左右,那些大臣都说不出所以然来,又问方苞,方苞说:

"启禀皇上,北京城里,臣的亲朋故旧,算起来也有十万之众,都知《南山集》一案,戴名世难逃死罪,臣为同乡,难免株连,所以今夜高挑这种灯笼,让臣亲眼看到,他们在尽亲朋故旧情谊,生祭微臣呢。"

康熙皇帝大吃一惊,想:要是株连,那要株连多少人哪! 就说:

"一人犯法,一人坐罪。《南山集》案,不株连一人。"

"谢主隆恩!"

据说,戴名世被处斩以后,方苞还是受了株连,进了刑部大狱。因为康熙皇帝的金口玉言,他没有被杀,监禁几年就放出了。这样,民间就有了说法:这回呀,方苞是自己救了自己。

讲述人:江志道
搜集地点:怀宁高河

一 夜 妃

传说乾隆年间,天柱山下良药坪有个大户人家的女儿叫桃花。她长得标致:桃花脸,樱桃口,走起路来风摆柳。就因为这个,相面先生说她有后妃福分。相面先生一句话,桃花心头万重波。她一心要做后妃,就等着朝廷来人选美。

桃花等到二十三岁,父母都过世了。哥嫂劝她选个才貌郎,她一瞪眼就嗔:"小妹富贵了,贫贱不了哥和嫂!"哥嫂说:"相面先生一句话,猪屁狗屁一溜风!"她说:"要是命中没富贵,相面先生怎白嗒?"哥嫂说:"别这山望着那山高,到了那山还有山更高。"桃花说:"人往高处走,水往低处流。"拗来拗去,哥嫂只好让她分开过。

桃花独立门户,佣个丫鬟,雇个小厮,日子过得倒也舒坦。只是芳龄一天天短,心事一天天长,她常不免去青龙涧边跂脚望,望那驿道上有无驿马奔驰,有无官儿轿影。就这样,桃花又虚度了两个春秋。

这年夏天,桃花总算望到真神了! 乾隆皇帝下江南,绕道天柱山游耍,在飞来峰遭了一场暴风雨,扫兴透顶,闷不吱声溜达到良药坪,桃花正在那里跂脚望呢。乾隆一见,心上来劲,吩咐随从就地候驾,独个儿青衣小帽,瞄着桃花去了。

桃花见有男人朝她走来,急忙转身回家。她前脚进了家门,乾隆后脚也就到了。桃花竖眉瞪眼怒喝:"大胆脏物,竟敢闯入姑奶家来!出去!不然,打你成一只马刷子!"谁知这一怒喝,倒把个乾隆皇帝三魂七魄都勾了去。乾隆何曾见过女人怒喝的样子,这时竟痴愣愣一个劲呢喃:"味儿,味儿。只是这马刷子是何等物事?"桃花抄起刷马桶的刷子,指着乾隆要打。乾隆一边躲让一边叫喊:"大姐住手,住手,让朕说句话儿。"桃花听乾隆说出"朕"字,更加恼怒,骂:"你这半老头儿,不怕杀头诛灭九族? 跟你说了,姑奶奶有后妃福分,只等着当朝来选美!"乾隆听到这话,不禁手舞足蹈起来,连忙从腰间扯出黄龙汗巾,说:"朕就是当朝呀!不信你看这个。"桃花看了那汗巾,大吃一惊,扑通跪下,低着头说:"万岁恕罪,奴婢有眼无珠,惊驾了。"乾隆扶起桃花,桃花就势倒在乾隆怀里,乾隆更觉得她是个神仙坯子。

乾隆香香美美地睡了一夜,第二天日上三竿醒来,想起候驾的随从喝了一夜风露,才匆忙要离开桃花。桃花缠住说:"万岁去了,奴婢怎办?"乾隆想了想,又扯出那条黄龙汗巾,要了笔墨,上书三个大字——"一夜妃",给了桃花,说:"朕一回宫,即着人来接。"桃花自然千恩万谢。

桃花柔情蜜意,目送乾隆去了。谁知乾隆一去三年,杳无音讯。桃花急了,带着"一夜妃"黄龙汗巾进京去找,可是乾隆皇帝早把她忘没影儿了。一个宫外老太监跟她说:"皇上选妃,选的是水灵灵花骨朵儿,怎会要你树皮糠壳似的老厨娘呢?"可怜桃花气了个半死,回到家里,跟哥嫂说了,没多久就不知去向了。

桃花没了踪影,这"一夜妃"的故事却在民间传说开了。

讲述人:杨玉莲

搜集地点:潜山水吼

江瀎源的传说

江瀎源,世称江孟宰、乡贤公,清嘉庆进士,为官政绩赫赫,为文不伍世俗,很小就有主见。这里说的是他青少年时代的两则故事。

情愿挨打挨罚

江瀎源小时候念私塾,破题写文章,先生规定:一不言国是,二不说民情,三不谈抱负。江瀎源想:这三样都是文章的"本"啊!文章没有"本",就像草木没有根。他没有买先生账,按照自己的想法写文章。

先生改文章,改到江瀎源的,打了个哆嗦,想:"文章都这样写,我这脑袋瓜还能不搬家吗?"就喝令江瀎源上去站好,伸手打手心。先生使出全身力气,狠狠打了一戒尺,说:"这一下,打你'言国是'!"接着又是狠狠一戒尺,说:"这一下,打你'说民情'!"再狠狠一戒尺,说:"这一下,打你'谈抱负'!"先生还要打,江瀎源小手猛一缩,先生打在桌子上,震得五指发麻。先生喝令江瀎源再伸出手,江瀎源却摇头晃脑地吟诵起来:"先儒尝云,文非有关于垂教人心者不必作,而程子亦云,学人为文,必立'本'于文之先,而效见于文之后……"先生吹胡子瞪眼,拍桌子虎吼:"你是考功名还是垂教人心,嗯?你是考功名!考功名!!考功名!!!"

放学了,江瀎源被留下不让回家,罚读八股文。小同窗们责备他:"为什么不按先生规定写文章呢?找打找罚!"

江瀎源说:"情愿挨打挨罚,也不按那臭规定写文章!"

赶考祭蚂蟥

清朝嘉庆年间,这年大比之年,江濬源和同窗们一道进京赶考。走到一处水稻田边,看见水稻田里庄稼汉薅草,一会儿拍打几下腿肚,一会儿拍打几下腿肚,很奇怪,仔细一看,原来是水稻田里的蚂蟥叮在庄稼汉的腿肚上吸血,扯不开拽不掉。只听庄稼汉咒骂:"老天爷没心肝,连这小虫也让它欺弄人!"江濬源听了想开去:"活在世上的人,'吃穿'二字,哪样不靠庄稼汉?老天爷没心肝,人就不能自己檄告蚂蟥,不可欺负辛苦勤劳的庄稼汉吗?"

同窗们坐在一棵枫树下歇息,背诵着八股文,江濬源却写起了《祭蚂蟥》檄文,限令稻田里的蚂蟥午时三刻退到河水里去。檄文念了三遍,还真威灵呢,稻田里的蚂蟥没有了。

同窗们骂他:"真是赵公元帅逮泥鳅!你又不赤脚下水田,蚂蟥关你什么事?这时不背诵八股文,误了科考,误了功名,看你后悔!"

江濬源笑笑,说:"科考、功名、做官,为的什么?人说皇帝也得报答庄稼汉呢。没有衣食,别说科考、功名,命都没有了,还有别的什么吗?"到了京城,进了考棚,拿到文卷,文卷上的八股文题目竟然是《祭鳄鱼辨》。黄榜贴出,同窗们一个个名落孙山,江濬源却中了进士。这一下,同窗们都惊叹了:"一心只为功名,偏偏就得不到功名!"

讲述人:江汝言

搜集地点:安庆市

赵文楷出使琉球[①]

赵文楷,状元,安庆太湖人,清朝嘉庆年间出使琉球国。

琉球国王想要中国的台湾岛,跟大臣们合计,定下一个计谋。

那天,国王派大臣送一戽斗金币给赵文楷。赵文楷说:"天朝国使,讲个廉洁。"金币退回去了。第二天,大臣送来一件宝器——"要什么有什么"。赵文楷说:"天朝国使,讲个廉洁。"宝器退回去了。第三天,送来十名美女。赵文楷说:"天朝国使,讲个廉洁。"美女退回去了。琉球国王大怒,要杀赵文楷。赵文楷问:"为什么杀我?"琉球国王说:"你藐视本国王!"赵文楷问:"我哪里藐视贵国王了?"琉球国王说:"在我们国土上,是礼物有送必有收。你不收,这就是藐视本国王!"赵文楷哦了一声,把那三样礼物全收下了。

赵文楷收下了礼物,琉球国那位大臣就找上门来,说:"天朝国使,请跟大清皇帝美言几句,就说台湾岛是个荒岛,没有什么出息,治理又麻烦,它靠近琉球,不如送给琉球国,做个人情。"赵文楷皱皱眉头,想了想,答应了。三天之后,赵文楷把那三样礼物原封不动送给那位大臣,那位大臣不收。

赵文楷厉声说:"贵国国土上不是有这规矩,是礼物,有送必有收吗?"

那位大臣无言以对,收下了。

赵文楷照葫芦画瓢,说:"拜托贵大臣,请跟贵国王美言几句,就说琉球群岛靠近台湾岛,为了表示臣服,不如献给大清帝国,向大清帝国表示一点孝心。"

那位大臣傻眼了。赵文楷不管怎样说,他都不答应。赵文楷质问他:"你们要台湾岛,我答应了;我们要琉球群岛,你为什么不答应?难道贵国'礼物',是有来无往的吗?如此,我只好收回承诺了。"

就这样,赵文楷出使琉球国,没有辱没使命,还留下了"廉洁可风"的美名。

【注释】

①琉球:位于日本南面,台湾岛东北面,明朝藩属中国,清朝光绪五年被日本侵吞,改为日本冲绳县。

讲述人:王红兵

搜集地点:太湖城关

邓石如的传说

卖侉饼

邓石如家里穷,十四岁那年还没念书,终日里挎个侉饼篮子卖侉饼,赚点小钱贴补家用。那时候,大龙山上圆觉寺香火旺盛,香客如流,还有那上山下山的砍柴人,都常常买他的侉饼应急充饥。因此,邓石如的侉饼生意蛮好的。

一天,邓石如在大龙山下卖侉饼,看着上山下山的香客穿绸着缎,樵哥樵姐却是老布破衣,心有感触,就大声叫喊:"卖侉饼嘞,卖侉饼!一个铜板两个嘞,两个铜板一个!"一樵哥一个铜板买了两个侉饼,就有十几个香客围了上去,跟着样儿买。邓石如见他们不只穿绸着缎,还有轿子伺候,就说:"两个铜板一个。"那十几个香客哄骂起来,七嘴八舌质问为什么一样侉饼两样价。邓石如笑着说:"一样是人,身价有两样;一样是侉饼,为什么不能有两样价呢?再说你们贵香客,有钱去菩萨面前烧香,没钱吃两个铜板一个的侉饼,多不体面。我是为了贵香客们的体面,一样侉饼才卖两样价哩。"说着,要那些香客收钱退饼。香客们知道邓石如又打又掐又抚摸,但是,也讲不出什么道理来;肚子正饿,近旁又无食店,只好忍气吞声,别人一个铜板买两个侉饼,自己两个铜板买一个侉饼,吃了走路。

写中堂

白麟畈有个土巴财主,人称杨恶户。杨恶户见邓石如的字名扬天下,就想邓石如给他写一幅中堂,显一显自己不完全土巴,也还有一点风雅。邓石如呢,生性讨厌这样的人。杨恶户费了好多心思都是竹篮打水。

这天,杨恶户派人把邓石如生拉硬扯到家中,好酒好菜,请他上座。邓石如知道这是拿吃喝套颈子,就暗地思忖:要我写中堂吗?好!我给你写一幅"有字又无字"的中堂,叫你哭笑不得!

邓石如主意打定,就大吃大喝起来。吃饱喝足,杨恶户自然是求邓石如给写中堂。这回邓石如答应了。可是杨恶户不忘前嫌,他要邓石如累个半死,就让人拿来纸笔墨砚。那纸是一尺多厚的一沓宣纸,那笔是定制的猪鬃毛笔,那砚池里是一汪墨打滚的黑水。好家伙!邓石如见了倒高兴了。他想:"该你杨恶户倒个小霉了!"杨恶户看定邓石如扬扬得意:"邓石如啊邓石如,你就好好地写吧,你就慢慢地写吧!"两人想完各自的心事,邓石如就抓起那"笔",饱蘸那黑水,像挥戈横扫千军万马一样,在那一尺多厚的一叠宣纸上唰唰唰写下七个大字:无为有处有还无。邓石如放下"笔",杨恶户急了,说:"先生,这些纸有劳你全给留下墨宝呢。"邓石如笑笑说:"一张不漏,全都'写'了。"邓石如扬长而去。杨恶户拿一张贴到墙上,贴好一看,一笔一画全镂空了,露出墙白,成了"有字又无字"的中堂。再往下一张一张揭开看,都一样。杨恶户气了个半死。

这以后,"邓石如写中堂——有字又无字"的趣话就说开了。

两箱石头

邓石如不仅精于篆刻,长于书法,还酷爱收藏奇形怪状的石头。他四十岁那年,从江宁梅镠家出游归来,路经黄山,看见怪石奇秀,就把两箱衣物扔了,装上两箱石头。

邓石如肩背包裹,挑着两箱石头,刚走到玉屏山下,忽然一声哨响,十几个大汉冲到面前,拦住断喝:"留下买路钱!"邓石如想:"强盗无非是要钱,到了歙县卖几个字钱又有了,这两箱石头可是难得。"邓石如就解下包裹,递了过去,说:"好汉,我的银两全在这里面,拿去买盅酒喝吧!"强盗们接过包裹,掂了掂,又夺过箱子,拎了拎,问:"箱里何物?"邓石如急了,说:"好汉,箱里全是石头,你们要了没用。"强盗们见邓石如急成那样,偏偏就要两只箱子,把包裹扔还了邓石如,说:"走你的路吧!"邓石如心疼得流出了眼泪,还想说点求情的话,强盗们举起了钢刀,他只得走了。

邓石如走不多远,遇着歙县好友金榜,把遭抢的事说了。金榜哈哈大笑,说:"我们回去,把你那两箱宝贝石头拿回来。"邓石如悄声问:"你认得那些强盗?"金榜说:"强盗们要那两箱石头何用?"两人来到原地,果然,两箱石头被弃在路边。邓石如弄回两箱石头,高兴得一夜没有睡觉。第二天,他把身边的盘缠全都拿出,置酒请客,庆贺两箱石头失而复得。

一字一顶子[①]

邓石如四十五岁那年,遍游江南各州,这天到了京口,登上北固楼,独酌酒,看江流,不觉心潮澎湃,信口吟出七律一首:

飞甍复阁压奔流,宇内江山第一洲。
天子六龙城北顾,神仙三岛海东头。
云开铁瓮迎朝日,风落金鳌泊钓舟。
古往今来多少事,不堪杯酒独登楼。

吟罢,刚呷一口老酒,就听身后有人赞道:"好诗啊好诗!"邓石如回头一看,是个比自己还年轻的游客,就搭腔说:"客兄说哪里话来,惭愧得很哩。"那人又说:"先生何不将那诗书写纸上,贴在墙上,也好让众人传颂传颂?"邓石如听那人这么一说,来劲了,没纸,在背褡里摸出一把篆刻刀,一方蒲田石,哧哧喇喇篆刻起来。那人看着邓石如飞刀如走笔,那样利索,字又那样好看,不禁高声赞道："奇才呀奇才！"邓石如篆刻完毕，那人已是羡慕得两眼发亮，看定邓石如问："先生何方人氏？尊姓大名？"邓石如说："鄙人皖地龙山凤水完白山人邓石如。"那人又问："先生眼下功名如何？"邓石如掸掸老布衣袖，说："还是个布衣处士哩。"那人连连点头，接着问："先生为何不取功名？"邓石如叹了口气，说："当今科场，客兄还不知道？"那人也叹了口气，说："先生所言也是。不过，这于先生无甚大碍。先生这字，一字换一顶子还要出头拐弯哪！"邓石如苦笑着说："这字跟谁去换顶子呀？"那人认真了，说："跟当今皇上去换哪！"

邓石如哈哈大笑："古往今来，有过这样的事吗？皇上肯拿顶子换字？"那人抿嘴一笑，命身后小厮拿出文房四宝，写了一张字条递给邓石如。邓石如看那字条，上书"肯换"两字，落款蝇头细草，一时辨认不清，就收了起来。这时想起，把刻了诗的蒲田石送给那人，顺便问个姓名，一抬头，那人和小厮都不见了。邓石如好不纳闷。酌完壶中余酒，走下北固楼，这事也就搁一边了。过了两年，邓石如随友人进京，偶然从书札里翻出那张字条，友人见了，一拍大腿："哎呀我的个兄啊，这样好的运气，怎么搁在书札里了？写这字条的，是乾隆皇帝呀！"二人又细辨认一番，掐指一算，那是乾隆皇帝二次下江南的时候。友人要他去见乾隆皇帝，可是邓石如连想也没想，老布衣袖一甩，说："不去！"邓石如没有拿字去找乾隆皇帝换顶子，但是人们都说，邓石如的字，一字值一顶子。

【注释】

①顶子，即"顶戴"，旧时官员品级的区别。

"顽伯鞋"

"顽伯鞋"，这名字怪，但是那鞋一点也不怪，不过是普普通通、出蛮力人穿的草窝子。邓石如远游时在外边学到的，自己编织自己穿。他晚年家居，不管是放鹤垂钓、走路爬山，还是读书篆刻、走亲访友，就连过年过节都穿这种草窝子。有人说："先生这么大的名气，哪能穿这种'鞋'呢？"邓石如一笑回答："世俗之见，比我顽伯还顽哪！为什么人一出名，就得穿好摆阔气呢？顽伯认为，人越出名，越要算小[①]，不然就会带坏风气，把世界掏空。况且，布鞋、草窝子都是穿在脚上踩，不硌不冷不就得了？布鞋无非好看些，草窝子穿烂了还可以烧火粪肥田呢！"

一席话，感动了乡里人。这以后很长一段时日，白麟畈的庄稼人都编织这种草窝子穿，并且亲昵地叫它"顽伯鞋"。

【注释】

①算小：节省。方言。

讲述人：邓跃中

搜集地点：怀宁白麟畈

慈禧帮人洗衣服

传说,慈禧太后小时候跟她爸住安庆北门口。她爸那时是个候补"官",所以家境很不好,她不得不帮家里去清水濠洗衣服。

这天,小慈禧又去清水濠洗衣服了。这天要洗的衣服可多啦,少说也得洗上两个时辰。她望着那一大篮脏衣服发愁。这时,她看见一个小姑娘衣服快洗完了,转转眼珠,主意来了:"小妹,我来帮帮你。"

"谢谢,好姐姐,我没多少了,您洗自家的吧。"

小慈禧生来倔脾气,主意打定了,就不容更改,更不能落空。她死活要帮那个小姑娘洗衣服,还说不要担心洗不干净,说得那个小姑娘不好意思了,就让她洗了两件小褂。

小姑娘的衣服洗完了,还没走,小慈禧赶快将一大篮脏衣服往濠边石埠头一堆,蹲下身去洗起来,一边洗一边看那个小姑娘。小姑娘要走,但一想:"人家帮我洗了,我怎好不帮人家洗呢?有来无往,背后人家讲(坏话)啊!"小姑娘这样一想,就去帮小慈禧洗衣服了。小慈禧那一大篮脏衣服,没到一个时辰就洗完了。小姑娘还帮她搭抬着回家。

这以后,小慈禧每回洗大满篮的脏衣服,都要先"帮"快要洗完衣服的人洗几件。日子长了,这主意就在脑海里扎了根。

讲述人:吴胜兰

搜集地点:安庆市

百姓高于革命

清光绪三十三年五月二十六日上午,徐锡麟率领安徽巡警学堂学生起义。枪击抚台恩铭和旗人顾松后,起义队伍开到安庆军械所取军械。谁知,也是起义成员的军械所总办临阵害怕,锁上弹药库的铁门溜逃了。

库门一时砸不开来。正急哩,几个学生在一间来不及上锁的库房里找出一门山炮,还有几枚炮弹,这下起义队伍欢声雷动啦。

陈伯平跟徐锡麟说:"徐兄,下令吧!开炮轰开军械库,取出军械,再去轰塌城墙,城外起义军就可以长驱直入了!"

徐锡麟紧锁双眉,看看大炮,又望望周围的房屋,忽然一挥手说:"不行!这里房屋挨着房屋,人家连着人家,一炮轰出,岂不人死房塌,百姓葬身一片硝烟火海?我们起义为的什么?我们革命为的什么?驱除鞑虏,恢复中华,解救百姓于苦难!我们怎能给百姓苦难上面加苦难呢?"

陈伯平急得跺脚:"哎呀徐兄,紧急关头,不开炮,我们都得被俘被杀呀!别说起义成功,革命胜利,更别说驱除鞑虏、恢复中华、解救百姓于苦难了!"

徐锡麟大声叫道:"不行就是不行!我们成功也罢,失败也罢,即使被俘被杀,也要把百姓放在第一位——百姓高于革命!"

清兵喊叫声一阵一阵传来,陈伯平只好代徐锡麟命令学生:"开炮!"

徐锡麟一纵身跃上前去,抱住炮筒,胸脯堵住炮口,厉声说:"不准开炮!"

学生们都不动手。这时候,清兵拥过来了。陈伯平叹了口气,跟徐锡麟率领学生以刀枪棍棒奋战清兵,负伤被俘。就义那天,徐锡麟昂首微笑,心胸坦然,脸上好像浮现着六个大字:"百姓高于革命!"

徐锡麟被杀害了,这件事却在民间传说开来。

讲述人:江汝言
搜集地点:安庆市

陈独秀断句留塾师

陈独秀小时候在安庆城里读书,一天,老家乡下一位塾师到安庆城里办事,遇上大雨,滞留在他家里,一连十几天。陈独秀的叔母、姐姐、嫂子们都烦死了。催走吧,说不出口;住着吧,心里很不舒服,就想了个法子,写张字条放在塾师客房桌上。那字条上写着:

下雨天留客天留人不留

塾师看到字条,将那行没有标点的字读成了"下雨天留客,天留人不留",气得发抖,也不打个招呼,走了。

塾师转过屋拐,遇着了陈独秀。陈独秀问:"先生哪里去?"

"回家!"

"这样大雨,怎么走哇?待天晴吧。"

塾师叹了口气,说:"仲甫啊,你小小年纪,哪能留客呢?"

塾师把那张字条递给陈独秀,又说:"它,催我走啊!"

陈独秀接过字条一看,说:"下雨天,留客天。留人不?留!——没有催先生走哇?"

塾师暗吃一惊,想:"我怎么那样断句了?差点错怪了主人。"

小小年纪的陈独秀一把拽住塾师,直拽到叔母那里。叔母、姐姐、嫂子们正在说笑呢,见陈独秀拽着塾师来了,一愣。

陈独秀把那句话的断句复说了一遍,问:"我们全家都在留先生,是吧?"

叔母、姐姐、嫂子们都十分尴尬,只好说:"是呀!"

塾师就留下来了,直到天晴才走。

塾师回到乡下,逢人便说:"仲甫那孩子,又聪明,又善良,长大一准是个大人物。"

正如塾师所言,陈独秀长大了果然做出了一番大事业。他创办《新青年》,担任中国共产党建立初期的总书记。于是,这个"断句留塾师"的故事就在民间说开了。

讲述人:江晓东
搜集地点:安庆市

罗丫七岁败罗汉

从前,十八罗汉中有个胖罗汉,一天,听说安庆罗家冲有个叫罗丫的小女孩,才七岁,比天上神仙还聪明,暗吃一惊,想:"这还了得!有了这样的人,往后谁还把神仙放在眼里呢?"他就变作个胖老爹下凡,到安庆罗家冲来了——他要找到罗丫,把罗丫变愚蠢。

胖罗汉骑头小毛驴,转悠在罗家冲一片水田间。忽然,他看见一个圆脸大眼睛、双抓角、穿红褂绿裤、裤脚卷得高高的、光着脚丫的小女孩,手拿秧把往水田里扔,不知是不是罗丫,就试探着问:"小姑娘你看,我的毛驴前进着走,那些插秧的人后退着走,是个什么理数儿?"

小女孩就是罗丫,见胖罗汉拿毛驴跟插秧的人比,来气了,指着不远处一头驮粪的毛驴说:"你这毛驴驮着胖老爹,他那毛驴驮着臭大粪,你说是个什么理数儿?"

胖罗汉窘得满脸通红,拐个弯说:"我知道了,你就是罗丫。"

"我也知道了,你就是罗汉中的胖罗汉。"

"你是怎样知道的?"

"罗汉们吃人间香火不干事,当然就胖啦。你呢,胖成这一大山堆,当然就是罗汉中的胖罗汉了。"

胖罗汉不服输,就催动小毛驴,问罗丫:"笃笃笃,笃笃笃,你说我的毛驴一天行走几百几千几万脚?"

罗丫笑了,跳下水田,解开秧把插起秧来,插了一会儿,直起腰杆问胖罗汉:"撮撮撮,撮撮撮,你说我的两手一天插秧几百几千几万棵?"

胖罗汉眨眨眼,说:"我先问你的呀?"

罗丫说:"我回答了你呀!"

胖罗汉这才省悟过来,哈哈大笑,又问:

"小姑娘,你说我笑什么?"

"你笑我两手比你毛驴四蹄。不碍事。我的两手不动,你跟你的毛驴就在这田埂上生根了。"

胖罗汉败兴地去了,不过他没有去多远,来到一片枫树林里,坐下想,一定要让这个小女孩变愚蠢,不然,人间香火就真保不住了。他想啊想啊,想了三天三夜,想出这么个办法,变作一个老和尚,化来一升米,半吊钱,问到罗丫家里。罗丫正在拣韭菜。胖罗汉问:"阿弥陀佛!小姑娘,你家大人呢?"

"下田了。老师父,有话跟我说。"

胖罗汉两手合十:"阿弥陀佛!小施主,借锅煮个饭行吗?"罗丫说:"行。"胖罗汉递去米和钱,说:"一升米,煮饭;半吊钱,柴和小菜钱。"罗丫接了,不多会儿饭菜都好了,问:"老师父,在哪儿吃呢?""就在这院里吃吧。"胖罗汉递给罗丫一只大米斗,说:"一升米,我只要一斗饭,剩下的全归你,不过你得给九菜、摆十桌,我有徒弟来。记住:升米斗饭、九菜、十桌啊!"

胖罗汉去了。罗丫盘算着:升米斗饭、九菜、十桌,怎样盛,怎样摆放呢?忽然大眼睛一眨巴,有了。不多会儿,饭、菜盛好也摆放好了。这时胖罗汉领着徒弟们来了。进院一看,愣住了:大米斗斗口上搁一块锅巴,锅巴上堆放着米饭,一只碗盛着韭菜,全都摆放在院中那一张石桌上,正好是升米斗饭、九(韭)菜、十(石)桌。胖罗汉无话可说,就拿出一块黑围裙送给罗丫,说:"小姑娘,有劳你了。我没有好东西谢你,只有这块围裙送给你。你把它系在胸前,又好看又不挨龌龊。"

胖罗汉没吃饭,走了。罗丫看那围裙,漆黑一团,很不喜欢,就绣一朵大红花在围裙当中。过了一年,胖罗汉再来,见罗丫系着那块黑围裙,当中一朵大红花,暗吃一惊:"坏了!"果然,试一试,罗丫不仅没变愚蠢,还比以前更聪明了。

讲述人:吴胜兰
搜集地点:安庆杨桥镇

陈促寿①的故事

衔马屎与吃马粪

怀宁县治设在安庆城里时,有一位县太爷一上任就想点子搞钱。他在城门口贴张告示,除了穿长袍马褂、坐轿骑马的人,平头百姓进城出城都得交纳进城出城费,胆敢不交纳的,衔马屎示众。这一来,进城出城的人一天比一天少了。县太爷急了,五十大寿那天也不歇,一大早就到城门口巡看,问守城门的兵:"么样?""唉!不来事②不来事。""马屎怎么又堆得好好的呢?""没人进城出城了,哪个衔马屎啊?"县太爷闷闷不乐地去了。

县太爷去了不久,陈促寿提个盒子来了。"呔!交纳进城费!""几多?""半个吊。""照③。不过,我是给县太爷送寿礼的,送寿礼也得交纳进城费,我就不送了。"陈促寿说着要走,两个兵急忙拉住:"哎哎哎,好说好说嘛。县太爷刚刚还在这里,你早来一步不就好了?不要你交纳进城费了,不过,你得等爷们换了岗,带你一道去。""照。"陈促寿就去一旁坐着等。

日头落山,两个兵带陈促寿到了县太爷府上。县太爷府上已是灯火白亮,好多祝客。陈促寿硬把礼盒呈到县太爷手中。县太爷打开一看,不高兴了。别人都送金银珠宝,陈促寿送一块米糕。县太爷细眯着眼瞧:米糕上面一个大"寿"字,四围四个小"寿"字,间隔中嵌着"福"和"禄",是"五(无)寿嵌(欠)福禄。"陈促寿说:"请县太爷吃糕——祝县太爷寿高、福高、禄更高。"县太爷听了这三"高",心里舒坦了,就伸出大手抓来狠咬一口。这一口,哇啦一声,差点没把心肝肚肠全吐出来。原来,那米糕窝着一糕肚马粪。陈促寿悄声说:"别这样,许多眼睛看着呢。这是马粪,不是马屎。太爷尽管吃,日后还有孝敬。"县太爷哭笑不得,要发火,又怕寿堂上弄一包饺搭一火球④;立马捕办,又怕抖出笑料,只好忍住,说:"难得难得,本县太爷谢了。"陈促寿随众人入席,大吃一顿离去。第二天,城门口那张告示没有了,进城出城不交纳进城出城费了。大概也就从这时起,乡下孩子吵着要进城耍耍,大人就吓唬说:

"进城可要衔马屎的哦。"

【注释】

①促寿:折寿,减寿,骂人话。这里是爱昵的称呼。方言。

②不来事:不好,不怎么好。方言。

③照:行,可以。方言。

④一包饺搭一火球:乱七八糟。方言。

一条田埂

陈促寿家屋前是小陈冲,冲田一小块一小块的,像豆腐干,总共不过几石种;屋后是大王庄,庄里大户王一虎,是个百里闻名的痞子霸。小陈冲冲田,除了陈促寿家那一块,升把种,其余全是王一虎家的。陈促寿家那块田,夹在王一虎家田块中间,就像一把刀插在王一虎的心包上,一根钉钉在王一虎的眼珠里。王一虎找做中的人跟陈促寿说:"你家那块田卖把王一虎吧,要个价。"陈促寿说:"我没想着卖呀!""唉!巴掌大一块,人下去转不过身,牛下去挤歪了埂,一年几斗稻出息,要它么用呢?""那王一虎要它么用呢?""人家是上下连一片,整一个田冲呀!再说,你一根小手指,夹在人家大腿间,么名堂?不如卖了算了。"陈促寿想了想:也罢,这个王一虎,要么事能不要到手?今日不卖,说不定明日白白抢了去,就说:"卖就卖吧!不过田面前那一条田埂不卖,去冲那边要走来走去。"做中的人跟王一虎说了。王一虎哈哈大笑:"蠢猪一头!就依他说的。"

卖田卖地,办酒立契,王一虎代替了陈促寿。陈促寿只在田契上自家名字下面画个押,就完事了。时隔半年,第二年插秧时节,陈促寿把那条田埂挖掉一截,那块田储不了水啦。水田储不了水,么样插秧呢?改种旱粮吧,上下都是水田要过水,那旱田不就成水漏子了?王一虎去县衙告状,县太爷看了田契,叹了口气,说:"这个陈促寿啊,我早就想治死他了!只可惜你这田契上写着,那一条田埂没卖。他挖自家田埂,么事不照呢?"

王一虎气得两头佝一头了,只得在那块田里新起一截田埂。田面缩小了,但能储水插秧了,王一虎又高兴了。可是,王一虎还没高兴三天,陈促寿把他挖掉的那截田埂补起来了,还把整条田埂加高了一倍。天落大雨,那块水田好像水塘,秧苗泡在水里烂掉了。王一虎又去县衙告状。县太爷这时有事心烦,就给了他一大礴堆①,还训斥他:"人家挖掉田埂你来告状,人家补起田埂你又来告状,你哪来那么多状呀?"王一虎回到家里,气得没几天翘了辫子②。

【注释】

①礴堆:许多难听的话。方言。

②翘了辫子:死了。方言。

"还要一个"

王一虎有个侄儿外号王大胆,专门靠强迫人家打赌搞钱过日子。这天他相中胆小怕事的郑二侉,说:"二侉,我俩打个赌,二十两银子,么样?"二侉说:"我不赌。我赌不赢。""咳,还没打赌,么样晓得赌不赢呢?二十两银子啊!怕戳手?""不是,我是说我笃定输。""哎,还没打赌就认输,不怕人笑话?""笑话就笑话呗,反正我不打这赌。再说,你的钱是短命钱,赢了也不能要。"王大胆翻脸了,吼:"我找你打赌你就得打赌!不打也得打!今夜三更,我背一箩筐馍去二里半坟岗,一个厝基上放一个。我没怕,你输把我二十两银子;我怕了,我输把你二十两银子!"

王大胆走了,郑二侉一家大哭。这时,陈促寿路过,二侉妈一把拽住,说:

"促寿啊,救救我们家呀!"陈促寿吃了一惊,问明了情由,笑了,说:"打这赌,好哇!哭么事呢?""哎呀促寿咃,你还不晓得?那坟岗上,砍头的鬼,吊颈的鬼,淹死的鬼,干死的鬼,饿死的鬼,胀死的鬼,产房死的鬼,一到夜里都出来了,大牙咬得嘎嘎响。王大胆找二侉打这赌,不是要我们家翻个底朝天吗?"陈促寿跟二侉妈咬了一阵耳朵。二侉妈不哭了,全家都不哭了。二侉妈说:"我这心里有抓挠了①。"

这天夜里,陈促寿悄悄上了二里半坟岗,就着星光选中一个草盖的厝基,扒开盖草,钻了进去,卧在棺材旁边,然后弄好盖草,留个小洞瞄着外边。三更将近,王大胆果然来了。陈促寿瞄见王大胆放一个馍在厝基上,转身要走,就赶紧伸出一只手,大叫:"还要一个!"

王大胆吓得扑通一声,箩筐摔得老远,馍撒了一地,也顾不得两腿抽筋,屁炸流星,连滚带爬,鬼撵着一样逃回家去。陈促寿帮助郑二侉赢得了二十两银子。没几天,王大胆吐黄水翘了辫子。

【注释】

①抓挠:依靠。方言。

讲述人:江晓东

搜集地点:安庆市

龙虎红媒方

传说北洋军阀时期,马联甲兼任安徽省长(移驻安庆城)时,有个养女一连十几天不起床,急坏了马联甲。马联甲让勤务兵请来安庆城里大名医潘箬泉给小姐看病。

潘箬泉来到省长官邸,给小姐号过脉,心里暗自好笑。小姐哪有什么病呢?是肚子里有了"货"了!潘箬泉问:"小姐几时完婚的?"马小姐脸已红破,结结巴巴地回答说:"还、还不曾呢。"潘箬泉唔了一声,好一会才想出个主意。他让马小姐屏退左右,留下个心腹,然后说:"小姐玉体不适,乃身心两病所致。古人说,欲去身病,先去心病。小姐须将心病道个明白,医家才好拟方用药哩。"

马小姐低下了头,不作声。潘箬泉又说:"医家从来第一重医德,不泄露病人隐私,小姐尽管直言,在下或许还能帮点小忙。"马小姐听了潘箬泉的话,想,他大概号脉号出来了;又见潘箬泉说得恳切,人又善良,再一想,纸总是包不住火的,就咬咬牙,把自己怎样爱上马弁,怎样跟马弁私通怀了孕,怎样受父亲阻挠不能婚配的事,全都抖搂出来。

潘箬泉听了马小姐的话,吓出一身汗,但又深表同情。马小姐哭着说:"先生救我,救救马弁。他家有老母,就他一个儿子,又穷苦,这事要是让父亲知道了,他就没命了。"

潘箬泉皱起眉头,问:"小姐打算要这孩子,还是不要呢?"

马小姐又不作声了,只是掉眼泪。

潘箬泉拍拍脑门,忽然眉毛一扬,笑着说:"有了。小姐,在下开个药方,让小姐跟马弁成婚,生下孩子,怎样?"

马小姐收住眼泪,又惊又喜又疑惑地看定潘箬泉,作个大揖,说:"这样,我谢过大红媒了!"

潘箬泉又笑了笑,说:"小姐,在下没这能耐,让我的药方做你们的大红媒吧。"说着,就在一张毛边纸上写起来:

  金角龙 一条
  银毛虎 一只 (红烛鞭炮为引)

潘箬泉开完"药方",又交代了马小姐一些事情,才离去。马联甲拿到"药方",高兴哩,立即吩咐勤务兵赶紧去抓药。哈哈!那勤务兵跑遍了安庆城乡一十八家药店,不仅没有抓到药,反而饱受了一十八顿奚落和嘲笑。勤务兵把这事报告了马联甲,马联甲气得拍桌大骂:"妈里个丘子! 抓人!"可是,潘箬泉早已去没踪影了。马联甲只得张贴告示,悬大赏。那告示上写着:

  兹有省长千金因病求药,有谋得金角龙一条、银毛虎一只者,赏团长一职,已有此职者升为师级。小姐病愈,未婚者招赘为婿。

告示贴出,奔走忙碌的人自然无数,不过成功的只有那个马弁。马弁得到小姐的嘱咐,买了两个面团,做成龙、虎,一炸一煮,马小姐吃了,"病"痊愈了。马联甲见成功者竟是自己的马弁,恼羞成怒,要杀马弁。马小姐理直气壮地说:"赫赫督理,堂堂省长,说话不算数,理亏! 白纸黑字,朱红大印,告示捏在人家手里,难赖!"马联甲没办法,只好让马弁当了团长,做了女婿。

事后,省长千金嫁马弁,全赖潘箬泉的"龙虎红媒方",就成了笑谈、美谈在安庆城乡说开了,如今还有老辈人说呢。

讲述人:马俊卿
搜集地点:安庆市

八位名中医的传说

新中国成立前后半个多世纪,安庆城里出了八位著名的中医,他们是内科赵松年、殷子正、查季璞、赵平瑗,伤科张国范、王小瘦子(季龙),外科马少卿、马俊卿。他们医德高尚,医术高明,在民间留下了闪光的口碑。

改药方吓走蟊贼

赵松年老医师快七十岁时,还保持着年轻时的习惯:第一次没看好的病人,第二次用药"加加减减",晚上睡在床上也要念叨一阵子,琢磨一阵子。

这天夜里,赵松年老医师躺在床上,琢磨着第二次给那病人的用药,在第一次药方上更换哪几味药,加减多少剂量,心里琢磨,嘴上就念叨出来:

一更乌贼防,二更断乌梁,三去陈黄贝,四加蜜炙姜。

念叨着,屋顶上两个蟊贼听见了。两个蟊贼一个姓陈、一个姓黄,趴在那里想伺机掀开屋瓦,下屋里来行窃,这一听都吓傻了。姓陈的说:"这家人发现我俩了,二更天就要断屋梁呢!"姓黄的说:"听见了!我俩的姓他都知道了,还要秘密掷大江呢!"两个蟊贼嘀咕:"这家人鬼精灵,偷不成了,赶紧走吧!"猫叫一声,去了。

其实,赵老医师念叨的是药方:一要更换乌贼和防风,二要更换续断、乌药和高粱米,三要减去陈皮、黄柏和贝母,四是加入蜜炙的干姜。可是,两个蟊贼哪里知道呢?

先死后活

这是新中国成立前的事了。

那天,一个患古怪病的人找殷子正医师看病,望、闻、问、切之后,殷医师跟病人家属说:"病人这病,古怪就古怪在腔子里面痒,皮肉外面痛……"

殷医师话没说完,病人扯起嗓子大叫:"对着,对着喂!那痒啊,抓不到,叫人恨不得跳江;那痛啊,摸不得,叫人恨不得吊颈。殷医师,你真就说中了喂!"

殷医师又跟病人家属说:"吃两服药试试。好,这两服药;不好,也这两服药。"

"哎哟喂,殷医师啊,别说两服,二十服、二百服我也吃,只要这病能好。"

殷医师给开了药方,病人家属拿了药,带病人回家去了。可是不到半天,病人家属来找殷医师,一见面就大哭:"殷医师啊殷医师,我家病人,药一下肚就死了——"

"先别哭,好好说,好好说,啊?"

"照您说的两服药一阵煎好,先吃了第一服。可是那药一下肚,他就两眼一瞪,两腿一伸,死了!可怜嘴巴还张得那样大,像有好多话要说哇。"

"好,好。——第二服药吃了吗?"

"人都死了,还吃?"

"还吃。不是嘴巴还张得那样大吗?那是要吃第二服药啊!赶紧回家喂药去。"

病人家属想了想,没有别的办法了,就飞跑回家,给病人灌下第二服药。说奇怪还真是奇怪,死过去的病人,喉咙管里咕嘟一声,接着就哼起来,慢慢地,眼睛睁开了,嘴巴颤动了,手脚也活动起来。过了几天,腔子里面的痒,皮肉外面的痛,全没有了。半个月后,病人竟然能下床走路了。

那以后,殷子正的名气可就大了,找他诊治古怪病的人越来越多,都准备吃第一服药"死"过去,吃第二服药活过来。

一颗药丸退高烧

那年五月间,中医院医训班学员实习,上大龙山采药回来,一名学员高烧四十度,打点滴吃药全没用,只好住进了病房。这天恰好查季璞医师给医训班上课,发现少了这个学员,问了情况,下课后立即到病房看那个学员,号脉看舌苔,然后去拿来一颗药丸,弹子大小,又给倒一杯开水,说:"吃下去,半个小时就退烧,而且以后终生不会再发高烧。"

那学员吃下那颗药丸,果然,半个小时高烧退清,而且终生没有发过那样的高烧。据说,那药丸是查季璞医师自己研创、制作的,遗憾的是没有人记下他的那个药方。

肉汤治浮肿

一天,一个丈夫领着妻子直奔赵平瑷医师这里看病。赵平瑷医师一看那女人,吓了一跳。那女人浮肿得什么模样了?看一看迎江寺弥勒佛你就知道了。肚子像只大稻箩,脑袋像只大笆斗,脸有脸盆大,两眼突出无光,皮色发黄透亮。赵平瑷医师问:"几个月了?"丈夫回答:"浮肿五个月,孩子七个月。"赵平瑷医师号过那女人的脉搏,说:"你把妻子送回家去,中晌十一点半准时来,骑自行车。我等你。"

"不开药?"

赵平瑷医师点点头。

"没治了?"

"不。母亲病了,不能让胎儿也吃药啊!"

"那……"

"十一点半准时来就是。"

丈夫把妻子送回家去,真的十一点半准时来了。赵平瑗医师刚好下班,骑着自行车领他往菱湖后面飞奔而去。

不多时到了菱湖后面,赵平瑗医师在一条大水沟边停下,蹲下身去,扯了一把青勃勃的水草,说:"这草学名鸭跖草、竹节草,有些方言叫它水妈扁。你看,这茎节和竹子一样,叶子也有些像竹叶。一次这么多,半斤犍猪肉,炖汤,加适量红糖。连服十天后,再来找我。"交代完,两人各自去了。

十天后,那对夫妻双双来找赵平瑗医师。这回不是来看病了,是送大红锦旗的。锦旗上八个耀眼的大字:"扁鹊重生,华佗再世。"原来,那病妇看了好多医生,因为肚里有胎儿,都不敢下药。这回让赵平瑗医师给治好了!你看他夫妻俩那个高兴,见人就说:"赵平瑗医师,肉汤治浮肿……神哪!"

一根骨头一块钱

一天傍晚,张国范医师正要出门,忽然一个女人哭哭啼啼地抱来一个三岁多的孩子:"张医师,救救我的孩子啊!我的孩子刚刚摔了一跤,这手臂乌紫乌紫的,肿了,不能动弹,直哭。等到明天上医院,这一夜怎样挨得过啊!"哭着说着,请张医师给那孩子看手臂。

张国范医师将母子让进屋里,坐定,让老伴拿来一把糖果放在桌上,然后试着触摸孩子受伤的手臂。还没触摸到,孩子大哭着躲让。张国范医师赶紧剥开一粒糖果,塞进孩子嘴里,孩子立即吐了出来。张国范医师拿出"小猴翻跟头"逗那孩子玩。孩子看着夹在两根竹棒中间的小猴前后翻跟头,不哭了。张国范医师将小猴递过去,塞在孩子另一只手里。孩子不躲让了,张国范医师顺势触摸了孩子受伤的手臂。原来,这孩子臂骨骨折了。张国范医师一边逗着孩子玩,一边抚摸孩子受伤的手臂,忽然使劲一捏,孩子哇的一声大叫,大哭,张国范医师笑着说:"好了,没事了,小猴拿回家玩去。"嘱咐那母亲买一盒伤湿止痛膏,贴在红肿处,一天换一次。那女人谨遵医嘱。

十天后,孩子的手臂痊愈了。那女人一家逢人便说,张国范医师给孩子治骨折,一捏就好,一根骨头还只花了一块钱哩。

即兴治歪嘴

新中国成立初期,有个江湖艺人,绰号韩歪嘴,常来安庆露天说相声。这天,他又来安庆说相声了。和往常一样,晚饭后,在东围墙南边街口的空地上那么一站,眼尖的人就立即围了上去。韩歪嘴向人们拱拱手,嘴巴"敲"起锣鼓,绕个大圈,打开场子,说道:"列位,今天说的是关云长大战黑旋风!"

场子上一阵哈哈大笑。

"笑什么笑?谁笑谁给钱!"

场子上又一阵哈哈大笑。

听众正高兴,忽然,韩歪嘴嘴巴不能动弹了,这下子真的歪嘴了,嘴角差不多扯到左耳根。韩歪嘴急得用折扇敲,可是,怎么敲也敲不正,只好摊开两手,请听众散去。就在这时,几个听众簇拥着一个人来。人们一眼就认出是王小瘦子(王季龙),大叫:"王大名医治歪嘴来啦,我们有相声听了!"顿时响起一阵热烈的掌声。王医师一边走一边笑着,说:"我是医师,不是巫师。这不是出我洋相吗?"但是,他还是被簇拥到韩歪嘴的面前。韩歪嘴向他深鞠一躬,指指自己的歪嘴,意思是:这家伙不让说相声啦! 王医师仔细看了看他那歪嘴,轻轻地在歪的那边捏了几下,然后托住下巴狠狠一扳,说:"好了,这家伙让说相声了。"一阵哄笑,一阵掌声。韩歪嘴试着说几句,行了,高兴得又是鞠躬,又是作揖。

这时,听众们嚷起来:"王医师即兴治歪嘴,神哪!"

王医师拱手致谢,回到听众中去,韩歪嘴又打开场子说相声了。不过,他这回说的不是"关云长大战黑旋风",是即兴创作的"王名医即兴治歪嘴"。

阴沟泥治臁疮

有个有钱人患了臁疮腿。那腿烂得像蜂窝,淌黄水,又痒又痛又腥又臭,膏药贴不上去,苍蝇成天绕着飞,找谁治,谁摇头。人们叫他烂腿花子。

这天,烂腿花子经人介绍,找上马少卿医师了。马医师看了他的烂腿,说:"无药。"烂腿花子哭了,说:"完了,我这腿完了啊!呜呜……"马医师赶紧安慰说:"无药,不等于无医呀!""真的吗?""真的。你回去找最臭的阴沟泥,糊满烂腿,泥干自落,落了再糊。""不是却巴人①吧?""怎么会呢?你回去这样做,不要用水洗,用干布擦抹。半个月后再来找我。"

烂腿花子回去后,按照马医师说的做了,不到半个月,烂腿上臭泥落去,用干布擦抹后,臁疮全都结了痂,不淌黄水了,也不痒不痛不腥不臭了。他高兴得一路小跑,去找马少卿医师,说:"阴沟泥,治臁疮的好药啊!"

马少卿医师的大名这就传扬开了。

【注释】

①却巴人:诓骗人,戏弄人。方言。

三根银针治肠炎

有个姓蒋的老师因为喝阴沟水,患了肠炎,便脓带血,又因一拖再拖说屙就要屙,悠悠地疼痛。蒋老师这顽固性慢性肠炎,竟是百药无效,常常是上课中间没有一点关合,稍微"过期"一点,就得换洗裤衩,真是苦不堪言。

这天,蒋老师上医院看这痼疾,恰巧遇见马俊卿医师。他们认识多年,又多年不见,这一见,自然有许多话说。说话中马医师得知蒋老师的病苦,便慷慨说:"到我针灸科来,试试我的针灸吧!""我这病属肠道科啊!""肠道科就不能看针灸科吗?"鉴于马医师的名气,又是熟人,又这般热情,蒋老师就随马俊卿医师去了中医针灸科。马医师让他躺着,拿出三根银针,扎进他的肚脐眼周围,只听肚子里咕噜噜一阵响,以前那种里急后重的感觉没有了。"哈,这三根小小银针,厉害呀!"此后,蒋老师一连去了十几次,痊愈了。

"是马俊卿医师医术高明呢,还是小小银针太神奇了呢?"蒋老师跟妻子研究了很久,没有研究出一个所以然来。但是,他们见了同事就说:"病了去找马俊卿医师扎几针,保准解决问题。"

讲述人:胡传美
搜集地点:安庆市

布 谷 鸟

每年春天,麦黄秧绿时节,田野间,山林里,有一种鸟儿天没亮就叫:"快割快割,割麦插禾,秋后家家富……"①人们一听到这种鸟儿的叫声,就赶快起床去割麦插秧,大忙起来。人们叫这种鸟儿"布谷鸟"。传说,布谷鸟是安庆城外罗家冲鸣翠姑娘变的。

那是很久以前的事了。那时候,这里有一户人家,父女二人。父亲是田把式,每年庄稼都比别家好——他有一肚子稻经、麦经、葫芦北瓜豆子经,还有季节经,就是不给别人一丁点儿。女儿鸣翠却不是这样,总是说:"爸,家家好收成,人人有饭吃,多好!"鸣翠长到十二三岁,爸就防着她了,生怕女儿把他的那些"经"偷传给了别人。那以后,每当浸种啦,播种啦,提前或推后,他都要背着女儿。鸣翠呢,爸越是这样她越是瞅得紧。这年春天,她瞅着爸浸种了,赶紧去跟别人家说:"我爸浸种啦,大缸搁在灶门口,麻片焐着哩。"爸在家里点瓜秧了,鸣翠就赶紧出去说给七爹八叔九他哥:"我爸点瓜秧了,草灰拌地土,尖尖朝下股朝上,动手吧。"往后瞅准爸怎样做田,用哪样基脚肥,都赶紧说给别人家。这年秋天,家家户户收成好,人们就夸鸣翠:"不是鸣翠这孩子呀,我们哪有这样的好收成?"这一夸,鸣翠爸就知道了。

第二年春天,鸣翠就被早早地锁在屋里了。一天夜里,鸣翠听见爸说梦话:"二月清明……别上前……呼……三月清明……不退后……呼……立夏插秧……三两家……呼……小满插秧……遍天下……呼……"鸣翠想:"这不是爸的季节经吗?老是让别人家甩在后边,收成落下一大截呀!这些经送出去,让别人家都跟上,多好!"她就从窗格子里往外喊。可是,窗外总不见有人走过,整天里只有风吹树叶沙沙沙响。她急了,又敲窗子又撞门,大声叫:"天爷爷,地爷爷,把我变成一只鸟儿吧,让我飞出去,我要告诉人们,季节到了,赶快割麦插秧!麦子没有熟透也得割!"说也奇怪,她喊叫了几个日夜,这天天不亮,她看见自己的两臂变成了两只翅膀,试着扑棱一下,整个身子就变成一只鸟儿了。她从窗格子间飞了出去。

田野间,一片绿一片黄。绿的是秧苗,黄的是还没有收割的麦子。她想喊:"季节到啦,快割麦插秧,别误了秋后的收成啊!"可是,她喊不出话来,她已经是一只鸟儿了。于是她就那样叫。

鸣翠不见了,她家窗格子上还挂着鸟毛;田野间、山林里多出这样的鸟叫声,人们就猜想:鸣翠变鸟儿飞出去了。那叫声,是她催促人们,跟紧季节割麦插秧。于是人们大忙起来,叫她"布谷鸟",并且拟出她的叫声:"快割快割,割麦插禾,秋后家家富!"

据说,现在遍天下的布谷鸟,都是她的子子孙孙哩。

【注释】

①人们对这种鸟叫声的拟音。

讲述人:罗守萍

搜集地点:安庆市北门菜市场

泥偶姑娘

很久以前,安庆城里有一家钱记泥偶小店,专卖泥偶玩具。这天,老板娘正忙着跟女儿秋云收拾泥偶玩具,忽然媒婆子跑来报信,说:"亲家公丢官归田了,普宁公子随着倒霉的老子娘回邬家圩了。"像是晴天一个炸雷,母女俩惊得半天说不出话。媒婆子走后,母女俩商定:退婚!与普家传讯:三天内花轿来迎娶;三天一过,就是普家毁婚。

老古话:"车到山前必有路。"普家求亲告友,还真的在三天内办齐了迎亲大礼。这天晚上,普家迎亲队伍吹吹打打,一乘大红花轿落在钱记泥偶小店的门前。老板娘的女儿没有坐花轿,却把一个玩具泥偶姑娘塞在花轿里,拿些散碎银子打发了迎亲队伍。

迎亲队伍回到邬家圩,普宁公子掀开轿帘一看,愣住了。他想了想,这是钱家母女使的坏,就抱着泥偶姑娘进了屋。围看的人一片声大笑。普家二老气得没几天下世了。这时起,普宁公子跟泥偶姑娘相依为命啦。早早晚晚,普宁公子总要用衣袖掸掸泥偶姑娘身上的尘;刮风天,他把泥偶姑娘藏在被子里,生怕屋顶刮落什么砸着她;雨雪天,他把泥偶姑娘捂在心口上,生怕草棚屋漏下雨雪淋着她、冻着她;吃饭喝水,摆上泥偶姑娘的一份;夜里睡觉,搂着泥偶姑娘同床共枕。

冬去春来,日子久了,奇怪的事儿发生了。这年大旱,田地籽粒无收,普宁公子和别人一样,挖草根充饥。一个艳阳似火的夏日,普宁公子出去挖草根,天黑回家,一进屋,一股饭菜的香味飘了出来。普宁公子走进灶屋,揭开锅盖一看,呀,一锅好香的米饭,一碗好香的蒸菜!谁给做的呢?来不及弄个明白,他大碗盛饭,大筷搛菜,大口大口吃了起来。

一连好多天都是这样。普宁公子想：古人韩信，受人一饭，后来千金报答；我普宁多日受人饭菜，怎可以连人家是谁也不知道呢？他打定主意，一定要弄明白。

这天一早，普宁公子和往常一样，扛着锄，背着筐，出去挖草根。这回他没走远，只在屋后凹沟里转了转，太阳偏西就回了家。他藏在灶屋窗下静听，灶屋里响起了脚步声，赶紧从窗洞往里看：呀，泥偶姑娘在灶上灶下忙活呢！泥偶姑娘拿刀在臂膀上刮下米粒放进锅里煮，扯下头发成干菜放在饭上蒸。普宁公子一阵心疼，打开屋门，冲进灶屋，紧紧抱住泥偶姑娘，泪珠儿吧嗒吧嗒掉在泥偶姑娘的头脸上，渗进泥偶姑娘的心窝里。泥偶姑娘呼的一声长高了，能说话了，他们亲热地拥抱在一起。普宁公子说："你这样让我好心疼！"泥偶姑娘说："我虽是一团泥捏成的泥偶，但我也知情和义。我不能跟你婚配，为你做这点吃的怎不应该呢？"这以后，普宁公子跟泥偶姑娘就是恩爱的一对儿了。

日月如梭，一转眼三年。这三年，头年旱，泥偶姑娘刮左臂让普宁公子度过了灾荒；二年淹，泥偶姑娘刮右臂让普宁公子度过了灾荒。两个灾荒年一过，泥偶姑娘的两臂又细又长了。她不能下水田，就在家养鸡喂猪，纺纱织布，普宁公子一人下水田。说也奇怪，他家水田只长禾苗不长草，稻籽比哪家的都饱满。第三年丰收，他们家富实起来了。空荡荡的草棚屋里摆上了新床新被新桌柜，屋场上常常晒些咸鱼、干虾，谁见了谁羡慕。

一天，母女两个叫花子讨饭讨到这里。普宁公子下水田去了，泥偶姑娘把两个叫花子让进屋里，请她们吃饱喝足，还给她们一袋米、一箩面、一大兜咸鱼和干虾，还有一大捧铜钱。这样，两个叫花子不走了。她们探问泥偶姑娘的家境，泥偶姑娘一五一十说了。母女俩一拍大腿："怪不得这样眼熟啊！原来是我们家的泥偶。"母女俩把钱记泥偶小店遭火烧的事说了，要泥偶姑娘出走，让普宁公子和秋云做夫妻。泥偶姑娘不答应，母女俩就一人一只臂膀，把泥偶姑娘拖出屋外，推进了水井。

普宁公子收工回家，不见泥偶姑娘，却见钱家母女家中主人似的忙这忙那。

泥偶姑娘

普宁公子认出来了,问:"你们怎么来了?""嘻嘻,看望贤婿来啦!"秋云扭着小腰上前拉住普宁公子的手,嗲声嗲气说:"这些年,我可想死你了。"普宁公子甩开秋云的手,怒冲冲地问:"我的泥偶姑娘呢?""哎哟贤婿呀,要那泥捏的玩意儿做什么呢?你的娇妻秋云,今夜就跟你同床共枕。"普宁公子气得像头牛,一手一个,将钱家母女拎出屋外,到那口水井边,喝问:"我的泥偶姑娘在哪里?不说让你俩下井!"钱家母女吓得哆哆嗦嗦,说:"泥……泥偶姑娘……已……已在这井里了。"普宁公子只觉天旋地转,推开钱家母女,跳进了井里。

听说普宁公子跳井了,左邻右舍都赶来了。正要下井救人,忽然井里飘出一缕美妙的音乐,接着一缕红光升起,红光中泥偶姑娘和普宁公子手挽着手走出来。人们见了惊叫:"泥偶姑娘脱泥胎了!泥偶姑娘脱泥胎了!"果然,泥偶姑娘微笑着,一步一袅娜,水绿裙子衬着粉红袄子,乌黑头发搭在肩背后,柳叶眉,杏核眼,悬胆鼻,樱桃小嘴,脸蛋儿就像一朵刚刚出水的荷花。人们又惊叫起来:"仙女下凡了!仙女下凡了!"钱家母女气得跌坐在地上,变成两块石头墩。

这以后,普宁公子和泥偶姑娘过着十分美满的生活。据说他们都活了一百二十岁,还生了一个儿子一个女儿。

讲述人:江晓东
搜集地点:安庆市

"鬼"老婆

吴青松今天特别高兴,因为跟一家食品商签订了一年的供货合同,金额是五十万。五十万哪!一个十多人的小食用菌场,一年的产量还有得积压吗?一年的工资还用得着发愁吗?

吴青松骑着老钱江,一路小唱出了城。太阳落下去了,夜幕降下来了,毛毛月没有了,几颗小星不大亮眼,他这才想起今天是老历三月初三,"鬼节令",老妈这时正坐在灯下等他吃蒿子粑粑哩。迷信说蒿子粑粑巴住魂,鬼就勾不去,这一年就没灾没难、平平安安。他不由得加大了一下油门,老钱江猛哼一声冲上了同马大堤。

行着行着,忽然车灯照见前方一个人,江堤当中立着。他摁响喇叭,那人一点反应也没有。到了那人身后刹住车,那人才转过身来,是个二十上下的姑娘。吴青松毫不客气地喊叫:

"哎,往边上挪一挪!"

那姑娘反而站到他的车轮前,说:

"大哥,我家住杨树墩,带我一程照不?"

吴青松扳动一下车灯,这才看清那姑娘的长相:鹅蛋脸,黑披发,柳叶眉,大眼睛,高鼻梁,红嘴唇,细挑身材,穿的是一身半拉子时髦,神情矜持,却有着一脸农村姑娘的纯朴。就说:

"上车吧。"

一路上,吴青松问长问短,说这说那,那姑娘高低不吭一声。问着行着,吴青松感到奇怪,刹了车,熄了火,回头一看:"妈呀!鬼!"吴青松一昏晕栽到地上。幸好,车子让那"鬼"给支住了。吴青松脑子里闪念着:明明一个漂漂亮亮的姑娘,怎么一下子就是鬼了呢?雪白的披毛散发,靛青的脸皮,吊出的绿眼珠,鼻子那儿是一个黑洞,一尺多长的红舌头拖到胸口,这不是鬼又是什么?可是又一闪念:从小学到高中,哪个老师都说世上根本没有鬼。这时他感到有只手在解他外衣纽扣,解开了就伸进他内衣的口袋。吴青松猛然清醒了,一只手捉住那"鬼"的手颈,另一只手抓住那"鬼"的头发,一翻身站了起来,大概是带了点劲,那"鬼"的头发连同脸皮一齐被拽了下来,一看,原来是一只头套。吴青松一点也不害怕了,再看那"鬼",还是那个漂漂亮亮的姑娘。

"干吗做这种事?差点把人吓死。"

"弄钱呗。"

"不能做点生意,或者打工吗?"

"做生意,本钱呢?打工,老板要我身子,我给吗?也有老板不这样,但抠门,千把块钱一个月,我老爸胃癌,光管吃药够吗?咳,不说了,反正今儿倒霉,栽你手里了。送我去公安局吧!我不怕,有过前科,大不了又是一年半载,出来再干!"

"我又不是干公安的,干吗送你去公安局呢?——来,上车。"

"不,我家不在杨树墩,诓你的,在刚才上你车的地方。"

"那也得上车,我送你回家。"

"不敢劳驾了,愧不起。我自个走回去。"

吴青松朝来路方向望了一眼,茫茫一片,估计至少也有二十来里,就说:

"让一个女孩子走这么多夜路,我还是人吗?要不这样吧,你如果放得下家里,就上我家去,跟我老妈睡一夜,明儿早上我进城,顺路带你回家。"

那姑娘想了想,答应了。

吴青松带那姑娘回家,老妈见了,乐得两眼眯成一条缝,急忙端出一满盘蒿子粑粑。老妈看着两个年轻人吃着蒿子粑粑,却是闷声不响,心中有些儿纳闷,说:"姑娘,这是第一回上门,按理,也该放一挂大红爆竹迎接,只是我这儿子,事前一丝儿风也不透,我是一点儿不知。老古话:'不知者不怪罪。'你千万别怪罪呀!"

老妈这一席话,说得那姑娘怔住了。吴青松也很尴尬,说:"妈,你瞎说什么呀,人家是路上遇着的。"

老妈听是路上"遇着的",更乐了,一拍大腿,说:

"好哇,路上遇着的好!七仙女和董永,不就是路上遇着的吗?我看这姑娘比七仙女也不差哪里,从头到脚,针尖尖也挑不出一丁点儿参差。这个儿媳妇妈认定了!妈做主,你牛大的犟劲也犟不脱!"

那姑娘咯咯笑了,看定吴青松,问:

"你还没老婆?"

"高中毕业没考上大学,办了个食用菌场,这不,今日里才闹出点名堂。"

三张嘴巴一齐笑起来。

真个是"妈做主",吴青松和那姑娘结成了夫妻。婚后,他们把老丈人也接了过来,一家四口,和谐美满。不多久,吴青松娶了个美若天仙的"鬼"老婆就传说开了。

讲述人:国红英

搜集地点:怀宁石库

后 记

小时候听母亲讲故事,比吃炒豆子还有味;长大了掉进故事堆里[1],更开心;"文化大革命"中,书被抄没光了,业余时间就只有呆坐穷想。想什么?想那些故事里的神奇与美好。后来被邀去贫下中农家串门,听嗒法[2],回忆加现听,拣些好的素材记在练习本上,不久就满了一大本。又一次查抄住处,红卫兵逮着了,大叫:"胎炸弹[3]——反革命纲领!"吓得一个观阵的看牛伢偷了去,给他妈埋在灶洞里(我在他家搭过伙),直到我工作调动离开那里才给我。这算是最初的搜集和记录吧。

我调安庆城里工作,哥哥、老师、师母给我讲故事,同学、朋友、同事给我讲故事;结婚了,老婆、亲戚给我讲故事。这时我富有了。人一富有,就贪心。一九七七年开始,节假日我百里踩单车,走乡串村,不仅得到了更加美好的素材,而且亲眼看到实物实景。日、月、水、火、天、地、鸟、兽、山、石、草、树、河、湖、鱼、鳖、牛、羊、鸡、狗,在劳动人民的讲述中都有来历,都有故事。嘿,真来劲! 一九八三年读《中国地方风物传说选》,安徽名下竟无一篇安庆的,肚子里鼓了个大包。安庆历史悠久,人文积淀深厚,风景优美,名胜古迹星罗棋布,怎会一篇风物传说都没有呢?正巧,端木宪维先生约我写点东西,我就整理了《十里铺的传说》,发表了,接着就是《四眼井》《荷仙桥》《鸭儿塘的传说》《百花亭》,等等。一次,唐大笠先生主持的座谈会上,问我可否写点"外围"的。我就整理了枞阳的《惜阴亭》,桐城的《境主庙与白马庙》,怀宁的《竹桥》,潜山的《左慈与鲈溪鲈鱼》,岳西的《银河抱月》,宿松的《严恭山与石道峰》,太湖的

《龙山夜雨》,望江的《哭竹台》,东至的《菊山、菊江、菊江亭》,贵池的《杜坞渔歌》,都发表了。当然,其中有些是根据讲述者提供的故事线索编写的。这算是正式的整理和编写吧。

有人说,这是揽分外事情做,不然怎么也摊不到我。想想也是。我也可以去挣第二学历,上职称,升工资。心中有些儿逆气,尤其是这事怪得像摸螺蛳,你在河里摸,他在箩里摸,还要将"螺蛳"改成虾脚甚至细沙,还要压榨得没了一点汁水,真叫人搞不懂。但转而又想,"做了和尚不想家",随他去吧,而事情的做与不做,往往也就这样:做,分外也就成了分内的了;不做,分内也就成了分外的了,至于箩里摸螺蛳的"文摸公"们,"摸"去再发表一回,虽然署了他的名,也未必不是好事。这样一想就气顺了。于是按照黄旭初先生的建议,停止发表,积累成集出版。当时租住菱湖后门外一间小屋,夜里一动纸笔,老婆孩子就受影响,特别是孩子,睡眠不好,学习上的影响就大了,此外,房东限制用电,所以整理、编写这些传说、故事,只得在院子的月光下。冬夜清冷,夏夜蚊咬,思路总不连贯,没有月光的夜晚又得停顿,这样耽耽延延的,一九八六年六月才告一段落,算是脱稿吧。因为不管是故事还是逸事,都被传说这形式涵盖了,又因为这些传说、故事都是振风塔下安庆一方热土上的,并且集中有这篇(组)的名称,所以把这集子取名为《振风塔的传说》。

一九八六年七月,书稿由黄旭初先生带去出版社。一九九〇年五月通知列入出版计划。一九九一年二月,《安徽新书目》第三期载六月出版,后来没有了声息,原稿和陆平先生的插图也没有了。一九九二年三千元买回纸型,老婆和我抄回纸上。这时安庆行政区域已经有了变更,东至、贵池二县划出。为了保存集子的初始面目,原有篇、组仅拿掉了神话和动植物传说故事,目次做了一些调整,加进了江博整理、编写的有关安庆的传说和故事,以及我后来搜集整理的新传说。这次出版,写下这些拉拉杂杂的事儿作为后记，以志艰辛。

《振风塔的传说》，原打算分为三集：风物传说一集，人物传说一集，其他传说一集。由于各种原因，现在只得合在一处了，当然，篇幅和内容都有很大的缩减。但愿后来者如有可能，去完成尚未见诸文字的那些传说、故事吧。

感谢所有的讲述者，即使只提供一点点线索的人；感谢大力支持这个集子出版的先生、女士、朋友们，特别是端木宪维先生、黄旭初先生、潘宜琴女士、蔡升泉先生、龙仲文先生、吴振洪先生、章易成先生、马扬圣先生、方名海先生的具体帮助。由于条件限制，无法一一面谢，仅在这里致以深深的歉意。

【注释】

①故事堆：江上搬运工歇息时聚在一起讲故事解乏。作者当时也在其中。

②嗒法：讲故事。方言。

③胎炸弹：大炸弹。胎，方言"大"的发音。

江葆农

1986年6月完稿于安庆

2016年3月增删于合肥